신동엽 시 읽기

신동엽 시 읽기

유성호 신동옥
양진호 이은실
전철희 정치훈
차성환 권준형
김재홍 문혜연
이중원 임지훈
장예영 정보영
정애진

국학자료원

머리말

우리는 2021년 한 해 동안 신동엽의 시를 새롭게 읽기 위해 함께 했다. 신동엽 문학의 현재성은 다양한 층위에서 접근 가능하지만, 사회 현실과의 친연성은 독보적이다. 그런 의미에서 볼 때 공동체에 대한 그의 문학적 발언들은 의미심장하다. 그는 본연의 인간관과 세계관에 기초하지 않는 오늘날의 문명에서 비롯된 정치와 경제, 철학과 종교, 과학과 문학 등을 맹목기능자들이 뚜렷한 목적 지향 없이 펼쳐 내는 허상의 건축에 불과한 것으로 보고 있다. 이러한 지향점을 보여주는 대표적 산문 「시인 정신론」에서 그는 현대인들은 좁은 시야와 이익에 갇혀 서로 경쟁하거나 투쟁하고 있음에 주목한다. 이러한 비판을 토대로 그는 문명의 모든 가치와 이념을 뛰어넘는 보편성과 인류애가 담긴 새로운 세계관과 인간관의 정립이 시급하다고 주장하고 있다.

오늘 우리 현대를 아무리 살펴보아도 대지에 뿌리박은 대원적(大圓的)인 정신은 없다. 정치가가 있고 이발사가 있고 작자가 있어도 대지 위에 뿌리박은 전경인적인 시인과 철인은 없다. 현대에 있어서 시란 언어라고 하는 재료를 사용하여 만들어낸 공예품에 지나지 않는다. 시인의 시인 정신이며 시인혼이 문제되지 아니하고, 그 시업가의 글자를 다루는 공상의 기술만 문제된다. (중략)
그들은, 정치는 정치가에게, 문명 비판은 비평가에게, 사상은 철학 교수에게, 대중과의 회화는 산문 전문가에게 내어 맡기고 자기들은 언어 세공만을 전업으로 맡고 있다. (중략)

　그래서 하나의 시가 논의될 때 무엇보다도 먼저 그것을 이야기해놓은 그 시인의 인간정신도와 시인혼이 문제되어져야 하는 것이다. 철학, 과학, 종교, 예술, 정치, 농사 등 현대와 와서 극분업화된 이러한 인간이 가질 수 있는 모든 인식을 전체적으로 한 몸에 구현한 하나의 생명이 있어, 그의 생명으로 털어놓는 정신 어린 이야기가 있다면 그것은 가히 우리 시대 최고의 시가 될 수 있을 것이다.

이처럼 신동엽은 현대를 비판적으로 고찰하면서 "정치가가 있고 이발사가 있고 작자가 있어도 대지 위에 뿌리박은 전경인적인 시인과 철인은 없다."라고 일갈한다. 여기서 우리는 그가 지향하고자 했던 시에 "철학, 과학, 종교, 예술, 정치, 농사 등 현대에 와서 극분업화된 이러한 인간이 가질 수 있는 모든 인식을 전체적으로 한 몸에 구현한 하나의 생명"이 함의되어 있음을 확인할 수 있다. 그의 비판적 언술은 현재의 문학이 "정치는 정치가에게, 문명 비판은 비평가에게, 사상은 철학 교수에게, 대중과의 회화는 산문 전문가에게 내어 맡기고" 있음을 자각하게 만든다. 궁극적으로 그는 진정한 문학에 대한 성찰적 인식 재고를 요청하고 있는 것이다.

우리는 시인의 전언과 같이 "정신 어린 이야기가 있다면 그것은 가히 우리 시대 최고의 시가 될 수 있을 것"이라는 믿음으로 함께 했다. 그 믿음은 연구의 길로 이어졌다. 이 책의 필자는 한양대 유성호 선생님과 그 문하(門下)에서 공부하는 신동옥, 이은실, 차성환, 권준형, 김재홍, 문혜연, 양진호, 이중원, 임지훈, 장예영, 전철희, 정보영, 정애진, 정치훈 학형 분들이다. 선생님께서는 함께 읽고 토론할 때 더 좋은 글이 나올 수 있다는 것을 깨닫게 해주셨다. 『김종삼 시 읽기』에 이어 세 번째 결과물을 내놓는다. 함께 읽고 토론한 결과물이 각각의 글로 완성되었고, 그 성과물을 모아 책으로 내게 되어 더욱 뜻깊다. 우리는 늘 그래왔듯이 함께 읽고 토론하는 시간들을 이어나갈 것이다. 그 동력은 서로에 대한 애정과 응원에서 비롯될 것임을 잘 알고 있다. 끝으로, 장예영 학형이 원고의 취합과 편집을 도맡아 주었다. 어려운 시기에 출간을 결정해준 국학자료원의 정구형 대표님과 편집부에 감사의 말씀을 전한다.

— 2022년 봄, 신동엽의 시정신을 기리며
필자를 대표하며, 이은실 씀.

차례

제1부

신동엽 시의 정치적 낭만성과 혁명 논리*

신동욱

---

1. 들어가며
2. 유기체적 세계관과 오페레타적 시공간
3. 낭만화된 자연과 완충지대의 이상
4. 나가며

---

1. 들어가며

신동엽은 1959년 ≪조선일보≫ 신춘문예에 「이야기하는 쟁기꾼의 大地」가 가작으로 입선되며 시단에 나왔다. 동년(同年) 1월 3일자에는 투고작에서 40여 행이 잘려 나간 판본으로 당선작이 수록되었다. 시 부문 당선자는 '석임(石林)'으로, '석임' 내지 '석림'은 신동엽이 아내 인병선과 주고받은 편지 등에서 익히 써왔던 이름이었다. 신동엽은 『사상계』, 『현대문학』, ≪조선일보≫ 등의 지면에 시와 평론을 발표하며 1960년대 내내 왕성한 활동을 펼친다. 신동엽은 활동 당대에서부터 '참여시' 계열로 분류되

---

* 신동옥, 「신동엽 시의 정치적 낭만성과 혁명 논리」, 『영주어문』 50집, 영주어문학회, 2022. 2.

었다. 참여시인이라는 분류는 다른 누구도 아닌 시인 자신의 시론에 근거한 것이었다.[1] 신동엽은 1960년대 벽두의 시단을 아카데미파와 저항파로 구분했다. '향토시', '현대감각파', '언어세공파'를 전자로 묶고, '시민시인'과 '저항파'를 후자로 분류했다. 결과적으로, 일제 강점기를 거쳐왔음에도 잔존하는 봉건적인 의식과 제국주의의 논리를 동시에 타개해야 하는 '상황 의식'에 공명하는 '신저항파'에 미학적, 윤리적 가치가 부여된다.[2] 통시적인 시야에서 일반론을 도출하고, 공시적인 안목에서 미적 전략을 끌어내는 듯한 논리다. 신동엽이 남긴 시극, 오페레타와 장시『금강』(1967)에서 재현하고 있는 주제는 '시인정신론'의 견지에서 해석될 수 있다. 역사적인 법칙을 일반적인 시공간 명제로 변환해서 인식하며, 이러한 형이상학적 체계는 종종 '나무와 씨앗'의 근본 은유의 구도를 띠며 제시된다.[3]

  신동엽의 세계관은 역사의식과 숙명론 사이에서 진동하고, 미학화 전략은 일반적인 상황론과 미학적 개성론 사이에서 진동한다. 이러한 양상

---

1) 정확히는 '신저항파 시인'이다. 1950년대 이후 1970년대까지 지속된 순수-참여 논쟁의 와중에 1960년대적인 기점에서 중요한 논제는 '순수-참여'와 '리얼리즘론'이었다. 두 개의 의제가 시기에 따라 본격적으로 논의의 장으로 부상하는 역사적 배경은 4·19혁명과 유신체제였다. 해당 논의에 대한 자세한 추적은 홍기돈,「참여문학의 이론적 원리와 비판적 리얼리즘의 성취-구중서의 리얼리즘론에 대하여」,『영주어문』31집, 영주어문학회, 2015.10, 307-331쪽 참조.

2) 신동엽,「육십년대 시단 분포도: 신저항시운동의 가능성을 전망하며」(≪조선일보≫, 1961.3.30~31.), 강형철 외 편,『신동엽 산문전집』, 창작과비평사, 2019, 105-113쪽. 신동엽의 시극, 오페레타, 비평을 포함한 산문 인용은『신동엽 산문전집』, 창작과비평사, 2019에 근거하며 '산문전집'으로 표기한다.

3) 신동엽의 대표 시론인「시인정신론」(『자유문학』, 1961.2, 산문전집, 87-104쪽)에서 '원수성, 차수성, 귀수성'의 세계 구조를 설명한 부분에서 사용한 비유를 떠올릴 수 있다. 정신은 '우주지(宇宙知)'의 형태로 물성을 드러낸다. 이러한 인식론적 지도는 다시 '인류수'로 비유되며, 이것은 다시 나무와 '씨알'로 응축된 '포합'의 구도로 정리된다. 형이상학적 일반론과 미적 전술이 상호 길항하는 구조적인 상동성을 읽을 수 있는 대목이다.

은 해석의 여지를 풍성하게 하는 동력을 제공하는 동시에 재현 전략의 모순 지점을 도드라지게 만드는 원인으로 지적되기도 했다. 신동엽 당대의 몇몇 평가는 이러한 사례를 예시한다. 김주연은 『금강』의 세계를 "일상적인 것을 보다 보편적인 것으로 평범한 감각으로 노래하면서 자유와 평등이 용인되고, 계급과 알력 다툼이 없는 원시에 집착"하는 퇴행적인 의식의 산물로 해석했다. 『금강』이 '감정을 격하게 토로하면서 사물과 세계가 용해되도록 방치하는 참여시의 문법'을 노출한다면[4], 그것은 참여시 미학의 한계이기 이전에 신동엽이 미적 전략의 최종 심급으로 간주했던 '오페레타적인 형상화'의 결과일 수도 있을 것이다. 최하림은 자유와 새로운 역사에 대한 열망을 가능성 차원에서 탐색하던 김수영의 시도가 실패한 자리에 신동엽을 위치시켰다. 김수영이 '민중의 언어'와 미학적인 연결지점이 없었기에 몰역사성으로 치달았다면, 신동엽은 냉철한 역사 인식을 보여주지만 현실의 복합성을 투과하지 못했다는 한계를 보였다는 것이다.[5] 김주연과 최하림 등 초기 '문학과지성' 계열의 논자들이 신동엽 시에서 재현의 패착 지점을 지적하며 미학적인 가능성을 역추적했다면, 염무웅은 현실주의 시의 계보학을 새로 쓰는 노둣돌로 신동엽을 자리매김한다. "1960년대 전 시기를 통해서 언제나 훌륭한 시인이요 가장 용감한 이론가였던 김수영의 활동"과 "소박한대로 애국적인 정열을 노래에 담은 신동엽의 활동"을 직접 등치한 평가가 그것이다.[6]

현실주의를 둘러싼 평가적 규준은 재현의 (불)가능성을 미학적으로 돌

---

4) 김주연, 「시에서 '參與'의 문제: 신동엽의 「錦江」을 읽고」, 『사계 3호』, 가림출판사, 1968, 44−61쪽.
5) 최하림, 「60년대 시인 의식(1974.8)」, 『시와 부정의 정신』, 문학과지성사, 1984, 40−41쪽.
6) 염무웅, 「서정주와 송욱: 1960년대 한국시를 개관하는 하나의 시선」, 『시인』, 1969.12, 『모래 위의 시간』, 작가, 2002, 111쪽.

파하는 동력의 유무에 있다. 현실은 재현의 기제(mechanism)인 동시에 장치(device)이기도 하기 때문이다. 유신체제, 광주항쟁, 87체제를 지나 동구권 와해 이후 해빙기에 이르기까지의 역사적 파고 속에서 신동엽 역시 민중, 민족주의적인 관점에 따라 다시 읽히는 텍스트 가운데 하나였다. 미적 전략과 인식론적 전제가 일반론과 개성론을 수월하게 넘나들면서 구축된 신동엽 시세계의 중층성이 부각된 것은 2000년대 이후다. 해석적, 수사학적 접근에 기반한 텍스트 재확정 작업이 진행되었다.7) 이 분야의 연구는 형식과 수사적인 방법론에 대한 접근8), 정신분석학과 이데올로기론을 경유한 심층적 독법9), 비교문학적 연구10) 등등을 아우른다. 여기에 더해 기왕에 언급되었던 동학사상, 노장사상에 근거한 세밀한 읽기 작업11)이 있

---

7) 대표적으로 홍윤표, 「신동엽의 연보 확정을 향하여… 동인지 『詩壇』 수록 시를 중심으로」, 『근대서지』 11호, 근대서지학회, 2015.06, 329-336쪽을 꼽을 수 있다. 김성숙, 「신동엽 서정시의 원본 변이 과정 고찰」, 『국어국문학』 160호, 국어국문학회, 2012, 363-393쪽에서도 비슷한 문제를 지적했다. 신구문화사간 '현대한국문학전집 제18권'으로 발간된 『52인 시집』 발표 시로 원본 확정된 텍스트의 원출처를 밝힌 연구다. 홍윤표는 『詩壇』, 『零度』 등 동인지 수록 작품의 초판 서지 추적하여 원본을 확정했다. 재발표의 과정을 거치며 완성작을 확정해갔던 시인의 작업 방향을 재확인 할 수 있는 근거를 제공했다는 의미가 있다.
8) 이대성, 「신동엽 시에 나타난 인유 양상과 그 효과 연구」, 서강대학교 박사논문, 2019.12.
9) 김희정, 「신동엽 시에 나타난 정치적 진리 절차 연구: 알랭 바디우의 메타정치론을 중심으로」, 이화여자대학교 박사논문, 2018.12.
10) 송병선, 「민중 서사시의 미학과 침묵의 언어: 「금강」과 『우리 모두의 노래』를 중심으로」, 『세계문학 비교연구』 9권, 세계문학비교학회, 2003.12, 29-50쪽. 신동엽의 장시와 칠레의 시인 파블로 네루다의 연작시를 역사성, 서술 주체의 의식과 태도, 서사시로서의 역사실천 텍스트라는 공통점을 중심으로 비교 분석한 연구다.
11) 최진석, 「아나키의 시학과 윤리학: 신동엽과 크로포트킨」, 『비교문학』 71집, 한국비교문학회, 2017, 117-152쪽에서는 '원시적 자연주의'와 '자주적 공동체로서 무계급사회'를 구분한 다음, 노장(老壯) 사상과 동학 사상에 연원을 둔 아나키즘적 이상이 유토피아 의식의 심미화되는 양상을 추적한다. 사상적, 경제적 원리를 '재현의 관점에서' 동시 추적한 연구라는 데 의미가 있다.

었다. 아나키즘12), 탈식민주의13), 근대성과 탈근대성14), 여성주의적 독법15), 생태주의적 독법16)에 이르기까지 담론적 확장성은 가히 파상적이라 할 것이다.

신동엽의 시 세계는 이념 지향성이 도드라지며, 이것은 시인 특유의 역사 인식에 기반한 시공간관의 연장으로 해석된다. 죽음과 허무의 표상으로 등장하는 자연물의 비유나, 초인간적 초시간적 초공간적 재현의 구도는 대표적인 사례다. '아나코—코뮤니즘'으로 명명할 수 있는 공동체주의적인 사유는 '포스트휴먼' 시대에 들어 신동엽을 다시 호출하는 근거로 꼽을 수도 있다. 신동엽 시에서 하나의 재현 전략을 꼽으라면, 연대에의 의지를 혁명적 동력에서 끌어와 시화(詩化)하는 방법적 전략에서 논의를 출발할 수 있을 것이다. 지금 이곳과 과거의 언젠가 그곳, 미래의 언젠가 저곳에 가로놓인 차이를 무화할 수 있는 정치적인 동력은 항용 혁명 의식으로 드러나기 때문이다.

이상과 현실 사이에서 빚어지는 차이에 대한 인식이 원망이나 갈망으로 드러나며 이것은 시적 재현의 동력으로 작용한다. 이러한 대립/모순의 구도는 극적 아이러니의 일반적인 특징이며, 낭만적 아이러니로 분류되기도 한다.17) 신동엽의 시에 나타난 낭만성의 연원을 추적한 선행 연구로

---

12) 김양선, 「신동엽 시의 혁명 미학 연구: 아나키즘을 중심으로」, 공주대학교 박사논문, 2015.
13) 여상임, 「신동엽 문학의 탈식민성 연구」, 『한민족어문학』 65권, 한민족어문학회, 2013, 765－797쪽.
14) 김경복, 「신동엽 시의 유토피아 의식 연구」, 『한국문학논총』 64집, 한국문학회, 2013, 170쪽.
15) 김희정, 「신동엽 시에 나타난 여성 표상 연구」, 『한국문학이론과비평』 84집, 한국문학이론과 비평학회, 2019.8, 129－155쪽.
16) 박미경, 「신동엽 시의 에코페미니즘 연구」, 『현대문학의연구』 50호, 한국문학연구학회, 2013, 291－326쪽.
17) 전병준, 「신동엽 시의 낭만성 연구」, 『비평문학』 44호, 2012, 299－326쪽 참조.

전병준의 논문에 주목할 수 있다. 전병준은 이상에 대한 동경과 현실 인식에서 빚어지는 낙차가 정치성과 혁명성의 동력을 제공하는 것으로 가정하고 신동엽 시에 나타난 낭만적 아이러니의 양상을 추적했다. 전병준은 현실에 대한 비판의식을 미래에 대한 기투로 전환하며 새로운 공동체를 향한 열망을 써 내려간 미래 기획으로 해석했다. 본고에서는 신동엽 시의 메시지 지향적 특징, 시공간 구조 및 재현 전략을 분석하는 데 집중한다. 신동엽이 시화한 혁명 논리가 '후사건적 실천이나 미래에 대한 기투'라기보다는 현실 물음에 대한 답으로서 구체성의 변증법에 기반한 재현 전략이라는 것이 본고의 논점이며, 본고에서는 그 논리의 틀을 정치적 낭만성으로 규정한다.

　초기 낭만주의의 미학에서는 근원에 대한 본원적인 회구가 현실을 초월할 수 있는 혁명적 결사의 동력을 제공하는 것으로 간주되기도 했다. 칼 슈미트는 "낭만주의는 현실로부터의 도피를 뜻하지만, 정치적 낭만주의자들은 혁명[의 추상성]에 대항해 실제적인 경험과 현실 위에 발 딛고 서 있으려 한다."[18]는 전제하에 초기 독일 낭만주의 결사가 보여주는 정치성의 연원을 추적한 바 있다. 슈미트에 따르면 낭만주의적인 세계관의 독특한 인식론 내지는 범주론은 '기연주의'에 있는데, 기연주의란 '모든 객관성을 기피하는 관계, 비합리적인 환상의 관계, 구체적인 사건의 연쇄가 예측할 수 없는 효과를 가져오는 사태'로 드러나는 일련의 양상들로 요약할 수 있다. 낭만주의적인 세계관은 인과율을 거부하며 정합적인 범주 내에서 주체와 객체 간에 발생하는 계산 및 예측 가능성을 거부하는 미학으로 요약된다. 모든 사태의 원인이라는 개념은 '목적론적, 규범적, 정신적, 윤

---

18) 칼 슈미트, 조효원 옮김, 『정치적 낭만주의』, 에디투스, 2020, 50쪽. 이하 슈미트의 견해에 대한 요약은 이 책 5－57쪽 「서문」 및 「서론」을 참조.

리적 강제에 가까운 내적 법칙'으로 승화된다. 그 결과 총체성에 대한 가치 부여가 신앙에 가깝도록 승화되고, 원인과 결과를 규정하는 합목적적인 메커니즘은 '미적으로 부정'되기도 한다.

신동엽의 인식에서 '윤리적 강제에 가까운 내적 법칙이 총체화되는 미적 과정'을 발견하기는 어렵지 않다. "시란 바로 생명의 발현인 것이다. 시란 우리 인식의 전부이며 세계 인식의 통일적 표현이며 생명의 침투며 생명의 파괴며 생명의 조직인 것이다. 하여 그것은 보다 광범위한 정신의 집단과 호혜적 통로를 가지고 있어야 했다"로 출발한 논의는 "시인이란 인간의 원초적, 귀수성적 바로 그것이다. 나는 생각한다. 시는 궁극에 가서 종교가 될 것이라고. 철학, 종교, 시는 궁극에 가서 하나가 되어 있을 것이다"[19]로 귀결되는 식이다. 이러한 인식은 초기 낭만주의 결사의 미학적 테제를 연상케 한다. 요약하자면 큰 체계에 의지하며, 유기체적이며 본질적인 자기—형성(auto—formation)으로 주체의 진정한 형식을 확립하고, 이를 바탕으로 작품의 무한한 진리가 수렴—발산하는 '절대적으로 진행 중인 작품'이라는 우주를 인식한다. 즉, 총체적 테제로서의 시의식과 형성 중인 과정으로서의 시작업을 경유해서 파편으로 흩어진 대상 세계를 수습하는 시 작품을 건립해가며, 궁극적으로는 작품의 총화로 수렴되는 세계의 이상을 실현해간다.[20] 비대해진 낭만적 주체를 경유한 시대 인식, 시적 절대화에의 사명으로 승화된 역사 인식 등은 신동엽의 시론과 시에서 발견할 수 있는 자질이기도 하다.

본고에서는 신동엽 시의 핵심 인자를 정치적 낭만성으로 규정한다. 유기체적 세계관을 반영한 오페레타적 시공간 구도, 낭만화된 자연을 경유

---

19) 「시인정신론」, 산문전집, 102쪽.
20) 필립 라쿠—라바르트, 장—뤽 낭시, 홍사현 옮김, 『문학적 절대』, 그린비, 2015, 9—118쪽. 「서문」, 「서곡」, 「1장 1절」 참조.

한 완충지대의 이상은 신동엽 시에서 살펴볼 수 있는 고유한 재현 양상이다. 신동엽의 시론과 시는 점근선을 형성한다. 종국에 이르러서는 문명사적인 자기 비평에 근접해간다. 시론은 비평의 근거로서 시 텍스트를 요청하는 재현의 악무한이 거듭되면서 절대적인 '시 작용' 그 자체가 시의 궁극적 목표가 된다. 세계라는 대문자 책의 최종 심급에 가까운 원리가 그것이다. 신동엽의 시의 방법적 전략은 시적 절대화를 경유한 혁명의 논리로 수렴될 것이다.

2. 유기체적 세계관과 오페레타적 시공간

1960년대 후반 김수영은 맥락이 다른 두 개의 비평에서 신동엽의 「발」을 가작(佳作)으로 꼽는다. 김수영은 한국전쟁 이후 우리 시단의 추세를 볼 때 '현실 극복의 과제'가 우선이라는 장일우의 진단에 동의하면서 '정공적(正攻的)인 자세로 현실 극복의 목표에 도달한 최초의 작품'으로 신동엽의 「발」을 예로 든다.[21] "4 · 19를 경계로 해서 그 이전의 10년 동안을 모더니즘의 도량기(跳梁期)라고 볼 때, 그 후의 10년간을 소위 참여시의 그것이라고 볼 수 있을 것"이라는 전제로 출발하는 「참여시의 정리」에서 "우리나라와 같은 기형적인 정치 풍토에서는 참여시에 있어서의 이념과 참여의식의 관계가 더욱 미묘하고 복잡"하며, 그것은 마치 무의식과 의식의 관계가 초현실과 현실의 역설과 맞닿는 이치와 비슷하다고 김수영은 진단한다. 정치 이념은 불가능을 희구하는 신앙이기에 행동으로 표출되

---

21) 김수영, 「젊은 세대의 결실: 1966년 3월 시평」, 『김수영 전집 2』, 민음사, 2003, 545−546쪽.

는 무의식과 실존의 영역이다. 참여시에는 내부와 외부의 경계가 없다. 참여시의 내부와 외부는 오직 죽음에 이르러서야 합치될 수 있을 뿐이다.[22) 그런데 '참여파 신진들의 과오'는 투박한 민족주의를 사회참여의 배경 이념으로 전제한다는 것에 있다. 외부 정치 헤게모니, 이념의 변동에 따라 설정되는 '위태롭기 짝이 없는' 민중이라는 개념에 호소하는 시, 민중과 동떨어진 시에 비하자면, 신동엽의 「발」(현대문학, 1966.2)은 '사회의식과 역사의식'을 동시에 보여준 보기 드문 성공이라는 것이 김수영의 평가다.[23)

김수영이 보기에 현실 극복의 과제에 천착하면서, 공시적인 사회의식과 통시적인 역사의식을 동시에 천착하는 것은 신동엽 시의 특징이다. 그러나 신동엽의 작품에서도 대상이자 수신자로서 민중의 본뜻은 작품의 형상과 유리되어 있다는 것이 김수영의 우려였다. 사회성과 역사성의 씨실과 날실로 엮은 재현 담론의 수신자가 '민중'으로 특정된 것은 1960년대 후반의 일이었음을 떠올리자면, 김수영의 진단은 일면만 타당한 것이었다. 신동엽의 시적 관심은 애당초 '땅에 붙어서 사는 버섯들의 살림살이처럼 우스운 이야기'(「이야기하는 쟁깃군의 대지」)로서의 역사에 있었기 때문이다.

나도 물론 씨족전쟁(氏族戰爭)엔 나가보았습니다. 창(槍) 들고 도끼 들고 코거리 하고 귀거리 하고. 닥치는 대로 대갈통을 바수어 함지박처럼 머리에 엎어쓰고. 가슴팍을 꿰어선 나무에 매달아두고.

시샛 사람들 도살(屠殺). 그건 정 시시한 짓이야요. 눈웃음으로 못

---

22) 김수영, 「참여시의 정리: 1960년대 시인을 중심으로」(1967), 『김수영 전집 2』, 민음사, 2003, 389-390쪽.
23) 김수영, 「변한 것과 변하지 않은 것: 1966년의 시」(1966. 12), 『김수영 전집 2』, 민음사, 2003, 369-370쪽.

할 사이 원(怨)한도 없이. 도시(都市)채 시들시들 살아져버리는 것.
　싱겁기 짝이 없는 도매(都買) 굿이야요.

　못난 짓 버릇 가운데 몸을 담그고
　오늘 낼 숨쉬어가는 사람들이여
　도끼는 신기(新奇)해도 손재주가 만든 것이며
　비행기(飛行機)는 비싸도 땅에서 뜨는 것이다.

　떡쇠의 입에는 쌀이 하루 세 사발
　수상(首相)님의 대장(大腸)에는 비게가 하루 세 사발
　대헌장(大憲章)은 존엄해도 코끼리의 안경(眼鏡)이다.

　못난 짓 버릇 가운데 몸을 담그고
　오늘 낼 버둥겨가는 사람들이여
　가마귀는 나려와 분(粉)이 가슴 우에
　구데기를 쪼아서 주둥질 닦을 께고
　장군(將軍)님의 존안(尊顔) 우에 평소(平素)히 앉아서
　누깔을 빼 먹고선 갸웃거릴 것이다.

　내 고향(故鄕)에 피는 꽃은 무슨 꽃일까.
　봄. 갈. 여름. 내 생지(生地)에 펴나는 꽃은 무슨 꽃일까.
　두견이. 패랑이. 들국(菊)? 거줏말이다 그러한 꽃은.
　내 고향(故鄕) 산천(山川)에 펴나지 않는다.

들길을 가루질러 달구지가 지나갔다.
낯익은 얼굴들이 호박처럼 매달려 메마른 돌밭위에
부숴져가고 있었다.

[1958.11.18. 탈고]
―「이야기하는 쟁깃군의 대지: 제3화」부분24)

신동엽은 '6 · 25 동란'의 성격을 "인간 문명과 인간성의 전람회적 성격을 함유하고 있는 것"[25]인 동시에 "세계가 하나로 통일되기 위한 전초전"[26]으로 규정했다.[27] 언뜻 보면 모순된 주장 같은 이러한 발언이 가능한 이유는 바로 '정치적 낭만성'에서 기인한다. '한국전쟁'은 인류사 전체의 알레고리라는 측면에서 '씨족전쟁'의 성격을 띤다. 씨족전쟁의 서사는 역사도 아니고, 전설도 아니고, 세세연년 유전하는 '영원회귀 운운 이야기'도 아닌 '두만강변 촌락의 한 이름 없는 할아버지에게서나 들을법한 이야기'와 같다. 역사를 '민중적인 관점'에서 재해석했다고 해석할 수 있는 진술이지만, 다른 한편으로는 대문자 역사를 타자화하는 방법적인 전략으로 읽을 수도 있다. 추상적인 인과관계나 정치적 동학에 갇힌 역사적인 의미의 망을 소문자 역사의 집적으로 환원하는 방식이다. 역사적인 흐름의 귀착점으로서 현재가 절대화된다. 한국전쟁은 "성자(聖者) 종주(宗主)의 이름으로./ 국가(國家)와 인류(人類). 자유(自由)와 평화(平和)의 이름으로. 모든 세련된 미덕의 이름으로 강제(强制)와 살인에 가담하고 있는. 이십억(二十億) 점잖은 병신(病身)들"의 살육전이다. '도끼'와 '비행기'가, '떡쇠의 쌀과 '수상님의 비게'가 무차별적으로 동일한 가치 규준 아래 읽힐 수 있는 이유는 '씨족'으로 묶인 존재이기 때문이다. 대헌장의 초월적인

---

24) 신동엽, 강형철 외 편,『신동엽 시전집』, 창작과비평사, 2013, 82−83쪽. 인용 판본은『조선일보』(1959)나 시집『아사녀』(1963) 수록본이 아니라 초고본이다. 앞으로 신동엽 시의 인용은『신동엽 시전집』, 창작과비평사, 2013에 따르며, 별도의 이유가 없는 한 따로 인용 표지를 하지 않는다.

25) 「동란과 문학의 진로」, 산문전집, 158쪽.

26) 같은 글, 157쪽.

27) 이순욱은 한국전쟁 와중 부산을 중심으로 형성된 '피란문학'에 내포된 전시동원의 양상을 민밀하게 추적하며 "국가가 전쟁을 만들고, 전쟁이 국가를 만들었던 때가 바로 한국전쟁기"(457쪽)라고 정리하기도 했다. 이순욱, 「한국전쟁기 부산 피란문학과 전시동원」,『영주어문』41집, 영주어문학회, 2019.2, 451−474쪽 참조.

헌법과 코끼리의 안경이 존엄성과 유머의 경계를 허물며 나란히 놓일 수 있는 것도 같은 이유에서다.

'이야기하는 쟁기꾼의 대지'는 '생지(生地)'로 명명된다. '생지'라는 단어는 동양적인(동학적인) 사유를 암시하는 동시에 '유기체적인 세계관'을 함의하는 단어이기도 하다. 고봉준은 신동엽의 시세계를 '동학농민혁명을 민중적 관점에서 형상화한 『금강』(1967)의 세계'와 '인류의 역사를 대지의 사유에 의거하여 재해석한 산문 시인정신론(1961)의 세계'로 구분한 다음 이 두 세계를 묶는 상징기호로 '아사녀'를 지목했다. 신동엽 시에서 '아사녀'는 고대적 세계와 현재의 연속성을 획득하게 하는 인자이다. 신동엽의 시가 민중적 관점과 대지적 사유를 종합하며 "서구적 근대에 반(反)하는 새로운 비전을 구축"할 수 있었다면, 그 기반을 아사녀의 상징에 내재한 유기체적 세계관의 동학으로 지목할 수 있을 것이다.[28]

신동엽은 등단작이 '장시'였고 시극 「그 입술에 파인 그늘」과 오페레타 「석가탑」을 위시하여 장시 「금강」에 이르기까지 시를 중심으로 한 매체의 형식 변용에 적극적이었다. 예술정신의 근원에 '시정신'을 두었으므로 시는 시정신이 표출되는 무대공간과 같은 열린 장으로 간주된다. 신동엽에게 있어서 시는 음악, 미술, 극, 조명과 연기에 이르기까지 다른 모든 예술적 표출 수단을 융합한 용광로와 같은 의미로 받아들여진다. 특히 오페레타 「석가탑」은 시와 극 및 음악의 조화를 바탕으로 신동엽 시에서 '아사

---

28) 고봉준, 「1960년대 정신사와 신생의 토포스」, 『한국문학논총』 84집, 한국문학회, 2020, 466쪽. 고봉준의 논의와 함께 '중립', '영구평화론' 등의 주제적인 연원과 시대사적 영향관계를 톺아읽은 논문으로는 김지윤, 「중립, 그리고 오지 않은 전후: 신동엽과 전봉건의 텍스트를 중심으로」, 『상허학보』 56호, 상허학회, 2019.06, 267−316쪽; 최현식, 「(신)식민주의의 귀환, 시적 응전의 감각: 1965년 한일협정과 한국 현대시」, 『현대문학의 연구』 70집, 한국문학연구학회, 2020, 241−321쪽을 참조할 수 있다.

녀' 상징의 원형적인 의미를 중층적으로 구현한 작품으로 손꼽힌다.[29] 일찍이 하인리히 하이네가 '민중적인 노래'로 알려져 온 민요의 가변적 양식을 수용하면서 순수하고 자연적이고 진실한 민요의 양식과 시민 사회성의 대립을 무화한 『노래의 책』이라는 연작시집 형식으로 써낸 바 있듯,[30] 오페레타 형식이 보여주는 표현 양식의 융합, 주제의 강조에 특화된 유연성은 '극적 공간'을 창출하는 연작 형식의 시에 시적 시공간의 창출 방식에 녹아든다.

> 아사녀와 아사달은 사랑하고 있었어요. 무슨 터도 무슨 보루(堡壘)도 소제(掃除)해버리세요. 창칼은 구워서 호미나 만들고요. 담은 헐어서 토비(土肥)로나 뿌리세요.
> 비로소, 우리들은 만방에 선언하려는 거야요. 아사달 아사녀의 나란 완충(緩衝), 완충이노라고.
>
> 내 고향은 바닷가에 있었다.
> 고기도 없는 바다
> 열 굽이 돌아들면 물 쑤신 할머니.
>
> 그것은 산이었다.
> 노루 없는 산
> 벌거벗은 내 고향 마을엔
> 봄, 가을, 여름, 가난과 학대만이 나부끼고 있었다.
>
> 한강 백사장

---

29) 이현원, 「신동엽 '시극'과 '오페레타' 비교 연구」, 『시학과 언어학』 제31호, 시학과 언어학회, 2015.10, 139−172쪽 참조.
30) 이재영, 「치명적인 사랑과 노래의 구원」, 하인리히 하이네, 『노래의 책』, 열린책들, 2016, 343−362쪽 참조.

동학전쟁 삼배 구름떼
전신주 밑 파헤쳐보아도

하와이에도 만리장성 성돌 밑에도
남양군도(南陽郡島) 밀짚모자 아래에도, 없었다.
이백만을 생매장해보아도
사랑과 에미의 가슴 총알 속 쓸어넣어보아도
미쳐보아도.

투표에도, 연설에도,
무슨무슨 주의(主義)에도
시원한 바람, 부드러운 봉황은
나타나주지 않았다.

억울하게
체념만 하고 살아가는
나의 땅 조국아.
긴 금강(錦江)

나의 사랑
나의 역사여.

―「주린 땅의 지도(指導) 원리」
(『사상계』 1963, 11월호) 부분

    인용한 작품은 사랑으로 충만한 땅을 채우고 어떠한 이념에도 휘둘리
지 않는 역사의 흐름에 대한 '주림'을 형상화한 시로 읽힌다. 인용한 부분
은 아사달과 아사녀의 사랑에 의미를 부여하는 노래 형식의 방백, 화자인
'나'의 입으로 수탈의 역사를 들려주는 평서형의 고백, 마지막으로 이 모

든 시간이 극화된 장소인 조국 산하('금강')를 부르는 외침이 중첩된 부분이다. 이경수는 이처럼 대립적인 인물과 공간 구도를 활용하여 '심상 지리(imaginative geography)'를 구축하는 것을 신동엽 고유의 전략으로 파악한바 있다. 양가성이 충돌, 대립, 무화 또는 지양되며 새로운 시공간 구도가형성된다. 새로 만들어진 국면 속에서 새로운 주체가 호명된다. 시적 형상화 과정을 거치면서 시적 주체가 발 디디고 선 세계가 재명명되는 양상을보이는 것이다.[31]

'가난과 학대'의 맞은편에는 '시원한 바람과 부드러운 봉황'이 자리한다. '주린 땅의 지도 원리'는 기술에 대한 갈급함이 아니라 우리 안에 면면히 흐르고 있는 사랑에의 요구에 있다. 하이데거의 기술문명 비판에 대해제임슨은 다음과 같이 부연한 바 있다. "예술작품은 풍경과 세계가 그것을둘러싸고 조직되는 사원(temple)인 반면 기술은 그런 것들이 교란되는 지점이다."[32] 낯익은 것들에 본원적으로 내재하는 친숙함으로 인해 낯선 새로운 것에 대한 공포, 두려움, 흥분이 야기된다. 충격에 대한 미적 인식론은 긍정, 부정이라는 가치판단과 조응하는 것이 아니라 세계를 미학화하는 동근원적인 인식론적 전략으로 수렴된다. 신동엽의 시적 형상화 방식이 정확히 그러한 사례이다.

아서란 말일세. 평화한 남의 무덤을 파면 어떡해. 전원(田園)으로

---

31) 이경수, 「신동엽 시의 공간적 특성과 심상지리」, 『비평문학』 39호, 한국비평문학회, 2011, 216−253쪽.
32) 프레드릭 제임슨, 황정아 옮김, 『단일한 근대성』, 창비, 2020, 166쪽; 신동엽의 '기계 혐오'의 근저에는 물론 기술결정론적인 맥락이 자리하고 있는 것이 사실이다. 제임슨을 경유해서 부연하자면 "역사적으로 한층 더 자의식적인 우리 시대에서조차 모든 사람이 '기술 결정론'을 비난하면서도 마음 깊숙이에서는 은밀하게 기술결정론을 품고 있다." (같은 책, 168쪽.)

가게, 전원 모자라면 저 숱한 산맥 파내리게나.// 고요로운 바다 나
비도 날으잖는 봄날 노오란 공동묘지에 소시랑 곤두세우고 점령기
(旗) 디밀어오면 고요로운 바다 나비도 날으잖는 꽃살 이부자리가
예의가 되겠는가 말일세.// 아서란 말일세. 잠자는 남의 등허릴 파면
어떡해. 논밭으로 가게 논밭 모자라면 저 숱한 산맥, 태백 티베트 파
미르 고원으로 기어오르게나. 하늘 천만개의 삽으로 퍽퍽 파헤쳐보
란 말일세.

—「기계야」(『시단』, 1963) 부분

"기다림에 지친 사람들은/ 산으로 갔어요./ 그리움은 회올려/ 하
늘을 불붙도록./ 뼈섬은 썩어/ 꽃죽 널리도록.// 바람 따신 그 옛날/
후고구려 장수들이/ 의형제를 묻던,/ 거기가 바로/ 그 바위라 하더군
요.// 잔디밭엔 담뱃갑 버려 던진 채/ 당신은 피/ 흘리고 있었어요."

—「진달래 산천」(『조선일보』, 1959.3.24.) 부분

"노오란 무꽃 핀/ 지리산 마을./ 무너진 헛간엔/ 할멈이 쓰러져 조
을고// 평야의 가슴 너머로./ 고원의 하늘 바다로./ 원생의 유전지대
로./ 모여 간 탱크부대는/ 지금, 궁리하며// 고비 사막,/ 빠알간 꽃 핀
흑인촌./ 해 저문 순이네 대륙/ 부우연 수송로 가엔,/ 예나 이제나/ 가
난한 촌 아가씨들이/ 빨래하며/ 아심아심 살고/ 있을 것이다."

—「풍경」(『현대문학』, 1960년 2월호) 부분

　「기계야」에서 전원(田園)은 태백산맥에서 티베트, 파미르고원으로 연
장되며 숫제 하늘과 땅의 경계마저 넘어서는 시공간을 무대로 확장된다.
「진달래 산천」에서 기다림에 지친 사람들이 숨어든 산은 저 후고구려 장
수들이 올린 고인돌 무덤과 시공간이 중첩되는 무대로 그려진다.「풍경」
에서 탱크부대의 수송로가 이어지는 부대는 무꽃 핀 지리산 마을인 동시
에 고비사막, 흑인촌이기도 하며 가난한 아가씨들의 빨래터가 있는 마을

이기도 하다. 인용한 작품들의 공통적인 특징은 상대적인 시간관을 극대화하면서 현재의 시간이 지니는 의미 가치를 무한으로 수렴하는 재현 전략에 있다. 계절, 대기, 자연의 언어로 표현되는 비인간적인 이미지의 세계가 전경화된다. 그 결과 회귀적인 구도가 형성되고, 일견 숙명론적인 시간관이 엿보이기도 한다.

신동엽이 보여주는 시적 구도는 정경 은유에 뿌리를 두고 있으며 의인적인 세계관의 소산이라는 것을 알 수 있는 대목이다. 소월, 만해, 상화, 지용에 이르도록 정경 은유는 한국 현대시사에 드러난 비유적 재현의 주요한 기제 가운데 하나였다. 신동엽은 「시인정신론」에서 "시도와 기교를 모르던 우리들의 원수 세계가 있었고 좌충우돌, 아래로 위로 날뛰면서 번식 번성하여 극성부리던 차수 세계가 있었을 것이고, 바람 잠자는 석양의 노정(老情) 귀수 세계가 있을 것이다"[33]라고 썼다. 신동엽이 설정한 시적 시공간 구도의 핵심이라 할 '원수성(原數性) / 차수성(次數性) / 귀수성(歸數性)'의 개념 지형 역시 이와 같은 시간관에 바탕을 두고 있는 것이다.[34] '땅에 누워 있는 씨앗의 세계'에서 '가지 끝에 열리는 잎의 세계'로, 다시 '열매가 여물어 땅으로 돌아온 씨앗의 마음'으로 회귀하는 정경 은유의 구도가 그것이다. 신동엽은 이것을 '인류수'와 그 씨앗이라는 근본 은유로 정리하기도 했다. 대부분의 근본 은유(root metaphor)는 자연물의 인식론적 변용을 함의한다.

---

33) 「시인정신론」, 산문전집, 91쪽.
34) 이러한 논지에서, "신동엽이 말하는 원수성의 세계란 역사 이전의 세계, 낭만적으로 미화되고 이상화된 세계"이며, 신동엽은 "역사 그 자체로부터의 탈주, 혹은 역사의 변화와 발전을 종식시키는 것"을 꿈꾼 것일 수도 있다는 오성호의 지적은 주목을 요한다. (오성호, 「가혹한 현실, 위험한 꿈: 신동엽 시에 나타난 민족주의에 대한 비판적 연구」, 『배달말』 53권, 배달말학회, 2013, 334쪽.)

3. 낭만화된 자연과 완충지대의 이상

신경림은 등단 전까지 신동엽이 거쳐온 습작기의 시 세계를 다섯 개로 나누어 시기별로 분류했다. 소년 시절에 서정성이 짙은 시편을 썼고, 결혼 전후에는 사랑과 헌신 등의 주제로 엮일 수 있는 시편을 썼으며, 연대를 특정할 수 없는 시기에 민요조의 작품을 집중적으로 창작했다. 당대의 문단을 의식하면서 문학 풍토에 불만을 토로하는 시편들을 남겼고, 한국전쟁 직후에는 반외세, 반전, 반핵의 메시지를 담으며 통일과 평화에 대한 지향을 명확히 한 시편들을 창작했다.[35]

신동엽은 일찍이 "맹목 기능자"로서의 시인을 '말의 사기꾼'이라고 닦아세우기도 했다. 문학마저도 생산 체제의 일부에 포함시키는 분업 시스템으로 인하여 "문학이라고 불리는 단자(單子)가 직업명사화한 것은 이미 옛날의 일이며 그것은 다시 더 영업적인 이들에 의하여 분주히 분가"되어 나가는 것이 시단의 현실이라는 것이다. 시인이란 "오랜 날부터 이어받아온 관습적인 언어들"[36]에 가로놓인 맹목을 걷어내고 '순조롭고 합리적인 공동 작업'을 위한 밑거름으로서의 발화를 재창조하는 작업에 사명을 걸어야 한다는 것이 신동엽의 시각이다. 시적 재창조의 과정에서는 역사 사회적인 현실은 물론이거니와 구체적으로 주어지며 시시각각 전변하는 감각적인 질서 또한 시적인 계기의 일부를 이룬다. 초기 낭만주의 결사에서는 이러한 창작 인식론을 바탕으로 세계를 '시화(poetisierung)'하는 한 권의 책을 건립하는 작업을 최상의 가치로 두었다.

거시적인 계기와 미시적인 계기가 만나서 응결된 신동엽 시의 모티프

---

35) 신경림, 「신동엽의 미발표 시고를 실으며」, 『실천문학』 11호, 실천문학사, 1988.09, 455-456쪽.
36) 「시인정신론」, 산문전집, 89쪽.

로 '눈동자' 상징을 떠올릴 수 있다. 신동엽은 습작기인 1952년 봄을 창작
일로 기록한 「검은 눈동자」에서부터, 1953년 4월에 쓰인 「눈동자」를 지
나, 훗날 「금강」 3장에 전문 삽입되기도 하는 「빛나는 눈동자」(『아사녀』,
1963)에 이르기까지 '눈동자 모티프'를 핵심적인 상징으로 써왔다.[37] 시
인이 직시하는 현실 세계는 앞장에서 살폈듯이 시공간이 중첩된 이미지
로 형상화되거나 근본 비유에 근거한 원형적 이미지를 불러들인 정경 은
유의 형태로 그려진다. 자연과 문명의 대립 구도는 적대적인 필연성이 호
출한 비유의 인식적인 토대를 제공한다. 자연은 낭만화되며 대립과 모순
의 구도를 그려내는 동시에 그것이 무화되는 인식론적인 지도를 동시에
보여준다. 이러한 양상은 '중립'과 '완충지대'의 이상적인 구도에 대한 신
동엽의 시적 천착에서 명징하게 드러난다. 두 개의 적대적인 '조선'을 불러
들이며 시화하는 낭만적인 정경 은유의 틀로서의 '완충'이 바로 그것이다.

---

37) '눈동자' 상징에 대한 천착은 신동엽의 생애 말년까지 지속되었다. 레비나스는 "빛
은 내재적인 것을 통해 외재적인 것을 포장하는 일을 가능하게 해주는데, 여기서
이 내재적인 것은 코기토와 의미의 구조 자체이다."라고 전제한 다음, 시각과 빛의
연관성을 밝히는 일은 연대성과 자유의 의미를 추동하는 재현 욕구와 상관된다고
정리했다. 빛이 낳는 기적은 코기토 즉 사유의 기적과 통한다. 빛 속에 감싸이면서
자신을 드러내는 세계 존재는 오로지 빛 속에서만 '내재성'과 관계한다. 스스로 고
유해지는 이 순간 존재는 무한히 물러서며 스스로 자신의 배후를 자각한다. 타자나
세계에 대한 인식은 이러한 방식으로 비롯된다. 빛은 지향으로서의 인식과 통하며,
바라보는 주체는 배후로 물러나는 주체라는 의미에서 고요한 판단 중지의 사건이
시작된다. '모든 것으로부터 떨어져 오로지 자기 자신으로 머무를 수 있는 무한한
물러섬의 힘'이 바로 눈동자 속에 담기는 빛의 작용이다. "역사를 정지시키는 존재
자체의 역사가 쟁점일 때조차 중지는 이 대상과 역사에 대해 언제나 외재적으로 머
무르는 데서 성립한다." 레비나스는 빛 속에서 맺는 존재 연관은 '익명으로부터의
탈출'이라는 의미에서 개별 존재가 존재 전체와 맺는 '연대성'을 긍정하는 자유의
느낌, 환상을 추동한다고 결론짓기에 이른다. (에마뉘엘 레비나스, 서동욱 옮김, 『존
재에서 존재자로』, 민음사, 2003, 78-82쪽 참조.

하루해
너의 손목 싸쥐면
고드름은 운하 이켠서
녹아버리고.

풀밭
부러진 허리 껴 건지다보면
밑둥 긴 폭포처럼
역사는 철철 흘러가버린다.

피 다순 쭉지 잡고
너의 눈동자, 영(嶺) 넘으면
완충지대는,
바심하기 좋은 이슬 젖은 안마당.

고동치는 젖가슴 뿌리 세우고
치솟은 삼림 거니노라면
초연(硝煙) 걷힌 밭두덕 가
풍장 울려라.

— 「완충지대」(『아사녀』, 1963) 전문

4연으로 구성된 이 작품은 전반부가 '흐르는 물'의 이미지에 집중되어
있고 후반부에서는 결실과 향연의 이미지로 완결되고 있다. 역사조차도
'밑둥 긴 폭포'와 같이 흘러가 버리는 자연의 섭리로 그려진다. 신동엽이
그려 보이는 완충지대의 이상은 개별 존재를 넘어서는 연대의 방향을 암
시하는 '눈동자'의 동학에 의존한다. 눈동자가 '영(嶺)' 너머로 확장되는 순
간 완충지대의 이상은 이삭을 거두는 결실의 제의로 수렴되기에 이른다.
바로 그 순간에라야 씨족전쟁이 남긴 매캐한 화약 연기가 걷히리라는 것

이 이 작품이 전하는 바다.

완충지대는 "바심하기 좋은 이슬 젖은 안마당"으로 그려지는 동시에 풍장이 울리는 오페레타적인 무대 공간으로 낭만화된 정경의 성격으로 이상화된다. 「힘이 있거든 그리고 가세요」(『서울일일신문, 1961.4.11.)에서는 '아직 이슬 열린 새벽 벌판'으로, 「아사녀(阿斯女)에 울리는 축고(祝鼓)」에서는 '상처 없이 누워 있던 우리들의 전답(田畓)'으로, 「주린 땅의 지도(指導) 원리」(『사상계』 1963, 11월호)에서는 아사달과 아사녀의 사랑으로 새역사가 피어나는 '바심밭'으로 그려지는 시공간 역시 '완충지대'의 이상을 시화한 무대다.

> **여** 저도 누구보다도, 이념, 의지, 목표, 이상, 이런 어휘를 즐겨 쓸 줄 아는 여자예요. 훈장도 탔어요. 당신들을 동이째 저주도 했고…… 어젯밤, 그 육박전이 있은 후, 소나기가 퍼부었지요…… 밤이 부러져 나가는 줄 알았어요…… 마지막이라고 생각하며 나는 의식을 놓았어요…… 아주 노곤한 봄잠이라고 생각하며 눈을 감았어요. 눈을 떴어요…… 눈부시던 아침 햇빛, 이웃 동무들하고 산에 고사리라도 뜯으러, 재질재질 오르고 싶은 아름다운 봄 아침. 나는 몸을 일으켰어요. 그 순간 까무러쳤어요. 한참 만에 눈앞에서 흔들거리던 바다 밑 삼라만상이 고정되더군요…… 당신네 병사가 내 벗겨진 양말자락을 붙든 채 싸늘하게 굳어 있었어요. 왜 하필이면 내 양말 끝을 붙들고 죽었는지…… 눈을 못 감았더군요. 나는 또 한번 기절했어요. 그 눈동자…… 허망하게 빛 없이 나를 바라보고 있는 거예요."
>
> —「그 입술에 파인 그늘」, 산문전집, 27쪽.

> **여** 껍데기는, 곧, 가요. 껍데기는 껍데기끼리, 껍데기만 스치고, 병신스럽게, 춤추며 흘러가요, 기다리면 돼요, 땅속 깊이, 지하 백 미

터 깊이에 우리의 씨를 묻어두면, 이 난장판은 금세 흘러가요."

　　　　　　　　　　　　　　—「그 입술에 파인 그늘」, 산문전집, 31쪽.

　시극, 오페레타, 장시에서는 이상적인 시공간에 이르기 위한 전환의 구도가 분명하게 드러난다. 인용한 시극 「그 입술에 파인 그늘」에서 확인할 수 있는 것도 바로 그러한 의미의 전환이다. 인용 부분에서 어조 및 태도의 변화를 눈여겨보면, 절대화된 관념어(반대 개념이 분명한 어휘들)가 정경 은유와 동시에 제시되는 양상을 확인할 수 있다. 소나기 내린 뒤에 쏟아지는 아침 햇빛은 '참호에서의 육박전'으로 강제된 이념이나 의지가 씻겨나가는 이미지로 기능한다. 껍데기와 씨의 비유 역시 마찬가지이다. 시공간이 착종되고 마침내 현실을 새롭게 인식할 수 있는 '눈동자'가 열린다. 이 과정에서 정경 은유는 시적 주체가 디디고 선 시공간을 다시 보고, 현실을 보는 틀을 누구도 아닌 자신의 힘으로 전환하는 데 중요한 구실을 한다. 이처럼 신동엽의 작품에서 '전경인' '완충지대' '중립'의 이상적인 시공간은 극적인 아이러니로 그려지는 구체적인 내러티브의 귀착점으로 이미지화된다.

　　　지금은 어드메 산맥에서 푸른 영을 타고 있을
　　　맥고모자 그늘 아래 웃음 웃던 얼굴이여

　　　오다가다 말없이 지나친 뭇 얼굴들
　　　내 시낭독에 우레 같은 박수를 보내주던 군중들
　　　내가 아는 그리고 내고 모르는
　　　온갖 연분 있는 사람들의 심장이여

　　　나는 가련다

아름다운 처녀지 위에 자유스러이 피어나려는 내 청춘은
노망든 독재자와 이방권력에 의하여 무참히
꺾이어버렸다
초야의 신부처럼 감격에 부풀었던 나의 희망은
억울히도 짓밟혀버리었다

자유로운 하늘이여
자유로운 원시림이여
공화국기와 태극기가 번갈아 올라가는
죄 없는 나의 고향 아득한 한촌이여

나는 본 일이 있는 그리고 비롯 나를 못 봤을지언
하나도 아니요 백도 아니요 십만도 아니요 더 많은
그리운 사람들의 마음이여

나의 발바닥과 손길과 숨결이 스쳐간
나무며 돌이며 벌판이며 아름다운 강산이여
　　　　　—「만약 내가 죽게 된다면」(1951년 11월 10일) 부분

　　신동엽은 산문 「시끄러움의 노이로제」에서 정경 은유가 역사와 문화를
재현하는 토대가 되는 이유를 간접적으로 밝히기도 했다. "옛날의 문화는
전원 중심의 문화였기 때문에 옛날 사람들의 귀에는 새소리, 물소리, 바람
소리, 나뭇잎 굴러가는 소리들만이 들려왔었던 것이다. 아니고 사람 소리
라야 기껏 짚신 끄는 소리, 열두폭 비단 치맛자락 끄는 소리, 아니면 도란
도란 구수한 이야기 목소리 뿐이었을 것이다."[38] 낭만화된 자연으로 그려
지는 정경 은유의 언어 맞은편에는 '극한의 언어'가 있다. 말의 사기, 세공,

---

38) 「시끄러움 노이로제」, 산문전집, 180쪽.

기교의 언어가 바로 그러한 극한의 언어를 지배한다. 「만약 내가 죽게 된다면」은 한국전쟁기에 집필한 습작기의 작품이다. 이 작품에서 '전원 문화'의 언어가 작품에서 중요한 기능을 담당하는 양상을 확인할 수 있다. 작품에서 민족사적 비극의 연원은 "노망든 독재자와 이방권력"으로 지목되고 있다. 미소를 인사로 건네던 다정한 이웃들, 나날의 인연으로 맺어진 사람들에 대한 그리움과 한데 어울려 살아갈 수 있는 터전에 대한 회구를 엮어가며 시행은 이어진다. "아름다운 처녀지", "자유로운 원시림"이 바로 시인이 꿈꾸는 '완충지대'의 이상향이다. 그곳은 예외 없이 '나무, 돌, 벌판으로 아름다운 강산'으로 그려진다. 신동엽이 제시한 '정경 은유'의 틀은 시적 재현의 한계를 극적으로 돌파하기 위해 채택된 방법론적 전략 가운데 하나인 것이다.

신동엽 시의 특장이 압축적으로 드러난 작품으로 시인이 작고하기 한 해 전에 발표한 「술을 많이 마시고 잔 어젯밤은」을 꼽을 수 있다.

　　　술을 많이 마시고 잔
　　　어젯밤은
　　　자다가 재미난 꿈을 꾸었지.

　　　나비를 타고
　　　하늘을 날아가다가
　　　발아래 아시아의 반도
　　　삼면에 흰 물거품 철썩이는
　　　아름다운 반도를 보았지.

　　　그 반도의 허리, 개성에서
　　　금강산에 이르는 중심부엔 폭 십리의

완충지대, 이른바 북쪽 권력도
남쪽 권력도 아니 미친다는
평화로운 논밭.

술을 많이 마시고 잔 어젯밤은
자다가 참
재미난 꿈을 꾸었어.

그 중립지대가
요술을 부리데.
너구리 새끼 사람 새끼 곰 새끼 노루 새끼 들
발가벗고 뛰어노는 폭 십리의 중립지대가
점점 팽창되는데,
그 평화지대 양쪽에서
총부리를 마주 겨누고 있던
탱크들이 일백팔십도 뒤로 돌데.

하더니, 눈 깜빡할 사이
물방개처럼
한 떼는 서귀포 밖
한 떼는 두만강 밖
거기서 제각기 바깥 하늘 향해
총칼들 내던져버리데.

꽃 피는 반도는
남에서 북쪽 끝까지
완충지대,
그 모오든 쇠붙이는 말끔히 씻겨가고
사랑 뜨는 반도.
황금이삭 타작하는 순이네 마을 돌이네 마을마다

높이높이 중립의 분수는
나부끼데.

　　　　　　　　—「술을 많이 마시고 잔 어젯밤은」
　　　　　　　　（『창작과비평』, 1968년 여름호) 부분

　'술을 마시고 꾸는 재미나고도 허망한 꿈'이라는 설정은 극화(劇化)된 시적인 시공간으로 입사하기 위한 방법적 장치의 구실을 떠맡는다. 인간과 자연은 물과 바람과 하늘로 연속되고 있는 유기적인 시공간 계열 속에서 이미지화되면서 부려진다. 작품 속에서 '완충지대'는 "평화로운 논밭"이라는 자연의 이미지로 제시된다. '중립'의 이상은 끝없이 팽창되는 자연의 권역이 내장한 생생불식(生生不息)하는 힘으로 드러난다. 신동엽이 역사와 현실의 상징적인 이미지로 제시한 "인간의 천태만상한 성과와 역사를 한 몸에 시현하고 있는 거대한 등구나무, 인류수(人類樹)"[39]에서 읽을 수 있는 것도 그러한 의미에서 자연으로 낭만화된 혁명적인 전환의 인식론이다.

　　가지와 가지, 초단(梢端)과 초단, 잎과 잎, 교착(交錯)과 거리, 낙조 쪽으로 뻗어나간 황하계의 간지(幹枝), 그것들의 횡적 간격, 사찰·교회들의 뻗은 가지, 왕궁의 역사, 봉건 영주의 말라붙은 이파리들, 사변철학의 가지, 첨단에 자리한 몇 사람들의 고치집, 바로 밑에 미처 분가를 못한 채 눌어붙어 농성(籠城) 이룬 신유리철학(新唯理哲學)의 발아 시도들, 위세당당히 기어올라간 연구실 물리학의 정점, 그것에 자리한 전자분열학의 아직 생존해 있는 티눈, 휘어져 올라간 자연과학, 거기서 또다시 갈라지고 갈라져서 삭정이 이룬 인체 맹장 전문의의 계보, 손톱 미용학의 소(巢), 정치학 문학 총살법연구학.

_____

39)「시인정신론」, 산문전집 94쪽.

이 숱한 가지들마다 나뭇잎마다 열린 가녀린 새집들은 앞으로 얼마나 더 문화를 계속하고 생장할 수 있을 것인가. 그리고 20세기경의 허공중에 현란한 잔치를 베풀고 있는 수만 지엽 간의 어느 첨단에도 우리의 소굴은 정좌되어 있었단 말인가.

　　　　　　　　　　　　　　　－「시인정신론」, 산문전집 94－95쪽.

　20세기 문명이 마주한 현실은 감각의 분류 체계에 근거하여 분류된다. 다양한 학문과 현실의 체계는 '뻗어나가고', '휘어져 올라가며' '갈라져서 삭정이를 이루'는 방식으로 분화하는 방식으로 성격을 드러낸다. 싹에서 잎사귀, 가지를 거쳐 인류의 역사와 현재라는 나무 전체의 구도를 가정하고 있는 비유인 셈이다. 이처럼 신동엽이 세계를 시화하는 방식은 정경 은유를 거쳐서 낭만화된 자연의 이미지로 드러난다. 결론적으로 신동엽이 역설한 전경인은 이러한 비유적인 인식을 거친 다음에 관계의 종합을 이루는 인간으로 규정된다. 즉, 차수 세계로 분화해가는 관계의 조형성과 언어성을 이기와 편리에서 벗어난 고차적이고 방대한 연대 관계로 아우르는 '종합인'이 바로 전경인이다.[40]

　일찍이 마르크스는 자연법적으로 주어지는 '천부인권'과 추상적 개별화의 과정을 거쳐 분유(分有)하는 시민권을 비판적으로 구분했다. 종교적 해방은 보편적 자유의 문제를 초월적 권력에 예속된 개인의 문제로 호도할 수 있다. 정치적 해방은 법적 자유와 평등의 확립을 통해 실현되는 절차적 사후성의 영역이다. 결국 종교적, 정치적 해방은 모두 경쟁 체제 안

---

40) 신동엽의 시론에 대한 연구로는 오문석, 「신동엽의 시론 연구」, 『인문학연구』 48권, 조선대인문학연구원, 2014, 7－31쪽을 참조할 수 있다. 오문석은 천지인 삼재(三才)와 신동엽의 세계관 구도를 교차하며 신동엽 시론의 세계관을 해석해내며, 신동엽에게 있어서 "시인이란 '원수성'의 세계를 기억하면서 그곳으로 돌아갈 통로로서 '귀수성' 세계를 개방하는 사람"이라는 결론에 이른다.

에서의 해방이라는 의미에서 근본적인 '혁명의 동력'을 제공하지 못한다. 인간을 고립과 소외의 굴레에서 벗어나게 만드는 길은 역사 사회적 해방이다.[41] 신동엽이 보여준 특유의 재현 전략은 정치적 낭만성을 경유한 혁명의 논리를 추동하는 동력을 제공하는 핵심 인자로 기능한다. 결론적으로 신동엽의 시와 시론의 향방은 '전경인의 이상'으로 안착한다. 진정 인간적인 해방은 사회적 해방이기 때문이다.

4. 나가며

신동엽은 「금강: 후화(後話) 2」에서 작품 탈고 당해인 1967년 이전 근대사의 결절점을 세 장면으로 압축하여 요약 제시한 바 있다. '우리의 가슴을 처음 만져보고, 그 힘에 놀랐던' 1984년 3월이 첫째 장면으로 동학농민혁명의 순간을 시화한 대목이다. 두 번째 장면은 일제강점기에 강렬한 변곡점을 제시했던 1919년 3월 만세 운동의 그날이다. '우리의 가슴이 스스로 성장하고 있음을 증명하기 위해 일어선 날'이다. 마지막은 1960년 4월 민주항쟁의 날이다. 갑오년에도, 기미년에도, 4·19의 그날에도 가슴에는 피가 흘렀다. 신동엽이 꿈꾸는 진정한 그날은 온전한 평화의 이상으로 임재하는 날이다. "그러나/ 이제 오리라,/ 갈고 다듬은 우리들의/ 푸담한 슬기와 자비가/ 피 한 방울 흘리지 않고/ 우리 세상 쟁취해서/ 반도 하늘 높이 나부낄 평화"의 모습으로 말이다.

이처럼 신동엽의 시는 대개 이념 지향성이 명징하고 시인 특유의 역사

---

41) 에티엔 발리바르, 배세진 옮김, 『마르크스의 철학』, 오월의봄, 2018, 316−317쪽, 저자 주 참조.

인식이 방법적인 토대로 기능한다. 계기적인 시공간 인식으로 유발되는 기계적인 환원론을 거부하고 과거와 현재는 물론 이상과 현실 사이에 가로놓인 재현의 벽을 수월히 넘나드는 것은 신동엽 특유의 시론과 시로 동시에 드러난다. 혁명의 당위나 추상성에 반해서 발 딛고 있는 실체적인 경험과 현실에서 구축된 시공간 질서, 비유의 기제는 신동엽 특유의 시학을 지탱하는 기둥이다. 그 과정에서 시인은 유기체적이며 본질적인 자기 형성의 과정으로 자연과 인간을 파악한다. 총체적인 시 의식의 테제가 실현되는 장은 작품 안의 시공간을 넘어선다. 정치적 낭만성의 논리다. 역사적인 현실 또한 시적 절대화의 사명으로 승화된다. 신동엽의 시에서 유기체적인 세계관을 반영한 오페레타적인 시공간 구도, 낭만화된 자연을 경유한 완충지대의 이상은 시적 절대화를 경유한 혁명의 논리로 귀착된다. 시극, 오페레타, 장시를 포괄하는 시는 진정한 인간적인 해방을 실현하기 위한 최적의 도구로 채택된다.

물음의 구도를 바꿔볼 수도 있다. 신동엽의 시는 메시지 지향이 분명하기에 역설적으로 시적 기술을 위한 방법적 전략을 폭넓게 선택할 수 있었던 것일 수도 있을 것이다. 시극, 오페레타에 이르기까지 장르적, 기술적 외연에 대한 친연성을 작고 직전까지 자재(自在)하게 넓혀갔던 양상은 이러한 가정에 실체적인 사례를 제공한다. 등단작에서 대표작 『금강』에 이르기까지 장시의 문법에 특화된 창작법을 선보인 듯하지만, 극적 서술성이 돋보이면서도 변주와 전환에 능숙한 것 또한 신동엽 시의 특징이기 때문이다.

다음으로 제기할 수 있는 물음은 현실주의 시사에서 신동엽의 전사(前史)라 할 수 있는 임화나 김남천류의 '혁명적 낭만주의'와 신동엽이 보여준 '정치적 낭만성' 논리의 차별점이다. 김남천이 주창한 혁명적 낭만주의 역시 현실의 무대화는 주된 작법으로 여겨졌다. 진보적 리얼리즘의 이상을 미적으로 형상화하기 위해서는 혁명적 낭만주의의 계기를 내포해야 하며, 이는 작가의 강렬한 감정과 이지적인 의도를 대중에게 효과적으로 각인하기 위한 전략으로 간주된다.[42] 해방기 문학가동맹계열의 창작 방법론으로 채택된 혁명적 낭만주의는 2차세계대전 이후에 '파시즘과 인터내셔널리즘'이라는 '유적 차이'를 해방 후 조선이라는 '종적 차이'로 환원하기 위한 당위에 따라 호출된 명제에 가까웠다. 그러나 신동엽의 문학관이 배태한 '정치적 낭만성'은 2차세계대전의 종결로서의 한국전쟁('씨족전쟁') 이후에 시인 스스로 요청한 미학이라는 점에 의미가 있으며, 씻기 힘든 상흔을 남긴 적대의 구도를 선명하게 껴안으면서도 시적인 이상을 절대화하는 인식론적 지도에 가깝다. 신동엽 시에 나타난 정치적 낭만성의 층위와 문학가동맹계열의 혁명적 낭만주의의 방법론은 현실 지평에 대한 인식의 차이에서 도출된 미학적인 세계관의 차이로 정리할 수 있을 것이다. 신동엽이 보여준 방법적인 전략은 시적 절대화를 경유한 혁명 논리로 요약될 수 있다.

근래의 신동엽 연구는 다양한 부면으로 담론적인 확장성을 넓혀가며 다채로운 성과를 축적하고 있다. 연구사가 축적되는 동시에 다양한 방법적인 틀이 유연하게 적용된 결과이기도 하지만, 한편으로는 신동엽의 시와 시론이 선취한 문제의식의 깊이를 반증하는 것으로 해석할 수 있다. 신동엽은 '전경인과 은행국'의 대립으로 드러나는 현실과 토대에 대한 중층적인 인식, 아사녀 표상으로 대표되는 여성주의적인 재현 전략, 거시적인 통치 구조를 대체하는 중립의 이상에 기반한 통치성에 대한 재인식, 환경

---

42) 김남천, 조선문학가동맹 편, 「새로운 창작방법에 관하여」, 『건설기의 조선문학』, 1946, 164쪽 참조.

과 소수자에 대해 내미는 연대의 손길 등을 선구적으로 시화(詩化)했다. 이 모든 문제의식을 녹여내면서 새로운 인간과 미래에 대한 답을 다른 어떤 양식도 아닌 시로 종합하여 제시하려 했다는 측면에서 신동엽이 시화한 물음은 문학사를 넘어서 문명사적인 화두로 재추인될 가능성마저 엿보이는 것이다.

신동엽 시에 나타난 도시 공간과 '사이' 연구
— 「서울」, 「영(影)」, 「발」, 「산문시 1」, 「서귀포」를 중심으로

양진호

1. 서론

신동엽은 도시 관찰자였다. 기존 연구에서 그와 관련되어 언급되어온 '전경인'이나 '리얼리스트'와 같은 수식어들은 도시에 대한 그의 '시적 응시'를 있는 그대로 읽지 못하게 만든 측면이 적지 않다. 이경수가 지적한 것처럼, 그동안의 신동엽에 대한 연구는 민족 시인으로서의 면모에만 주목하는 경향을 보였으며, 이는 하나의 선입견으로 작용해 그의 시를 다양하게 읽는 것을 방해[1]해왔다. 이러한 연구 경향의 반작용으로 그동안 아

---

1) 이경수, 「신동엽 시의 공간적 특성과 심상지리」, 『비평문학』 39호, 한국비평문학회,

나키즘이나 유토피아라는 키워드를 통해 신동엽의 작품세계를 분석하려는 논의가 진전되었으며, 또한 탈식민주의적 관점을 통해 신동엽의 사회와 역사에 대한 인식을 읽어내려는 시도가 이뤄지기도 했다. 그리고 무엇보다 도시에 대한 그의 시적 응시에 의미를 부여하는 연구들, 즉 신동엽 시의 '공간'에 대한 연구들이 조금씩 이어지면서 그는 비로소 도시 관찰자의 면모를 되찾을 수 있었다.

신동엽은 전후 도시의 공백들, 즉 전통적 공간과 현대적인 공간 사이에서 출현하게 될 무엇인가에 대해 많은 관심을 가졌다. 폐허가 된 서울은 전통과 현대 중 어느 쪽의 모양새도 제대로 갖추고 있지 못했겠지만, 이미 서울 시민들은 자신을 '대도시 거주자'로 여기고 있었을 것이다. 그리고 신동엽 역시 도시 산책자로서 서울을 거닐며 자연스럽게 도시적 상상력을 펼쳐 나갈 수 있었을 것이다. 그는 도시의 '안'이나 '바깥'뿐만 아니라 그 '사이'에 있는 것들에 특별히 주목했다. 그리고 그 공간들에 대해 이야기할 때 '중립', '완충지대', '그림자' 등의 용어를 사용했다.

김지윤은 그중 '중립'에 대해 주목한 바 있다.[2] 김지윤은 신동엽 시에서 '중립'이 어떤 이념을 표상하는 기표가 아니라, 그가 문화와 역사의 틈새에서 발견한 의미들을 가리킬 때 이 어휘를 사용했음을 언급한다. 논자는 이 글에서 "1953년은 폐허와 절멸 위에서 비로소 맞이하게 된 '시작'이었고, 적어도 당대인들이 그렇게 느꼈다는 것은 분명해 보인다"면서, "새로움에 대한 강한 욕구가 당대를 관통하는 공통감정이었다는 측면에 주목해서 '1953년'을 '0년'으로 보자"고 제안한다. '0년'은 저널리스트이자 역사 연구가인 이안 부루마의 『0년(Year Zero)』에서 가져온 것으로, 부루마

2011, 216−217쪽.

2) 김지윤, 「중립, 그리고 오지 않은 전후−신동엽과 전봉건의 텍스트를 중심으로」, 『상허학보』 56호, 상허학회, 2019, 271−272쪽.

는 이 책에서 1945년의 "'이즘'이 몰락하고 옛 정권의 파산과 국토의 파괴 등으로 인해 전면적인 새 출발이 필요하다는 믿음이 강화됐던 때"[3]로 진단하며 이 시기를 백지상태와 같다는 의미에서 '0년'으로 명명했다. 김지윤은 이 책에서 말하는 1945년이 한국전쟁으로 인해 우리나라에 있어서는 1953년으로 연장된 것으로 볼 수 있다고 언급했으며, 당대의 한국인들은 이러한 백지상태에 대해 기대감과 희망이 뒤섞인 어떤 감정을 공유하고 있었을 것이라고 그는 설명한다. '중립'은 이러한 감정 상태를 나타내는 표현이며, 그래서 신동엽의 시적 공간들은 새롭거나 낯설면서도 어떤 사회·역사적 맥락까지도 포함하고 있다고 김지윤은 덧붙인다. 이 논문은 신동엽의 시를 일종의 '중립지대'로 보고 그것을 통해 신동엽 시의 역사적 배경인 전후 시기를 새로운 미래와 역사적 비전을 창조해야 한다는 믿음이 강하게 요청되던 시기인 '0년'으로 설명하고 있으며, 특히 이 개념을 그의 시가 가지고 있는 신체성으로까지 연결하고 있어서 주목할 만하다. 하지만 전체적으로 봤을 때 이 논문은 시인의 문명 바깥에 대한 상상력을 '사회·역사적 상상력'으로 해석하는 기존 논의와의 거리를 확보하지 못하는 경향을 보이기도 한다는 점에서, 신동엽 시의 도시적 공백의 의미를 읽어낼 수 있는 새로운 가능성으로 좀 더 분명하게 다가가지 못했다고 볼 수 있다.

앞서 언급했던 이경수의 논의[4]는 신동엽 시의 공간 문제에 대해 보다 선명하게 다가가고 있다. 신동엽 시의 공간적 특성에 주목하여 시인이 작품 내에서 심상지리를 구축하는 방식을 살펴보는 이 논문에서 논자는 신동엽이 "화려한 도시의 이면에 자리 잡고 있는 도시 빈민의 모습을 형상화

---

3) 이안 부루마, 신보영 옮김, 『0년』, 글항아리, 2013, 315쪽.
4) 이경수, 앞의 논문.

함으로써 도시 공간의 부정적 속성을 드러내는 한편, 새로운 민중 형상으로 도시 노동자를 발견함으로써 도시가 지닌 새로운 가능성에 주목하"고 있는 점에 대해 언급한다. 논자는 "일용직 노동자, 창녀, 시골에서 상경한 소년 등이 도시 빈민의 구체적인 형상으로 등장"하고, "시인은 이들이 구축한 도시의 심상지리를 통해 근대 도시의 부정성(否定性)과 가능성을 동시에 보여준다"고 언급한다. 그리고 이러한 민중 주체들에 대한 형상화를 통해 시인은 "도시와 자연이라는 대립적 공간 표상에 새로운 문화적 공간으로서의 심상지리를 구축"하며 "이는 정부 주도의 근대화가 한창 진행되던 1960년대에 신동엽의 시가 구축한 탈근대적 공간의 심상지리로서 새롭게 평가받을 만하다"고 논자는 덧붙인다. 이러한 해석을 통해 이경수는 신동엽이 도시에서 발견한 공백의 장소들을 역사적인 맥락보다 문학적 맥락에 더 가깝게 해석하고 있지만, 그러한 심상지리에 대한 상상적 근원을 '전경인'의 태도, 즉 역사성이라는 세계 인식과 긴밀하게 연결지음으로써 도시인으로서의 시선을 있는 그대로 재현하기 어렵게 된 측면도 있다. 그럼에도 불구하고 '심상지리의 구축'이라는 관점은 장소 속의 장소를 찾기 위한 시적 시도임을 논자가 강조하고 있으므로, 이 글에서는 이러한 관점을 참조해 신동엽의 도시 관찰자적 측면을 설명하려고 한다.

　도시 공간을 배경으로 한 신동엽의 작품에 대한 연구는 대체적으로 시인이 도시의 '안과 '바깥'을 어떻게 징후적으로 묘사하고 있으며, 그 사이에 있는 '중립' '완충지대' '그림자'와 같은 것이 어떤 방식으로 그 풍경에 영향을 주는지에 대한 해석을 중점적으로 담고 있다. 본 논문에서는 그러한 도시의 '사이'라는 공간에 대해 좀 더 면밀하게 분석하기 위해 발터 벤야민이 언급한 도시적 방황과 충동, 그리고 영화와 문학에서 등장인물의 복합적인 감정을 묘사할 때 사용하는 기법인 '미장아빔(mise en abyme)'등의 개념을 빌려오려고 한다.

2. 신동엽 문학의 현재성과 민주주의의 재발명

　　초가을, 머리에 손가락빗질하며/남산에 올랐다./팔각정에서 장안
을 굽어보다가/갑자기 보리씨가 뿌리고 싶어졌다./저 고층건물들을
갈아엎고 그 광활한 땅에/보리를 심으면 그 이랑이랑마다 얼마나 싱
싱한/곡식들이 사시사철 물결칠 것이랴.//서울 사람들은 벼락이 무
서워/피뢰탑을 높이 올리고 한다.//내일이라도 한강 다리만 끊어놓
으면/열흘도 못 가 굶어 죽을/특별시민들은/과연 맹목기능자이어선
가/도열병약 광고며, 비료 광고를/신문에 내놓고 점잖다.//(…)//서울
아, 너는 조국이 아니었다./오백년 전부터도,/떼내버리고 싶었던 맹
장//그러나 나는 서울을 사랑한다/지금쯤 어디에선가, 고향을 잃은/
누군가의 누나가, 19세기적인 사랑을 생각하면서//그 포도송이 같
은 눈동자로, 고무신 공장에/다니고 있을 것이기 때문에.//그리고 관
수동 뒷거리/휴지 줍는 똘마니들의 부은 눈길이/빛나오면, 서울을
사랑하고 싶어진다.//그러나, 그날이 오기까지는.

―「서울」 부분5)

　　발터 벤야민은 「성에 눈뜰 때」6)라는 에세이에서 성적 방황과 도시의
미로 사이의 연관성에 대해 언급한 바 있다. 그는 이 글에서 어린 시절에
부모님의 명령으로 먼 친척뻘 되는 사람을 유대교 교회로 모셔 오려다가
도시에서 길을 잃었던 일에 대해 고백한다. 자신을 억압하는 유대교의 전
통 의식이라는 타자에게, 그리고 잘 알지 못하는 친척이라는 낯선 대상에

---

5) 신동엽, 강형철 외 편, 『신동엽 시전집』, 창비, 2013, 408―410쪽.
6) 발터 벤야민, 반성완 역, 『발터 벤야민의 문예이론』, 민음사, 2007, 18―19쪽.

게 압박감을 느끼고 있었기 때문에 길을 잃을 수밖에 없었는데, 이때 그를 엄습한 것이 "유대교 의식에 참석하지 못할 것이라는 불안의 뜨거운 감정"과 "'될대로 돼라, 그것이 나에게 무슨 상관이냐는 식의 일종의 철면피한 감정의 물결이었다"고 그는 이야기한다. 그리고 그 불안한 감정들은 결국 한데 뒤섞여서 "하나의 커다란 쾌락의 감정"이 되었으며, "이 쾌락의 감정 속에는 신년축제일을 모독한다는 감정과 거리의 뚜쟁이적 감정이 함께 뒤섞여 있었다"는, 다소 증상적인 고백을 덧붙인다. 그는 이때의 경험을 통해 자신의 성적 충동에 도시의 거리가 무엇을 해줄 수 있는 것인가를 어렴풋하게 감지할 수 있었다고 언급한다. 번화가의 욕망이 단순히 어떤 대상(상품이나 성적 대상 등)으로부터 기인하는 게 아니라, 도시 전체를 감싸고 있는 기계적이고 거대한 응시(자본 혹은 국가)에 대한 도시 거주자의 반응, 즉 그 응시에 대한 두려움과 위반의 욕망이 섞인 감정에서 기인하는 것임을 그는 이 글을 통해 고백하고 있는 것이다.

신동엽의 시 「서울」의 화자 역시 이런 이중적인 감정에 사로잡혀 있다. 시적 화자는 "머리에 손가락빗질"을 할 만큼 여유로운 마음(일상에서의 해방)으로 남산에 올라 도시를 굽어보다가 갑자기 "고층건물들을 갈아엎고 그 광활한 땅에/보리를 심"는 상상을 한다. 그리고 "내일이라도 한강 다리만 끊어놓으면/열흘도 못 가 굶어 죽을/특별시민들은/과연 맹목기능자이어선가/도열병약 광고며, 비료 광고를/신문에 내놓고 점잖다"고 하며 자연으로부터 멀어진 도시인들을 일갈하는 것 같다. 그리고 뒤이어 "그날"을 언급하고, 또 "우리"를 언급하며 자연으로부터 멀어진 서울에 대해 "너는 조국이 아니었다./오백년 전부터도,/떼내버리고 싶었던 맹장"이라고 비난하는 것으로 보아, 시적 화자는 문명의 폭주를 반대하고 자연에서 미래의 비전을 찾는 '전경인'의 태도를 고수하는 것처럼 보인다. 그러나 그는 "서울을 사랑한다"고 고백하고, "지금쯤 어디에선가 (…) 19세기적인 사랑을 생각하면서//그 포도송이 같은 눈동자로, 고무신 공장에/다니고 있을" 누나와 서울이라는 도시를 겹쳐 놓는다. 여성 대상뿐만 아니라 "관수동 뒷거리/휴지 줍는 똘마니들의 부은 눈길"도 겹쳐 보면서, 그것들을 떠올리면 "서울을 사랑하고 싶어진다"고 고백한다. '누나'와 '관수동 뒷거리 휴지 줍는 똘마니들'은 기본적으로 도시로부터 소외되거나 도시에 제대로 편입되지 못한 존재이기 때문에 연민의 대상이 되기 쉽지만, 시적 화자가 도시의 다른 풍경보다 이들에게 먼저 주의를 기울이는 것은 그 대상들이 도시의 '불안'을 환기하기 때문이다. 시적 화자는 특별시민들의 속물근성이나 "맹목기능자"적 태도를 비난했지만, 실은 그것이 자기 자신의 모습이며 그것과 자신을 떼어놓을 수 없음을 이미 첫 연의 "머리에 손가락 빗질"하는 장면을 통해 드러내고 있다. 그러므로 "벼락이 무서워/피뢰탑을 높이 올리"는 "서울 사람들"의 감정은 도시 거주자로서의 자기 자신의 감정이라고 할 수 있고, 도시 사람들에 대한 모든 비난은 자기 자신을 향한 것으로도 볼 수 있다. 그렇게 무력감을 느끼며 자기 자신을 비난하는 화자의 눈에 '누나'와 '관수동 똘마니들'이 들어온 것은 그 대상들이 일종의 '타자의 타자'처럼 느껴졌기 때문일 것이다. 타자의 질서 내로 제대로 편입하지 못했기 때문에 방황하는 존재들이지만, 그들은 도시가 설명해낼 수 없는 공백으로서 도시에 머물고 있기도 하기 때문이다. 그러므로 이들은 도시의 결핍이면서 시적 화자의 결핍이고, 그 자체로 도시의 질서를 위반하고자 하는 시적 화자의 욕망이 반영된 대상이라고 할 수 있다. 도시의 빈틈으로서 무력감과 위반의 욕망을 동시에 환기하는 이 대상들을 통해 시적 화자는 "맹목기능자"로 가득찬 도시를 이전과는 다르게 볼 수 있는 시선과 감정을 갖게 된다. 그리고 이 시선을 통해 화자는 사람과 사람을 단순한 방식으로 연결하는 문명의 언어를 해체하고, 그것을 끝없는 방황이 가득한 미로로 재구축한다. 그 미로를 통해서만 화자는 도시가 숨겨 놓은 '누나'의 고무신 공장과 '똘마니들'의 관수동 뒷거리를 만날 수 있기 때문이다.

3. 온전한 신체에 대한 자각:「영(影)」,「발」

버스에 오르면 흔들리는 재미에/하루를 산다./겨울이 가고 봄이 와도/먹먹한 가슴 굳어만 갈 뿐/나타나줄 것 같은/비가 내리는/어둔 저녁에도/너는 없었다./대폿집 앞에 서면/부서지고 싶은 대가리/대가리를 흔들면서/전찻길을 건넌다.//댕그랑 땡/미친 가슴처럼/아스팔트 바닥에 쏟아지는/통쾌한 중량의 동전닢/버스에 오르면 울고 싶은 재미에/하루를 산다./너는 말할 것이다,/돌아가라, 돌아가라고./그러면서도/너는 내 눈을 지켜보며/떠나지 않는 것이다.//비는 내리는데/숙명처럼/나는 널 생각하고/고뇌의 심연에/빠져 버둥이는/내 눈을 너는/연민으로 내려다보고 있을 것이다./차라리 떠나라,/아니면 함께 빠져주든가./가로수 잎이 트면/그리고 보리 이랑이/강과 마을을 물들이면/나는 떠나갈 것이다.

—「영(影)」전문[7]

백화점 층계를/비 뿌리는 오후, 내려오던 다리.//스커트 속을/한가한 미풍은 왕래하고 있었지만/깜장 힐 위 중력을 주면서/가벼운 오뇌 속삭이고 있었다.//(…)//밀회도 실어 날랐지,/착취로 기름진 아랫배,/음모로 반짝이던 골퉁들도 실어 날랐지,/그리고 눈은 없어도/링 위에선 멋있게 그놈의 턱을 걸어찼다./다들 남의 등 어깨 위로 올라

---

7) 신동엽, 앞의 책, 406−407쪽.

갔지만/아직 너만은 땅을 버리지 못했구나/넌 우리네 조국/넌 하층
구조/내 한을 실어오고 또 실어간다.//(…)//일어서야지,/양날 신은
발톱 흉물 떨고 와/논밭 위 세워논, 억지 있으면/비벼 꺼야지,/열 번
부러져도 그 사랑/발은 다시 일으켜 세우기 위하여 있는 것,/발은 인
류에의 길/멎고 멎음을 증명하기 위하여 있는 것,/다리는, 절름거리
며 보리수 언덕 그 미소를 찾아가려 나왔다.//다시 전화戰火는 가고/
쓰러진 폐허/함박눈도 쏟아지는데/어데서 나왔을까, 너는 또/뚜벅뚜
벅 걸어오고 있었다.

—「발」 부분8)

  신동엽의 시 「영(影)」과 「발」은 도시 거주자인 시적 화자가 자신에게서
잘려나간 것들과 조우하는 과정을 담고 있다. 두 텍스트는 도시 거주자들
이 필연적으로 겪게 되는 '거세'의 과정, 즉 '창조'를 위한 신체 기관은 절
단되고 보편적인 일상에 적합한 기관들만 온전하게 남게 되는 과정을 보
여준다. 잘려나간 기관들은 사라지지 않고 도시 어딘가에 박제된다. 하지
만 그것은 언젠가 그 주인에게 돌아와 그가 잊고 있던 감각과 기억들을 일
깨워준다. 그러므로 잘려나간 것과의 만남은 그 주인에게는 자신의 온전
한 신체에 대한 자각의 순간이면서, 동시에 자신이 거세되었다는 것을 깨
닫게 되는 좌절의 순간이기도 한 것이다.

  「영(影)」에서 "버스에 오르면 흔들리는 재미에/하루를 산다"고 고백하
는 시적 화자는 그 원인을 "너"에게서 찾는다. "너"는 시적 화자의 "먹먹한
가슴"이 "굳어만" 가는 것을 지연시켜줄 수 있는 대상으로 보이는데, 시적
화자가 버스의 '흔들리는 재미'를 통해 그를 떠올리게 되는 것으로 보아
그는 '흔들림'과 함께 찾아오는 것 같다. 술에 취해 "아스팔트 바닥에 쏟아
지는/통쾌한 중량의 동전닢"과 같은 현실을 잊고 싶은 마음, 가슴이 먹먹

---

8) 신동엽, 위의 책, 368-372쪽.

한 이유를 정확히 몰라서 "울고 싶은" 마음이 들 때의 그 "재미"를 시적 화자는 버스의 흔들림을 통해 떠올린다. 그리고 "너"는 그 흔들림이 실체화된 대상으로 보이는데, 그가 "(도시로) 돌아가라, 돌아가라"고 명령하면서도 자신을 떠나지는 않는다고 시적 화자는 고백한다. 「발」에서는 그 부분 대상이 '발'이라는 구체적 형상을 띠고 시적 화자를 찾아온다. 처음에는 "백화점 층계를/비 뿌리는 오후, 내려오던 다리"에 붙어 있는 발, "중학교 원서 접수시키러 구멍가게 골목/종종치던 종아리"에 붙어 있던 발, "송화 강 끝에서 (…) 군화 묶고 행진하던" 발, "착취로 기름진 아랫배/음모로 반짝이던 골통들도 실어"나른 발과 같이 시적 화자와 분리된 타인의 부분대 상으로 묘사되지만, 시적 화자는 이내 그것들이 느꼈을 고난과 투쟁의 역사들을 하나하나 언급하면서 그 고통을 자신의 것인 것처럼 상세하게 서술한다. 그리고 결국 시의 마지막 연에서 "다시 전화(戰火)는 가고/쓰러진 폐허/함박눈도 쏟아지는데/어데서 나왔을까, 너는 또/뚜벅뚜벅 걸어오고 있다"고 고백하며, 결국 그것이 시적 화자의 환상에서 기인한 자신의 일부 임을 고백한다. 발의 주인이 가지고 있었을 사회적 지위도, 국가도, 성별이나 나이도 무화시키며, 시적 화자는 "발"이 그저 '몸'을 위해 노동하다가 버려진 소모품임을 이야기한다. 그리고 결국 그것이 도시에 귀속된 자들의 운명이라는 점에서, 자기 자신과 무관하지 않을 뿐만 아니라 그들의 운명은 시적 화자 자신의 운명이기도 하다는 점을 이 시는 강조하고 있다. 시적 화자를 그러한 자각으로 이끈 '영(影, 그림자)', '발'이라는 대상과 시적 화자가 조우한 곳은 '버스 안'과 '백화점' 같은 도시의 일상적 공간이다. 그럼에도 불구하고 그는 그 공간에서 "만취 상태"나 "죽음" 같은 것을 떠올리며 시·공간의 뒤틀림을 느낀다. 그것은 시적 화자가 도시 속의 그 공간들을 일종의 진공상태, 즉 현실의 시간과 의미들이 통용되지 않는 공간으로 느꼈기 때문이다. 그는 현실 속에서는 잘려나간 자신의 일부와 마주할 수 없었지만, 현실이라고 '착각된 곳'에서 그것과 만났을 때는 현실을 예전과 같은 상태로 받아들일 수 없게 된다. 그것은 고통스러운 순간이지만, 한편으로는 '여행'과도 같은 환상의 한가운데에서 벌어지는 일이므로 시적 화자는 그 조우를 서사적으로 받아들이며 '이야기'로서 그 순간을 즐기게 된다.

4. 유토피아에 대한 재인식: 「산문시 1」, 「서귀포」

> 스칸디나비아라던가 뭐라구 하는 고장에서는 아름다운 석양 대통령이라고 하는 직업을 가진 아저씨가 꽃리본 단 딸아이의 손 이끌고 백화점 거리 칫솔 사러 나오신단다. 탄광 퇴근하는 광부들의 작업복 뒷주머니마다엔 기름 묻은 책 하이데거 러쎌 헤밍웨이 장자 휴가여행 떠나는 국무총리 서울역 삼등대합실 매표구 앞을 뙤약볕 홉쓰며 줄지어 서 있을 때 그걸 본 서울역장 기쁘시겠소라는 인사 한마디 남길 뿐 평화스러이 자기 사무실 문 열고 들어가더란다.
>
> ―「산문시 1」 부분9)

> 누군가, 이곳에 배 띄웠다 하더라./그날, 불로초는 몇 포대나 얽매고 갔을까…//천제연 가는 길엔 비만 흩뿌려오고/껌 파는 동생애들 밥 내가던 소녀가,/발밑 기어가는 바닷게를 잡아준다.//늪 속 열두 길, 천연기념물이어선가 뱀장어/보이질 않고/양쪽 벼랑 이끼 묻은 화강암은/육지돌 같아 정다운데,//깍두기집 없는 포구에서, 또/나는 뉘와 더불어 서귀하란 말인가…/원주민의 남루는 바람에 날려 치솟고/먼 파도가 태평양다히 부서지는데//허기진 나그네의 허리 아래

---

9) 신동엽, 위의 책, 398-399쪽.

로, 팔월달의/빗물만 흘러나리더라.

ー「서귀포」 전문10)

신동엽의 「산문시 1」과 「서귀포」의 화자는 '낙원'에 대해 이야기하고 있다. 두 시는 모두 이야기 속에 이야기를 품은 형태로 서사가 진행되며, 더 구체적으로 설명하자면 영화 용어로 자주 쓰이는 '미장아빔(mise en abyme)' 구조를 취하고 있다. 미장아빔은 '그림 속의 그림', '이야기 속의 이야기', '극중극'처럼 서사의 복합적 의미 효과를 만들어내는 격자 구조 기법으로, 마치 두 개의 거울을 마주보게 하고 그 사이에 서서 거울을 바라볼 때 거울에 비친 나의 상이 무한히 겹쳐져서 어느 것이 실제 내 모습을 반영하는 상인지 알 수 없게 만드는 기법을 이야기한다. (미장아빔과 관련해서는 많은 연구자들이 벨라스케스의 작품 「시녀들」을 예로 들고 있다) 영화 속 영화, 그림 속 그림, 사진 속 사진, 소설 속 소설 등 담화 속에 또 다른 담화가 발화되는 미장아빔의 구조에서는 원본과 복사본의 경계가 무의미한데, 이런 면에서 실재(원본)와 모방(복사본)이 뚜렷이 구분되고 위계관계가 성립하는 '미메시스'와는 차이를 보인다.11) 그리고 서로가 서로를 비추고 반향하는 자기반영적 요소 때문에 미장아빔의 구조는 자기성찰의 기능 또한 갖게 된다. 신동엽의 「산문시 1」에는 '스칸디나비아 반도' 서사와 대한민국 곳곳(서울역 삼등대합실, 달밤 무너진 성터 등)의 서사가 두 개의 거울로 배치되어 있고, 「서귀포」에는 '원주민(서귀포 현지 아이들과 자연) 서사와 현재 서귀포에 여행 온 시적 화자의 현실 서사라는 두 개의 거울이 배치되어 있다. 두 거울 중 한 곳이 환상이라면, 다른 한 곳은 현실 공간이어야 할 것이다. 그런데 「서귀포」에서 환상과 현실

---

10) 신동엽, 위의 책, 558쪽.
11) 박영욱, 『데리다&들뢰즈: 의미와 무의미의 경계에서』, 김영사, 2009, 106쪽.

이 비교적 잘 드러나는 반면, 「산문시 1」에서는 현실과 환상의 경계가 모호할 뿐만 아니라 양쪽 서사의 배경이 겹쳐진 채 캐릭터는 그대로 남아 있기까지 하다.

「산문시 1」의 '스칸디나비아'는 '중립국'이며, 이는 신동엽이 시에서 언급해온 '완충지대', '중립지대'와 비슷한 의미를 가진 지역이라고 할 수 있다. 그곳에서 "석양 대통령이라고 하는 직업을 가진 아저씨가 꽃리본 단 딸아이의 손 이끌고 백화점 거리 칫솔 사러 나오"고, "탄광 퇴근하는 광부들"이 "작업복 뒷주머니"에 기름 묻은 "하이데거 러쎌 헤밍웨이"의 책을 꽂고 다닌다. 이상적으로 보이는 이 공간은 그러나 "휴가여행 떠나는 국무총리 서울역 삼등 대합실 매표구 앞"과 겹쳐지고, "그걸 본 서울역장 기쁘시겠소라는 인사 한 마디 남길 뿐 평화스러이 자기 사무실 문 열고 들어가"는 위계적이고 건조한 공간으로 변한다. 그런데 다시 이 풍경은 "대통령 이름은 잘 몰라도 새 이름 꽃 이름 지휘자 이름 극작가 이름"은 훤히 아는 사람들이 사는 곳으로 바뀌고, 그 풍경은 다시 "반도의 달밤 무너진 성터"와 같은 가라앉은 이미지가 지배적인 공간으로 전환된다. 삭막하고 기계적인 대한민국의 풍경과 모두가 행복하게 살아가는 낙원인 스칸디나비아의 풍경은 이 시에서 별개의 세계로 존재하지 않는다. '유토피아' 안에 '디스토피아'가 들어 있고, '디스토피아' 안에 '유토피아'가 들어 있다. 이 충돌의 반복을 통해 시인은 유토피아와 디스토피아가 이념적으로만 표상될 수 있는 공간이라는 것을 드러낸다. 즉 당대의 '중립지대'에 대한 생각이 어쩌면 지나치게 이상적인 것에 대한 바람에 기울어져 있으며, 역으로 전후의 한국 사회를 당시의 한국인들이 지나치게 비관적으로 보고 있는 것은 아닌지에 대해 의문을 가질 필요가 있다는 것을 이 시를 통해 이야기하고자 했다는 것이다.

그러나 시인은 유토피아에 대한 이상을 폐기하라고 주장하지는 않는다. 「서귀포」에서는 현실과 환상이라는 두 세계의 경계가 비교적 명확하게 드러나고 있고, 원주민 서사 속의 또다른 서사인 '불로초 서사(진시황의 명을 받은 서복이 서귀포에서 불로초를 가지고 서쪽인 진나라로 귀환했다는 전설)'는 마치 방 한구석에 걸려 있는 오래된 그림과 같은 분위기를 풍기기까지 한다. 그럼에도 불구하고 이 시의 시적 화자는 도시를 배경으로 한 다른 시들에서 그랬던 것처럼 "껌 파는 동생애들 밥 내가던 소녀"와 같은 소박한 대상들을 통해 서귀포라는 장소가 감추고 있던 "늪 속 열두길", "뱀장어", "이끼 묻은 화강암"에 도달하고 그것들을 "육지(현실 공간)"처럼 편안하게 여긴다. 하지만 시인은 진시황의 불로초와 같은 그 소중한 이미지들을 가지고 육지로 돌아갈 수 없음을 분명하게 알고 있고, 그래서 "원주민의 남루는 바람에 날려 치솟고/먼 파도가 태평양다히 부서지"는 꿈을 꾸며 섬의 환상에 동화되었다가도 이내 그것을 "허기진 나그네의 허리 아래로" 흘러내리는 "팔월달의 빗물"의 이미지로 전환시킨다. 시인은 유토피아에 대한 상상력이 우리를 현실과 환상의 틈으로 이끌 수 있다는 사실을 인정하고, 그러면서도 그 유토피아에 '원주민'이 아니라 '관광객'의 입장으로 진입해 그곳의 청정한 산물들로 현실에 대한 스스로의 고정관념을 지우고 다시 현실로 복귀하려고 하는 것이다.

5. 결론

본 논문은 신동엽의 작품 중 도시적 풍경이나 요소를 소재로 했던 작품인 「서울」, 「영(影)」, 「발」, 「산문시 1」, 「서귀포」에서 나타나는 도시적 상상력을 '사이' 개념으로 분석했다. 이를 통해 그의 작품에서 등장하는 '중립', '완충지대', '그림자' 등의 용어를 새롭게 읽어내고, 그 안에서 당대의 역사에 대한 인식과 시인의 도시 관찰자적 성찰을 발견해내고자 했다. 신동엽은 많은 작품에서 도시 관찰자적 면모를 드러냈지만, 기존 연구에서 그와 관련되어 언급되어온 '전경인'이나 '리얼리스트'와 같은 수식어들은 도시에 대한 그의 '시적 응시'를 있는 그대로 읽지 못하게 만든 측면이 적지 않다. 그동안의 신동엽에 대한 연구는 민족 시인으로서의 면모에만 주목하는 경향을 보였으며, 이는 하나의 선입견으로 작용해 그의 시를 다양하게 읽는 것을 방해해왔다.

신동엽은 전후 도시의 공백들, 즉 전통적 공간과 현대적인 공간 사이에서 출현하게 될 무엇인가에 대해 많은 관심을 가졌다. 그는 도시의 '안'이나 '바깥'뿐만 아니라 그 '사이'에 있는 것들에 특별히 주목했다. 그리고 그 공간들에 대해 이야기할 때 '중립', '완충지대', '그림자' 등의 용어를 사용했다. 본 논문에서는 신동엽이 작품에서 표현한 도시의 해석되지 않은 공간들을 '사이'라는 개념으로 명명하고, 그 공간에 대해 면밀하게 분석하기 위해 발터 벤야민이 언급한 도시적 방황과 충동, 그리고 영화와 문학에서 등장인물의 복합적인 감정을 묘사할 때 사용하는 기법인 '미장아빔(mise en abyme)'등의 개념을 빌려왔다.

신동엽의 시 「서울」은 도시 거주자의 변화가에 대한 욕망이 단순히 어떤 대상(상품이나 성적 대상 등)으로부터 기인하는 게 아니라, 도시 전체를 감싸고 있는 기계적이고 거대한 응시(자본 혹은 국가)에 대한 도시 거주자의 반응, 즉 그 응시에 대한 두려움과 위반의 욕망이 섞인 감정에서 기인하는 것임을 보여주는 작품이다. 시인은 '누나'와 '관수동 뒷거리 휴지 줍는 똘마니들'처럼 도시에 제대로 편입하지 못한 대상들을 작품의 중심에 위치시키며 그들의 존재를 도시의 해석되지 않은 시 · 공간처럼 의미화한다. 그것은 그들이 도시가 설명해낼 수 없는 공백, 즉 도시의 결핍이면서 시적 화자의 결핍이고, 그 자체로 도시의 질서를 위반하고자 하는 시적 화자의 욕망이 반영된 대상이기 때문이다. 시인은 이 대상들을 통해 "맹목기능자"로 가득찬 도시를 이전과는 다르게 볼 수 있는 시선과 감정을 갖게 된다. 그리고 이 시선을 통해 시인은 사람과 사람을 단순한 방식으로 연결하는 문명의 언어를 해체하고, 그것을 끝없는 방황이 가득한 미로로 재구축한다.

신동엽의 시 「영(影)」과 「발」은 도시 거주자인 시적 화자가 자신에게서 잘려나간 것들과 조우하는 과정을 담고 있다. 두 텍스트는 도시 거주자들이 필연적으로 겪게 되는 '거세'의 과정, 즉 '창조'를 위한 신체 기관은 절단되고 보편적인 일상에 적합한 기관들만 온전하게 남게 되는 과정을 보여준다. 시인은 '그림자'와 '발'이 '몸'을 위해 노동하다가 버려진 소모품임을 이야기한다. 그리고 결국 그것이 도시에 귀속된 자들의 운명이라는 점에서, 자기 자신과 무관하지 않을 뿐만 아니라 그들의 운명은 시적 화자 자신의 운명이기도 하다는 점을 이 두 작품을 통해 밝히고 있다. 시인이 '영(影, 그림자)'과 '발'이라는 대상에게 이끌려 도착한 곳은 '버스 안'과 '백화점' 같은 도시의 일상적 공간이다. 그럼에도 불구하고 그는 그 공간에서 "만취 상태"나 "죽음" 같은 것을 떠올리며 시 · 공간의 뒤틀림을 느낀다. 그것은 시적 화자가 도시 속의 그 공간들을 일종의 진공상태, 즉 현실의 시간과 의미들이 통용되지 않는 공간으로 느꼈기 때문이다. 그는 현실 속에서는 잘려나간 자신의 일부와 마주할 수 없었지만, 현실이라고 '착각된 곳'에서 그것과 만났을 때는 현실을 예전과 같은 상태로 받아들일 수 없게 된다. 그것은 고통스러운 순간이지만, 한편으로는 '여행'과도 같은 환상의 한가운데에서 벌어지는 일이므로 시적 화자는 그 조우를 서사적으로 받아들이며 '이야기'로서 그 순간을 즐기게 된다. 이러한 과정을 통해 시인은 자신의 온전한 신체성을 회복하고, 도시적 개념들에 갇힌 생활 공간들의 본래적 가능성에 대해 시적으로 상상한다.

「산문시 1」과 「서귀포」에서 시인은 '낙원'에 대해 이야기한다. 두 시는 모두 이야기 속에 이야기를 품은 형태로 서사가 진행되며, '미장아빔(mise en abyme)' 구조를 취하고 있다. 담화 속에 또 다른 담화가 발화되는 미장아빔의 구조는 서로가 서로를 비추고 반향하는 자기반영적 요소를 통해 작품 내에서 발화하는 주체의 자기성찰을 보여준다. 「산문시 1」에는 '스칸디나비아 반도' 서사와 대한민국 곳곳(서울역 삼등대합실, 달밤 무너진 성터 등)의 서사가 두 개의 거울로 배치되어 있고, 「서귀포」에는 '원주민(서귀포 현지 아이들과 자연) 서사와 현재 서귀포에 여행 온 시적 화자의 현실 서사라는 두 개의 거울이 배치되어 있다. 두 거울 중 한 곳이 환상이라면, 다른 한 곳은 현실 공간이어야 할 것이다. 그런데 「서귀포」에서 환상과 현실이 비교적 잘 드러나는 반면, 「산문시 1」에서는 현실과 환상의 경계가 모호할 뿐만 아니라 양쪽 서사의 배경이 겹쳐진 채 캐릭터는 그대로 남아 있기까지 하다. 「산문시 1」의 '스칸디나비아'는 '중립국'이며, 이는 신동엽이 시에서 언급해온 '완충지대', '중립지대'와 비슷한 의미를 가진 지역이다. 그런데 이 시에서 시인은 이러한 중립지대와 시인의 현실 세계라고 할 수 있는 서울역의 대합실 풍경을 시 속에 번갈아 배치하며 어느 것이 현실이고 어느 것이 환상인지 알 수 없게 만든다. 삭막하고 기계적인 대한민국의 풍경과 모두가 행복하게 살아가는 낙원인 스칸디나비아의 풍경은 이 시에서 별개의 세계로 존재하지 않는다. '유토피아' 안에 '디스토피아'가 들어 있고, '디스토피아' 안에 '유토피아'가 들어 있다. 이 충돌의 반복을 통해 시인은 유토피아와 디스토피아가 이념적으로만 표상될 수 있는 공간이라는 것을 드러낸다. 한편 「서귀포」에서는 현실과 환상이라는 두 세계의 경계가 비교적 명확하게 드러나고 있다. 그럼에도 불구하고 이 시의 시적 화자는 도시를 배경으로 한 다른 시들에서 그랬던 것처럼 "껌 파는 동생애들 밥 내가던 소녀"와 같은 소박한 대상들을 통해 서귀포라는 장소가 감추고 있던 "늪 속 열두길", "뱀장어", "이끼 묻은 화강암"에 도달하고 그것들을 "육지(현실 공간)"처럼 편안하게 여긴다. 하지만 시인은 그 소중한 이미지들을 가지고 육지로 돌아갈 수 없음을 시에서 분명하게 밝히고, 섬의 환상에 동화되었다가도 이내 그것을 "허기진 나그네의 허리 아래로" 흘러내리는 "팔월달의 빗물"의 이미지로 전환시킨다. 시인은 유토피아에 대한 상상력이 우리를 현실과 환상의 틈으로 이끌 수 있다는 사실을 인정하면서도 그 유토피아에 '원주민'이 아니라 '관광객'의 입장으로 진입해 그곳의 청정한 산물들로 현실에 대한 스스로의 고정관념을 지우고 다시 현실로 복귀하는 것이다.

본 논문은 도시 공간을 배경으로 한 신동엽의 작품을 통해 그의 도시 관찰자적 시선들을 도출해냈다. 이를 통해 시인이 다른 많은 작품들에서 드러나는 역사의식을 도시의 풍경에 어떻게 투영시키며 새로운 주제의식을 형성하는지에 대해 중점적으로 분석했다. 시인의 역사의식과 도시적 비전이 겹쳐지는 곳은 '안'이나 '밖'으로 명확하게 표현되지 않는다. 왜냐하면 그가 '중립지대', '완충지대' 등으로 명명한 곳은 단지 도시 속에서 우리가 발견하지 못한 공간들, 소외되고 잊힌 이들의 장소일 뿐 건조하고 답답한 디스토피아적 도시와 상반된 낙원 같은 공간이라고 할 수는 없기 때문이다. 신동엽은 문명을 갈아엎고 민중과 함께, 자연과 함께 새롭게 세울 미래 공간인 '전경인 사회'의 풍경을 많은 시에서 묘사해왔다. 그럼에도 불구하고 그가 도시의 산책자, 혹은 여행자로서 본 것들을 묘사한 작품에서는 '낙원'이 아니라 '완충지대'의 좌표를 찍어 나가려고 했다. 그것은 도시가 시인의 잘려나간 '그림자'와 '발'을 품고 있고, '석양 대통령'이 될 수도 있는 정치인을 품고 있고, "맹목기능자"이면서도 "고향을 잃은 누군가의 누나"를 걱정하는 시민들을 품고 있는 곳이기 때문이다. '시민'이라는 기표로 다 설명할 수 없는 사람들, 도시에 대한 두려움의 환상과 유토피아적 비전을 동시에 품은 개별자들을 발견하고 그들을 도시의 좌표들로 명명하는 것, 그것이 '시민'이면서도 '도시 관찰자'이기도 했던 신동엽이 '사이'를 통해 한국 사회의 새로운 지도를 그려 나가는 방법이었을 것이다.

신동엽 문학에 나타난 민주주의적 전유*

이은실

1. 신동엽 문학의 현재성과 민주주의의 재발명

신동엽 문학의 현재성은 다양한 층위에서 접근 가능하지만, 사회 현실과의 친연성은 독보적이다. 그런 의미에서 볼 때 민주주의에 대한 그의 문학적 발언들은 의미심장하다. 그는 본연의 인간관과 세계관에 기초하지 않는 오늘날의 문명에서 비롯된 정치와 경제, 철학과 종교, 과학과 문학 등을 맹목기능자들이 뚜렷한 목적 지향 없이 펼쳐 내는 허상의 건축에 불과한 것으로 보고 있다. 이러한 지향점을 보여주는 대표적 산문「시인 정신론」에서 그는 현대인들은 좁은 시야와 이익에 갇혀 서로 경쟁하거나 투

---

* 이은실, 「신동엽 문학에 나타난 민주주의적 전유」, 『한국시학연구』 제68호, 한국시학회, 2021.11.

쟁하고 있음에 주목한다. 이러한 비판을 토대로 그는 문명의 모든 가치와 이념을 뛰어넘는 보편성과 인류애가 담긴 새로운 세계관과 인간관의 정립이 시급하다고 주장하고 있다.

> 오늘 우리 현대를 아무리 살펴보아도 대지에 뿌리박은 대원적(大圓的)인 정신은 없다. 정치가가 있고 이발사가 있고 작자가 있어도 대지 위에 뿌리박은 전경인적인 시인과 철인은 없다. 현대에 있어서 시란 언어라고 하는 재료를 사용하여 만들어낸 공예품에 지나지 않는다. 시인의 시인 정신이며 시인혼이 문제되지 아니하고, 그 시업가의 글자를 다루는 공상의 기술만 문제된다. (중략)
> 그들은, 정치는 정치가에게, 문명 비판은 비평가에게, 사상은 철학 교수에게, 대중과의 회화는 산문 전문가에게 내어 맡기고 자기들은 언어 세공만을 전업으로 맡고 있다. (중략)
> 그래서 하나의 시가 논의될 때 무엇보다도 먼저 그것을 이야기해놓은 그 시인의 인간정신도와 시인혼이 문제되어져야 하는 것이다. 철학, 과학, 종교, 예술, 정치, 농사 등 현대에 와서 극분업화된 이러한 인간이 가질 수 있는 모든 인식을 전체적으로 한 몸에 구현한 하나의 생명이 있어, 그의 생명으로 털어놓는 정신 어린 이야기가 있다면 그것은 가히 우리 시대 최고의 시가 될 수 있을 것이다.[1]

이처럼 신동엽은 현대를 비판적으로 고찰하면서 "정치가가 있고 이발사가 있고 작자가 있어도 대지 위에 뿌리박은 전경인적인 시인과 철인은 없다."라고 일갈한다. 여기서 우리는 그가 지향하고자 했던 시에 "철학, 과학, 종교, 예술, 정치, 농사 등 현대와 와서 극분업화된 이러한 인간이 가질 수 있는 모든 인식을 전체적으로 한 몸에 구현한 하나의 생명"이 함의되어

---

1) 신동엽, 강형철 외 편, 「시인정신론」, 『신동엽 산문전집』, 창비, 2019, 100−103쪽. (이하 『신동엽 산문전집』의 수록 글인 경우 제목과 면수만 표기함)

있음을 확인할 수 있다. 그의 비판적 언술은 현재의 문학이 "정치는 정치가에게, 문명 비판은 비평가에게, 사상은 철학 교수에게, 대중과의 회화는 산문 전문가에게 내어 맡기고" 있음을 자각하게 만든다. 궁극적으로 그는 진정한 문학에 대한 성찰적 인식 재고를 요청하고 있는 것이다. 이러한 상황에서 그 누구도 문학의 왜소화의 측면 즉, "언어 세공만을 전업으로 맡고 있"음을 부인할 수 없을 것이다.

위와 같은 신동엽의 주장 아래 우리는 과거의 국가와 혁명 담론이 전달하는 교훈을 우회적으로 수용할 필요가 있다. 즉 혁명적 폭력의 목표는 국가권력을 장악하는 데 있는 것이 아니라, 국가권력을 변형시키고 그 기능 방식과 토대와의 관계 등을 근본적으로 바꾸는 데 있다는 그 교훈을 말이다. 바로 여기에 프롤레타리아트 독재의 핵심 구성요소가 있다. 프롤레타리아 독재는 일종의 필연적인 모순어법이며, 프롤레타리아트가 지배계급이 되는 국가형태도 아니다. 민중의 새로운 참여형태에 근거해 국가 자체가 근본적으로 뒤바뀔 때에야 비로소 우리는 프롤레타리아트 독재를 실제로 갖게 된다. 대중이 절박하게 행사하는 자기방어는 발터 벤야민이 말한 '신의 폭력'의 실례이다.[2] '선과 악 너머'에 있는 이런 행위는 윤리적인 것을 정치-종교적으로 유예시킨다. 일상의 도덕의식에 비춰보면 지금 언급하고 있는 행위는 부도덕한 행위로만 보이겠지만, 그 누구에게도 이 행위를 비난할 권리는 없다. 왜냐하면 이 행위는 국가와 경제가 수년, 수세기에 걸쳐 체계적으로 자행한 폭력과 착취에 대한 응답이기 때문이다.

이러한 맥락 아래 우선적으로 살펴볼 필요가 있는 개념은 민주주의 자체이다. 대부분의 사회적 기표가 권위를 상실하고 있는 가운데 민주주의

---

2) 이에 대한 구체적인 해석으로는 다음 글을 참조할 수 있다. 슬라보예 지젝, 이현우 외 옮김, 『폭력이란 무엇인가』, 난장이, 2011, 247-250쪽 참조.

라는 기표는 현대 정치사회를 지배하는 상징으로 남아있다. 여기서 상징이란 상징체계로 환원될 수 없는 것을 지시한다. 이 지점에서 주체는 정치사회에 대해 자유롭게 발언할 수 있고, 강력한 비판을 할 수도 있으며, 경제적 참화를 비난할 권리를 갖게 된다. 민주주의라는 이름으로 수행하는 이상 주체는 그러한 행위를 정당화하게 된다. 왜냐하면 결국 민주주의라는 상징의 이름으로, 이 사회를 심판하려 했기 때문이다. 문제는 이 형태의 객관성이 아니라 그것이 주체에게 미치는 영향을 생각해야 한다. 우리의 사유는 권리에서 상징으로, 민주주의에서 민주주의자로 이행하게 된다.3)

이 지점에서 우리는 신동엽 문학이 갖는 정치적 지평을 통해 민주주의를 재발명할 수 있게 될 것이다. "민주주의란 인민들이 스스로에 대해 권력을 갖는 것으로 간주된 실존이다. 민주주의란 국가를 고사시키는 열린 과정, 인민에 내재적인 정치"4)이기 때문이다. 따라서 우리는 진정한 민주주의주의자로 남을 수 있는 기회, 사회 구성원의 역사적 역할과 층위를 선취하는 방식으로 민주주의를 재발명해야 한다. 그러므로 신동엽이 문학적으로 전유한 민주주의는 제도가 아닌 끝이 없는 상태나 과정 자체에 해당한다. 그것은 어떠한 실정적 조건에 대해 상술하지 않는다. 진정한 민주주의란 영구적 재발명을 요청한다는 점에서 민주주의가 텅 빈 기표이기 때문에, 오히려 그 항상성이 유지되는 정치적 기획이다.

이러한 논의들을 상기할 때, 우리는 조강석의 다음과 같은 서술을 주목하게 된다. 그는 "민주주의와 관련하여 중요한 것은 이 부유하는 기표의 지시대상을 성급히 규정하는 것이 아니라 계속해서 그 실정성을 채워나가도록 기표를 운동시키는 것"임을 강조한다. 그러면서 "민주주의가 영구

---

3) 알랭 바디우, 「민주주의라는 상징」, 슬라보예 지젝 외, 김상운 외 옮김, 『민주주의는 죽었는가』, 난장, 2010, 29-31쪽 참조.
4) 슬라보예 지젝 외, 위의 책, 41쪽 참조.

적 기획인 까닭은 그것이 아르케에 기반한 정체형태가 아니라 발언권이 없는 데모스로 하여금 말하고 희망하게 하는 작인이면서 동시에 목표이기 때문이"라고 부연한다. 그러한 이유로 "다수결과 대의제로 환원되지 않는 민주주의는 데모스로 하여금 무엇을 희망해도 좋은가를 발설도록 끊임없이 종용"하게 되는데 이는 "민주주의가 아르케가 아니라 본래 데모스의 힘으로부터 즉, 실체가 아니라 운동과 작용으로부터 태동한 까닭"[5]이라는 것이다. 이와 관련된 신동엽의 발언을 살펴보자.

> 민주주의의 본뜻은 무정부주의다. 인민에 의한, 인민을 위한, 인민의 정부, 이것은 사실상 정부가 따로 존재하지 않는다는 것을 뜻한다. 인민만이 있는 것이다. 인민만이 세계의 주인인 것이다.
> 그래서 인민은, 아니 인간은 세계 이곳 저곳에서 머리 위에 덮쳐 있는 정상(頂上)을 제거하는 데모들을 하고 있는 것이다.
> 소련 국민들은 우상, 스탈린을 제지하는 데 성공했고 프랑스 국민들은 드골의 코를 쥐고 네 권위도 별개 아니라고 협박해 본다. 그리고 한국에서는 1960년 4월 그 높고 높은 탑을 제지하는데 성공했다.[6]

위와 같은 언급은 우리에게 "민주주의의 본뜻"에 대한 구성적 작업을 요청한다. 이 과정에서 우리는 무리 없이 "민주주의의 본뜻"이 "무정부주의"를 함의하고 있다는 사실과 "인민만이 세계의 주인"임을 떠올리게 된다. 나아가 이를 위해 "인민은, 아니 인간은 세계 이곳 저곳에서 머리 위에 덮쳐 있는 정상(頂上)을 제거하는 데모들을 하고 있는 것"임을 주지시킨

---

5) 조강석, 「신동엽 시의 민주주의 미학 연구」, 『한국시학연구』 35, 한국시학회, 2012, 417-420쪽.
6) 송기원 엮음, 『젊은 시인의 사랑—신동엽 미발표 산문집』, 실천문학사, 1988. 여기서는 조강석, 앞의 논문, 426쪽에서 재인용.

다. 관련하여 중요한 것은 신동엽에게 이 기표들이 의미하는 바가 무엇이었는지를 규제적인 방식이 아니라 반성적인 방식으로 파악해보는 것이다. 다시 말하자면, 관건은 사상의 내용과 함량이 아니라 그가 표상했던 희망의 내용이 무엇이었는지를 살펴보는 것이다. 민주주의가 인민의 정부를 의미하되 동시에 무정부주의를 의미한다는 신동엽의 발언이 징후적인 것은 바로 이 때문이다. 민주주의를 완성된 제도로 사유하는 대신 거듭 재발명되어야 하는 대상으로 두고, 문학적 실천 속에서 이를 개진해야한다는 주장이 이 발언의 진의에 해당한다고 볼 수 있다. 중요한 것은 신동엽이 시를 통해 보여주고자 한 것이 구체적인 정체나 사상의 지향이라기보다는 희망의 가능 지점에 대한 질문과 지향하는 바였기 때문이다.

다시 말해 신동엽에게 중요한 것은 무정부주의나 인민주권이라는 상징적 지시대상이 아니다. 적실한 것은 희망의 가능 지점에 대한 질문과 지향하는 바 그 자체였다. 이때 무정부주의는 "아르케가 없는 정치, 인민주권은 총체적이고 일체화된 정치체로서의 (대문자) 인민Popolo이 아니라 가난하고 배제된 자들의 부분적이자 파편화된 다수로서의 (소문자) 인민popolo의 정치적 상상력과 관계 깊다고 할 수 있다."[7] 이러한 맥락에서 살펴보게 될 신동엽 시인과 선우휘의 논쟁은, 우리에게 정치적 희망의 영구적 재발명이라는 사태와 문학의 의미론적 인과관계에 대한 유효한 참조점을 제공한다.

---

7) 조강석, 앞의 논문, 427쪽 참조.

2. 순수/참여 논쟁, 이분법적 환상과 균열 지점

신동엽 시인의 평론 「선우휘씨의 홍두깨」8)의 의미와 위치를 파악하기 위해서는 한국문학의 '순수/참여 논쟁'의 역사와 맥락을 참조해야 한다. 잘 알려져 있듯, 한국 문학비평사에서 순수문학에 관한 논의가 본격적으로 전개되기 시작한 것은 1930년대 후반부터 1940년대 초반에 걸쳐 전개된 '세대론과 순수문학 이론논쟁'을 통해서였다. 이 시기 유진오 등 일군의 비평가들은 새로운 세대의 작가들을 향해 순수한 문학 활동을 펼칠 것을 주장한다. 그런데, 당시 유진호가 주장한 순수문학이란 문단정치에 대한 관심과 책략에서 벗어나 인간성 옹호의 문학정신을 계승을 의미했다. 궁극적으로 문학 자체의 성숙과 발전에 대한 관심을 기울이기를 바라는 것이었다.

이러한 유진오의 문제제기에 대해 당시 신진 소설가를 대표하는 김동리가 반응을 보이면서 순수문학에 관한 논의는 곧 문단의 논쟁거리로 떠올랐다. 김동리는 자신의 순수문학에 관한 논의를 해방 이후까지 지속시켰다. 해방 이후 그의 이론은 탐미주의 문학론 혹은 탈이데올로기의 문학론으로 공격받으며 또 다른 논쟁으로 이어졌다. 그러나 이러한 순수문학의 성격에 관한 논쟁은 정부수립과 6·25 전쟁을 거치면서 더 이상 지속될 수 없었다. 순수문학론에 관해 비판을 하는 일 자체가 문학관의 차이를 드러내는 일이라기보다는, 마치 국시인 반공이데올로기를 위반하는 일처럼 수용되는 문단 분위기 때문이었다.

하지만 1950년대가 마무리되고 60년대가 열리면서 문단의 상황은 조금씩 변하기 시작한다. 이 무렵부터 점차 순수문학론에 대한 비판이 이루

---

8) 신동엽, 「선우휘씨의 홍두깨」, 133−137쪽.

어지고, 이른바 순수 참여 논쟁이 시작된 것이다. 순수 참여 논쟁은 60년대 초두부터 70년대 초까지 10여 년간 지속적으로 이어지게 된다. 1950년대 후반에서 60년대 초반에 걸쳐 비평계에는, 한동안 잠잠하던 문학의 순수성과 현실참여에 관한 논의가 새롭게 일기 시작한다. 이 시기 문학의 순수성 옹호에는 김상일, 원형갑 등이 그리고 현실참여론에는 이어령 최일수, 유종호, 이철범 등이 관여했다.

이어서 1960년대 후반에도 순수문학과 참여문학 논쟁은 지속된다. 이 시기 참여문학에 대한 비판이 매우 다양한 방식으로 이루어졌다. 그런데, 이 시기 참여문학론을 비판한 이론가들을 모두 순수문학론자라고 표현하는 것은 무리가 있다. 원칙적으로는 사회참여를 인정하면서도 현재 문단에서 이루어지고 있는 참여론을 비판한 경우가 있었기 때문이다. 예를 들어 선우휘, 이어령 등이 참여문학을 비판하는 발언을 했으나, 그렇다고 곧 그들을 순수문학론자로 보는 것은 이 시기 비평사를 너무 단순화시켜 이해하는 것이 된다. 이들은 이철범, 임중빈, 임헌영, 김수영, 염무웅, 백낙청 등과 대립했다. 이 시점에서 김수영은 이어령이 창작의 자유가 억압되는 이유를 지나치게 문화인 자신의 책임으로만 돌렸다고 비판했고, 이로부터 두 사람 사이의 논쟁이 시작되었다. 여기서 이어령은 이른바 오도된 참여론자를 비판했고, 이후 이 논의는 '불온성'의 의미에 대한 논쟁으로 이어졌다.

정리해보면 1960년대에서 1970년대에 걸치는 순수와 참여문학론에서는 다음과 같은 몇 가지 특질이 발견된다. 순수문학론자들은 순수문학이야말로 언제나 문학의 본질에 충실한 문학임을 강조했다. 이 과정에서 문학의 본질이 무엇인가 하는 논의가 더러 있기는 했지만, 그 논의가 충분히 깊이 있게 이루어지지는 못했다. 문학성이나 예술성이 중요하다는 주장이 반복되고는 있지만 정작 문학성이나 예술성이 무엇을 의미하는가에 관한 논의는 거의 발견하기 어렵다. 이 부분은 이 시기 한국 순수문학론의 가장 큰 한계 가운데 하나이다. 1960년대 한국문학비평사의 핵심을 이루던 순수와 참여문학에 관한 논의는 1970년대에 들어서면서 리얼리즘론과 민족문학론 그리고 민중문학론 등으로 이어진다. 참여문학을 주장하던 이론가들은 참여의 실천적 방법으로 리얼리즘문학 민족문학 민중문학을 제시한다. 이에 대해 순수문학을 주장하던 문학가들은 다시 반리얼리즘문학, 반민중문학의 진영을 형성하게 되는 것이다.[9]

앞의 내용을 바탕으로 신동엽 산문의 중심 비판 대상이 되고 있는 선우휘라는 작가에 집중해 상황을 재정리해보자. 순수와 참여문학에 대한 공방은 1967년 10월 21일 세계문화자유회의 한국본부 주최 원탁토론에서 발표된 김붕구의 논문 「작가와 사회」를 계기로 다시 본격화된다. 이 토론에는 김붕구, 선우휘, 임중빈, 홍사중, 김승록, 서기원, 남정현, 이근삼 등이 참석했다. 김붕구는 주제 발표문 「작가와 사회」를 통해 참여문학론에 대해 신랄하게 비판한다. 그는 60년대 한국문단의 참여문학론을 비판하기 위해 국내외적으로 가장 유효하다고 생각되는 두 가지 방식을 함께 사용한다. 하나는 참여문학론의 이론적 기반을 차단하기 위해 사르트르의 사회참여 문학론을 비판하는 것이고, 다른 하나는 참여문학론의 국내 확산을 방지하기 위해 이념의 문제를 제기한 것이다.

선우휘는 「문학은 써먹는 것이 아니다」(<조선일보>, 1967년 10월 19일.)를 통해 그 주장에 동조한다. 여기서 그는 예술의 무목적성 혹은 유희적 특성에 대해 강조한다. 작가는 문학이 특정한 목적을 위해 사용될 수 없다는 것을 기회 있을 때마다 주장하고, 문학을 써먹으려고 드는 사람들

---

9) 김영민, 『한국현대문학비평사』, 소명출판, 2000, 229−250쪽 참고.

에게 그것을 납득시키며, 문학의 자율성을 확립하고 부당한 간섭을 배제함으로써 문학창조에서 자유의 폭을 넓혀야 한다는 것이다. 그리하여 선우휘는 극단적인 사견임을 밝히며 문학이란 좋은 의미에서의 장난이라는 견해를 드러낸다. 아울러 사르트르가 행동철학의 근거를 마르크시즘에 두고 있다는 판단을 바탕으로, 그러한 문학적 관점에 대한 추종을 경계한다.

그런데 선우휘의 이 글에는 몇 가지 혼란스러운 요소가 들어 있어 그의 문학관이 무엇인지 분명히 알 수 없게 한다. 자신이 문학의 무목적성과 유희설에 동의하면서도 원칙적으로는 사회참여에 찬성한다고 서술하는 부분이 우선 그 한 가지 예이다. 염무웅의 「선우휘론」(≪창작과 비평≫, 1967년, 겨울호.) 역시 이 시기 참여 순수문학 논쟁의 맥락에서 나온 글이다. 그는 이 글에서 선우휘의 대표작 「불꽃」에 대한 기존의 평가가 지닌 문제점을 지적한 후, 선우휘 문학의 정신적 기초가 소극적 개인주의에 있다고 비판한다. 이것이 처음부터 오늘날까지 선우휘의 문학을 지배해 온 가장 중요한 원리라는 것이다.

이와 같은 맥락에서 다음으로 살펴볼 내용은 신동엽 시인의 평론 속 구체적인 전언이다. 1960년대와 불화하면서도 그 극복을 위해 체제에 갇히지 않는 시적 상상력의 확장을 실천했던, 신동엽은 다른 세상을 꿈꿨으며, 민주주의적 열망을 시적으로 구현하려 노력했다. 우리의 시선은 이제 신동엽의 평론 「선우휘씨의 홍두깨」에 담긴 의미를 파악하는 데 집중되어 있다. 평론 발표의 배경 부분을 정리하면 다음과 같다.

> 신동엽은 세상을 떠나기 직전에 「선우휘씨의 홍두깨」(1969)라는 산문을 써서 체제에 갇힌 어리석은 이들의 편견을 질타한 바 있다. 이 글 또한 자신이 김수영을 추모하며 쓴 「지맥(地脈)속의 분수(噴水)」에 대하여 선우휘가 비판하자, 그에 대해 반박한 것이기도 하다.

선우휘는 「현실과 지식인—증언적 지식인 비판」(『아세아』1969년,
4월호.)에서 신동엽의 글이 '혁명을 선동하는 사회주의자의 태도'를
취하고 있는 듯이 내몰았다. 신동엽은 그에 대한 반박하는 글을 '석
가와 시인'이 등장하는 일화로부터 시작했다. 마치 이 산문은 「진달
래산천」의 '빨치산 논란'과 선우휘의 공격을 동시에 상대하려는 의
도로 씌어진 듯 읽힌다. 더불어 이 산문은 신동엽이 남긴 마지막 산
문이기에 그 의미가 예사롭지 않다.10)

여기서 문제가 되고 있는 선우휘의 글 「현실과 지식인—증언적 지식인
비판」 중 중심 단락의 핵심을 살펴보자. "비판적 리얼리즘 즉 동반자문학
이 우리에게 플러스할 것은 아무 것도 없다. 정치적, 사회적으로 불가피할
뿐 아니라 우리 나름으로 받아들여도 우리 문학의 독립성을 해치고 문학
을 사회과학에 예속시키는 결과를 가져올 것이 자명한 까닭이다. 그것은
곧 문학의 문학창조 외의 공리성을 강조케 됨으로써 끝내는 정치 원력의
용훼와 탄압을 차조하게 될 것이니까. 또한 루카치 이론을 의식적으로 받
아들이고 있다고 상상할 때 그 결과는 가공할 정신적 공항이다. 문학의 사
회참여를 비판적 리얼리즘으로 규정하면 그 결과는 어떻게 될 것인가?"11)
라고 묻고 있다. 그는 이 글에서 비판적 리얼리즘과 사회주의 리얼리즘을
구별해 설명한다. 선우휘의 정리대로라면 비판적 리얼리즘은 사회주의
리얼리즘의 혁명 성취를 위한 동반자문학이다. 그것은 사회주의 리얼리
즘으로 변모하거나 존재가치를 상실하게 된다. 그는 한국의 사회참여 문
학이 루카치의 영향을 받은 비판적 리얼리즘의 성향을 띤다고 생각한다.
그런 점에서 한국의 사회참여 문학은 사회주의 혁명을 위한 동반자적 역

---

10) 오창은, 「시적 상상력, 근대체제를 겨누다」, 『전경인 어문연구』 1, 역락, 2010, 181쪽.
11) 선우휘, 「현실과 지식인—증언적 지식인 비판」, 『아세아』, 1969년, 2월호. 여기서
　　는 김영민, 앞의 책, 321쪽에서 재인용.

할을 수행할 우려가 있다는 것이 선우휘 주장의 요지가 되는 셈이다.

한편 염무웅의 「선우휘론」(≪창작과 비평≫, 1967년, 겨울.) 역시 이 시기 참여 순수문학 논쟁의 맥락에서 나온 글이다. 그는 이 글에서 선우휘의 대표작 「불꽃」에 대해 문제제기를 하고 있다. 잘 알려져 있듯 선우휘의 이 작품은 1957년 『문학예술』 신인특집에 당선되어 7월호에 발표되었다. 역사적 과도기에 처해 있는 한 인물을 통해, 그 갈등과 방황의 끝에서 제기된 결단의 문제를 형상화한 소설이라는 평가를 받게 된다. 특히 3·1운동부터 6·25까지의 30여 년에 걸친 역사적 격동기를 배경으로 역사에 대한 한국인의 체념과 순응주의를 비판하고, 적극적인 삶의 태도를 선택하게 하는 이념 제시의 면모를 드러내고 있다는 점에서 주목을 받았다. 할아버지와 아버지로 표상된 시대 이념의 갈등 속에서 방황하는 과도기의 인간을 그린 역사의식이 강한 작품이라는 것이다. 그러나 염무웅은 기존의 평가가 지닌 문제점을 지적한다. 선우휘 문학의 정신적 기초가 소극적 개인주의에 있다고 비판을 가한다. 그리고 이러한 지향점이 문학적 출발 지점에서부터 오늘날까지 선우휘의 문학을 지배해 온 가장 중요한 원리라는 점을 강조하게 된다.

그렇다면 이러한 상황에서 김수영 추모글인 신동엽 시인의 「지맥(地脈) 속의 분수(噴水)」[12](한국일보, 1968.6)는 어떤 함의를 갖고 있는지 구체적인 내용들을 살펴보자.

한반도 위에 그 긴 두 다리를 버티고 우뚝 서서 외로이 주문을 외고 있던 천재 시인 김수영. 그의 육성이 왕성하게 울려 퍼지던 1950년대부터 1968년까지의 근 20년간, 아시아의 한반도는 오직 그의

---

12) 신동엽, 「지맥(地脈)속의 분수(噴水)」, 125-126쪽.

목소리에 의해 쓸쓸함을 면할 수 있었다. (중략) 그는 기존 질서에 아첨하는 문화를 꾸짖었다. 창조만이 본질이라고 굳게 믿고 있었다. (중략)

정말로 순수한 것, 정말로 민족적인 것, 정말로 인간적인 소리를 싫어하는 구미적(歐美的) 코카콜라 상품주의의 촉수들이 그이를 미워하고 공격했다. 그날 밤 좌석버스의 눈이 먼 톱니바퀴처럼 역시 눈이 먼 관료적인 보수주의의 톱니바퀴가 그를 길바닥에 쓰러뜨렸다. (중략)

한반도는 오직 한 사람밖에 없는, 어두운 시대의 위대한 증인을 잃었다. 그의 죽음은 민족의 손실. 이 손실은 서양의 어느 일개 대통령 입후보자의 죽음보다도 앞서 5천만배는 더 가슴 아픈 손실로 기록되어야 할 것이다. 그러나 시인 김수영은 죽지 않았다. 위대한 민족 시인의 영광이 그의 무덤 위에 빛날 날이 멀지 않았음을 민족의 알맹이들은 다 알고 있다.

신동엽이 바라본 김수영은 "기존 질서에 아첨하는 문화를 꾸짖었"으며, "창조만이 본질이라고 굳게 믿"는 시인이었다. 나아가 우리는 신동엽이 "정말로 순수한 것, 정말로 민족적인 것, 정말로 인간적인 소리"라는 구절을 통해 그의 문학적 지향점을 엿볼 수 있다. 나아가 시인이라는 존재의 공동체적 역할에 대해서는 다음 문장들을 참조할 수 있다. "그의 죽음은 민족의 손실, 이 손실은 서양의 어느 일개 대통령 입후보자의 죽음보다 앞서 5천만배는 더 가슴 아픈 손실로 기록되어야 할 것이다. 그러나 시인 김수영은 죽지 않았다. 위대한 민족시인의 영광이 그의 무덤 위에 빛날 날이 멀지 않았음을 민족의 알맹이들은 다 알고 있다."라는 문장들이 그것이다. 그에게 있어 위대한 시인의 죽음은 "민족의 손실"과 동일한 층위라고 할 수 있다.

이러한 상황 속에서 순수/참여 논쟁은 (재)점화된다. 신동엽의 평론「선우휘씨의 홍두깨」13)에서 발견할 수 있듯이 드디어 논쟁이 시작된 것이다. 이는 우리에게 순수/참여 논쟁이 보여주는 이분법적 환상과 균열 지점을 제시한다. 신동엽은 논쟁의 구체적인 내용에 대한 서술 이전에, 석가와 시인의 세상에 대한 주유에 대한 이야기로 문을 연다.

> 석가와 한 사람의 시인이 세상을 주유하고 있었다.
> 어느 날, 월남땅을 지나다, 얼굴이 앳된 한 미국병사의 주검과 그리고 그 옆에 나란히 누워 있는 한 여자 베트공의 주검을 보았다.
> 석가와 시인은 가던 길을 멈추고 서서 그 자리에 무릎을 꿇었다. 그리고 두 손을 합장하고 앉아 그 두 주검의 이마 위에 명복의 기도와 눈물을 쏟았다. 그리고 그들은 일어나 길을 떠났다.
> 초등학교 학생과 수사관이 지나가다 이 광경을 보았다. 그리고 그들은 제가끔 자기 선생님과 자기 상관에게로 달려간 것이다. 빨리 일러야 한다고 생각하며.
> "선생님, 저기 베트공의 주검을 보고 눈물을 흘리는 사람이 있어요, 수상해요." 또는 "상관님, 저기 미국 병사의 주검을 보고 서럽게 우는 놈이 있어요 틀림없이 백색(白色)인 것 같아요!"

잘 알려져 있듯 평론의 인용 부분은 문학(시인)과 종교(석가)를 동반자로 등장시켜, 세상의 고통을 위로하려는 풍경이 이채롭게 서술되고 있다. 신동엽은 시인의 역할에 대한 소명의식이 남달랐다. 그는 "성서나 불경, 수운의 『동경대전』 또는 기타 여러 가지의 예언서 속의 언어들(나는 그것을 시라고 믿고 있다)"을 강조 했으며, 그것들이 "민중에게 짙은 구원의 그림자를 던져주고 있다"14)라고 주장했다. 그 구원의 그림자를 가늠하기 위해 근대의 폭력성을 비판하고, 인간의 원초성을 발굴하기 위해 역사를 유

---

13) 신동엽, 「선우휘씨의 홍두깨」, 133−137쪽.
14) 신동엽, 「시인·가인(歌人)·시업가(詩業家)」, 131−132쪽.

영했다. 그에게 시는 "궁극에 가서 종교가 될 것"이며, "철학, 종교, 시는 궁극에 가서 하나가 되어 있을 것"15)이라고 말하고 있다. 그렇기에 속세가 이념적으로 구분한 미군 병사와 여자 베트콩 사이에는 차이가 없다. 그들은 모두 체제의 폭력이 낳은 상잔의 희생양이고, 죽었기에 구원받을 여지가 생긴 피안의 존재들이다. 그런데 여전히 체제는, 미숙한 국민학생과 수사관으로 하여금 현세의 잣대로 문학과 종교마저 억압하는 상황임을 확인할 수 있다.

신동엽은 본격적으로 선우휘의 행보에 대해 다음과 같이 정리한다. "'참여'라는 낱말은 싸르트르의 어휘이며 싸르트르의 참여는 색깔이 수상한 어휘이니 그 말을 쓸 테면 알아서 쓰라는, 아닌 밤중에 홍두깨 같은 공갈이 문단에 뛰어들었"다는 것이다. 이러한 상황아래 논쟁은 문학에 대한 정의와 관점의 차이에 따라 필연적으로 발생할 수밖에 없었다. "문학의 본질을 '애정' '연민'이라고 생각하는 사람과 고급의 '장난'이라고 생각하는 사람들 사이에 대화의 광장이 형성되어질 리가 처음부터 없었"16)기 때문이다. 특히 우리가 주목하고자 하는 바는, 이 평론을 통해 신동엽이 가한 선우휘에 대한 강도 높은 비판의 목소리를 들을 수 있다는 사실이다. 물론 선우휘라는 대상은 개별적 주체로 비판받고 있기 보다는, 상대 진영의 상징적 주체에 더 근접해 있다고 할 수 있다. 이러한 점을 전제로 이 평론은 신동엽 문학의 가치를 소급적으로 평가하는데 유효한 참조점이 되어준다.

세계문화자유회의에서부터 머리를 처들기 시작했던 그 폭력은 드디어 지난 달 아세아 창간호에 실린 선우휘씨의 「현실과 지성인」 에 의해 그 보기 흉한 알몸뚱이 꼴을 적나라하게 세상에 노정시켜

---

15) 신동엽, 「시인정신론」, 102쪽.
16) 신동엽, 「선우휘씨의 홍두깨」, 134쪽.

놓고 말았다. 이젠 가리어진 데라곤 아무데도 없다. 치부(恥部)까지 드러내 놓고 정신인들의 마을에 뛰어든 그의 손엔 몽둥이가 쥐어져 있다.

부끄러운 이야기다.

선우휘씨에 의하면 이 땅에선 서러워하는 것도 죄가 된다. 시인이 구원의 피안, 그 내일을 동경해도 반국가죄가 될 우려가 있다. 네가 노래하는 내일이란 언제를 뜻하고 있는 거냐고 협박한다. (중략) 즉 모든 '진보'는 전체주의 혁명 사상을 긍정하는 통로로 직결된다고.

인용문을 통해 알 수 있듯이 신동엽은 "지난 달 아세아 창간호에 실린 선우휘씨의 「현실과 지성인」에 의해 그 보기 흉한 알몸뚱이 꼴을 적나라하게 세상에 노정시켜 놓고 말았다."는 사실을 개탄하고 있다. 이러한 상황 속에서 "이젠 가리어진 데라곤 아무데도 없"으며, "치부(恥部)까지 드러내 놓고 정신인들의 마을에 뛰어든 그의 손엔 몽둥이가 쥐어져 있"음을 목도한 것이다. 여기서의 "정신인들의 마을"이란 문학 공동체를 뜻하고, 선우휘의 손에 쥐어진 "몽둥이"란 앞서 "세계문화자유회의에서부터 머리를 쳐들기 시작했던 그 폭력"을 상징하는 사물일 것이다. 신동엽은 이러한 상황을 "부끄러운 이야기"라고 규정하고 있다. 그러면서 본격적인 비판을 이어가는데 특히 "선우휘씨에 의하면 이 땅에선 서러워하는 것도 죄가 된다."는 문장에서 핵심을 읽어낼 수 있다. "서러움이 죄가 되는" 땅은 어떠한 공동체인가. "시인이 구원의 피안, 그 내일을 동경해도 반국가죄가 될 우려가 있"는 공동체인 것이다. 신동엽이 보기에 그들은 "네가 노래하는 내일이란 언제를 뜻하고 있는 거냐고 협박"을 하고 있다. "즉 모든 '진보'는 전체주의 혁명 사상을 긍정하는 통로로 직결된다고."[17] 주장하고 있는

---

17) 신동엽, 「선우휘씨의 홍두깨」, 135쪽.

것이다. 여기에서 신동엽은 누가 과연 '전체주의'인가라는 질문을 되묻고 있다.

> 그렇다면 이건 중대한 의미를 지닌 사건으로서 이 땅의 문학사, 아니 문화사에 기록되어 남겨져야 할 것이다. 해방 후 20여년 동안의 자유로웠던 작가 시인들의 무대 속에 갑자기 몽둥이를 들고 뛰어든 정치 촉수적 테러리즘. 작가의 자유를 협작하려는 폭력의 등장. 이것이야말로 오히려 전체주의적인 행위와 일맥 상통한다는 인상을 주는 까닭은 무엇일까?[18]

이러한 이유로 신동엽은 "이건 중대한 의미를 지닌 사건으로서 이 땅의 문학사, 아니 문화사에 기록되어 남겨져야 할 것"이라고 힘주어 말하고 있다. "해방 후 20여년 동안의 자유로웠던 작가 시인들의 무대 속에" 선우휘라는 작가가 "갑자기 몽둥이를 들고 뛰어"들었기 때문이다. 이를 신동엽은 "정치촉수적 테로리즘"이라고 일갈한다. 그가 보기에 선우휘의 이러한 행보는 "작가의 자유를 협박하려는 폭력의 등장"에 다름 아니다. "이것이야말로 오히려 전체주의적인 행위와 일맥 상통한다는 인상을 주는 까닭은 무엇일까?"라는 신동엽은 반문은 매우 적절하다. 이는 우리에게 순수/참여 논쟁이 보여주는 이분법적 환상과 균열 지점을 제시하기 때문이다.

위의 논의들과 관련하여 우리는 지젝의 다음과 같은 서술을 참조할 수 있다. "'전체주의'는 그것이 걸어온 길 전체를 통해서 자유민주주의를 비판하는 좌파들을 우파 파시스트 독재의 전도된 형태이자 '쌍둥이' 형제로 매도함으로써 '자유 급진파들을 순화시키고' 자유민주주의의 헤게모니를 보장하는 복합적 임무를 수행해온 이데올로기적 관념이었다." 이러한 의

---

18) 신동엽, 위의 글, 137쪽.

미에서 신동엽을 전체주의자로 매도한 일군의 발언은 "'전체주의'라는 관념"은 "오히려 일종의 구멍마개"이다. "그것은 우리에게 사유할 수 있는 힘을 북돋워주거나 역사적 사실들을 새롭게 서술할 수 있는 통찰들을 열어주는 개념이기는커녕 우리를 사유의 의무에서 면제시키거나 혹은 적극적으로 아예 생각이라는 것을 하지 못하도록 틀어막아버"[19]리기 때문이다. 이러한 맥락에서 전체주의와 관련된 일련의 발언들은, 순수/참여 논쟁이 보여주는 이분법적 환상과 균열 지점을 제시하고 있음을 확인할 수 있다. 이러한 상황에도 불구하고 신동엽은 문학의 예언성과 사회와의 조응 방식을 강구한다. 그가 문학의 사회적 응전력을 향한 행보를 멈추지 않은 것도 바로 이 지점과 연관된다.

3. 예시 정치의 가능성과 불가능성

예시 정치의 가능성과 불가능성이라는 맥락 아래, 신동엽의 「아니오」라는 시편은 보다 더 주목되어야 한다. 김수영은 「참여시의 정리─1960년대의 시인을 중심으로」[20]라는 글에서 신동엽의 「아니오」[21]를 언급하고 있다. 이에 대한 구체적인 언급 이전에 김수영은 "4·19를 경계로 해서 그 이전의 10년 동안을 모더니즘의 도량기라고 볼 때, 그 후의 10년간을 소위 참여시의 그것이라고 볼 수 있을 것" 같다고 쓰고 있다. 그러면서 "지

19) 슬라보예 지젝, 한보희 옮김, 『전체주의가 어쨌다구?』, 새물결, 2008, 14─15쪽.
20) 김수영, 이영준 엮음, 「참여시의 정리─1960년대의 시인을 중심으로」, 『김수영 전집 2 산문』, 민음사, 485─503쪽. (이하 『김수영 전집 2 산문』 수록 글일 경우 제목과 쪽수만 표기함)
21) 신동엽, 강형철 외 편, 「아니오」, 『신동엽 시전집』, 창비, 2013, 151쪽. (이하 『신동엽 시전집』 수록 시일 경우 제목과 쪽수만 표기함)

난 7년 동안의 이 새 유파에 대한 반성과 전망은 1957년 당시의 모더니즘에 대한 그것들보다 별로 흐뭇하거나 밝을 것이 없다"라고 일갈한다. 이어지는 서술을 조금 더 살펴보면 김수영은 "초현실주의 시대의 무의식과 의식의 관계는 실존주의 시대에 와서는 실존과 이성의 관계로 대치되었는데, 오늘날의 우리나라의 참여시라는 것의 형성 과정에서는 이것은 이념과 참여의식의 관계로 바꾸어 생각할 수 있"음을 언급한다. "우리나라와 같은 기형적인 정치 풍토에서는 참여시에 있어서의 이념과 참여의식의 관계가 더욱 미묘하고 복잡하며, 무의식과 의식의 숨바꼭질과는 다른 외부적인 터부와 폭력이 개입하게 된다"는 것이다. 이러한 "의미에서는 우리나라의 오늘의 실정은 참여시를 용납하지 않는다. 그러니까 나쁘게 말하면 참여시라는 이름의 사이비 참여시가 있고, 좋게 말하면 참여시가 없는 사회에 대항하는 참여시가 있을 뿐"[22]임을 비판하고 있다.

본격적인 주장은 다음 문장에서 확인할 수 있다. "진정한 참여시에 있어서는 초현실주의 시에서 의식이 무의식의 증인이 될 수 없듯이, 참여의식이 정치 이념의 증인이 될 수 없는 것이 원칙"이라고 말하면서, 그 원칙에 따라 "행동주의자들의 시"에 대해 집중한다. 즉 진정한 '참여의식'이 드러나기 위해서는 의식적 차원에서의 '참여의식'이 아니라 무의식적 차원의 '참여의식' 즉 '세계'를 향한 발언이 가능해져야 한다는 것이다. 그러니 글의 전체적인 문맥으로 볼 때 강조하는 것은 '참여의식'이 아니라 의외로 '세계적인 발언'인 것이다. 그러면서 그는 "우리는 이제 불평의 나열에는 진력이 났다. 뜨거운 호흡도 투박한 체취에도 물렸다. 우리에게 필요한 것은 불평이 아니라 시다. 될 수 있으면 세계적인 발언을 할 수 있는 시다."[23]라는 문장 뒤에 신동엽의 「아니오」 시편을 언급하고 있다.

---

22) 김수영, 「참여시의 정리―1960년대의 시인을 중심으로」, 488쪽.

아니오
미워한 적 없어요,
산마루
투명한 햇빛 쏟아지는데
차마, 어둔 생각 했을 리야.

아니오
괴뤄한 적 없어요,
능선 위
바람 같은 음악 흘러가는데
뉘라, 색동눈물 밖으로 쏟았을 리야.

아니오
사랑한 적 없어요,
세계의
지붕 혼자 바람 마시며
차마, 옷 입은 도시 계집 사랑했을 리야.

　　　　　　　　　　　　　　　　　　　　　ㅡ「아니오」 전문

　위의 시편과 관련하여 살펴볼 텍스트는 신동엽의 평론 「신저항시운동
의 가능성」[24]이다. 그는 글의 첫 문장에 "지금은 싸우는 시대"라고 적고
있다. 그러면서 "언어가 민족의 꽃이며 그 민족의 공동체적 상황을 역사
감각으로 감수(感受)받은 언어가 즉 시라고 할 때, 오늘처럼 조국과 민족
이, 그리고 인간이 굶주리고 학대받고 외침(外侵)이 되어 울부짖고 있을
때, 어떻게 해서 찡그림 속의 살 아픈 언어가 아니 나올 수 있을 것인가."
라고 역설한다. 그는 그렇기 때문에 "시인은 선지자이어야 하며 우주 지인

───────────────────

23) 김수영, 위의 글, 488-493쪽.
24) 신동엽, 「신저항시운동의 가능성」, 138-140쪽.

이어야 하며, 인류 발전의 선창자가 되어야 할 것"25)임을 망각해서는 안 된다고 주장하고 있다. 여기서 우리는 신동엽이 바라본 새로운 저항의 의미와 참여 문학의 지향점을 읽어낼 수 있다.

위의 내용과 관련하여 다시 김수영의 「참여시의 정리ー1960년대의 시인을 중심으로」로 돌아가 보자. 그는 "신동엽의 이 시에는 우리가 오늘날 참여시에서 바라는 최소한의 모든 것이 들어 있다. 강인한 참여 의식이 깔려 있고, 시적 경제를 할 줄 아는 기술이 숨어 있고, 세계적 발언을 할 줄 아는 지성이 숨쉬고 있고, 죽음의 음악이 울리고 있다. 신동엽을 알게 된 것은 극히 최근에 「발」이라는 그의 작품을 읽고 난 뒤이다. (중략) 그의 업적은 소위 참여파의 다른 어떤 시인보다도 확고부동하다."라고 말하며 참여 문학의 미래로 신동엽을 평가하고 있다. 나아가 신동엽의 「껍데기는 가라」의 구절인 "껍데기는 가라./4월도 알맹이만 남고/껍데기는 가라."의 서두를 인용하며 "「4월」은 물론 4·19의 정신을 가리키는 것이다. 그의 카랑카랑한 여무진 처음에는 대가의 기품이 서려 있다."고 언급한다. 나아가 이러한 신동엽의 "껍데기는 가라/ 동학년 곰나루의, 그 아우성만 살고/ 껍데기는 가라"라는 구절에서는 "고대에의 귀의"를 느낄 수 있다고 말하며, 이는 "예이츠의 「비잔티움」을 연상시키는 어떤 민족의 정신적 박명(薄明) 같은 것을 암시한다"고 말한다. 더 중요한 것은 "그러면서도 서정주의 「신라」에의 도피와는 전혀 다른 미래에의 비전과의 연관성을 제시해"준다는 점을 강조하고 있다.

김수영은 이어지는 "아사달과 아사녀가/중립의 초례청 앞에 서서/부끄럼 빛내며/맞절할지니/"라는 구절에서는 "「아니오」와의 유비적 읽기를 시도한다." 시에서 「지붕 혼자 바람 마시며/차마 옷 입은 도시 계집 사랑

25) 신동엽, 위의 글, 138−139쪽.

했을 리야」로 죽음의 야무진 음악이 울리듯이, 여기에서는 「두 가슴과 그 곳까지 내논 /아사달 아사녀가」 울리는 죽음의 음악 소리가 들린다.”고 말하고 있다. 결론적으로 김수영은 신동엽에 대해 “참여시에 있어서 사상(事象)이 죽음을 통해서 생명을 획득하는 기술이 여기 있다. 이쯤 되면 시로서 거의 완벽한 페이스를 밟고 있다.”26)고 평가한다. 그는 이 문장을 통해 신동엽의 문학적 미래가 참여시의 미래임을 주지시킨 것이다.

이처럼 참여시의 미래는 문학과 정치의 확장성에 대한 사유로 이어진다. 이 지점에서 우리는 신동엽 문학의 예언적 특성을 ‘예시적 정치’라는 개념과 연결 짓고 있는 목소리를 떠올리게 된다.27) 오영진은 “다소 생소한 개념인 예시적 정치(prefigurative politics)에 대해서는 약간의 설명이 필요하다”고 말하며, “예시적 정치란 활동가들이나 정치이론가들이 “의도적으로, 자신들이 만들고 싶은 사회와 비슷하게 조직을 만드는 행위”를 뜻한다고 정의한다. 그러면서 “어떤 이상사회를 꿈꾸는 사람들은 자신의 ‘지금’, ‘여기’를 바로 그 실험장으로 삼는 경향이 있다는 것이다. 이를 단순히 그들 정치의 예비적 단계로 생각해 볼 수도 있겠다. 하지만 예시적 정치가 함의하는 바는 간단치 않다. 정치란 ‘미래’가 아니라 오직 ‘지금’, ‘여기’의 문제라고 말하는 방식이기 때문”28)임을 설명한다. 새로운 사회로의 전환을 예감하는 상상력의 혁명 특히 풍자의 미학은 ‘예시적 정치’를 예감하게 하는 상상력 혁명이라고 간주할 수 있다. 예술가—시민, 혹은 시민—예술가들이 스스로 연출하고 함께 즐기는 풍자의 양식은 자발적 불복종, 비협조, 비폭력의 저항 정신을 드러내는 동시에 직접민주주의의 실

---

26) 김수영, 앞의 글, 494−495쪽.
27) 오영진, 「신동엽을 다시 읽는 세 가지 키워드」, 신동엽 학회 엮음, 『융합적 인간을 꿈꾸다』, 삶창, 2013, 55−68쪽.
28) 오영진, 위의 글, 63쪽.

천과 연관되기 때문이다.

보다 확장해보면 예시적 정치란 현실 속에서 마치 혁명 이후의 유토피아가 실현된 것처럼 행동함으로써 혁명을 지금, 여기서 수행적으로 쟁취하는 동시에, 아직 존재하는 문제의 근원을 밝혀내고 해결의 길을 만들려고 하는 직접적 실천과 아나키즘의 전통에서 태어난 개념이라고 할 수 있다. 아직 가능성으로만 남아 있는 예시적 정치의 형태로서만 현실태가 되는 것이다. 새로운 정치의 가능성과 미결정성은 무엇보다도 그들이 가치를 세우고 있는 이상사회를 바로 지금 이 공동체 속에서 실현하는 것을 최우선으로 한다. 낡은 사회의 공동체 속에서 새로운 사회를 건설하기 위해서는 이러한 예시적 정치를 통한 사유의 확장이 필요하다. 조직을 운영해야 한다고 생각한다. 그래야만 목적이 수단을 정당화한다거나 혁명가의 역할은 새로운 권력을 획득하는 일이라는 사고를 지양할 수 있다. 기존 질서의 모순을 폭로하고 그 부당성을 밝혀내며 해체하는 한편 거대한 자율적 공간을 획득하여 미래적 공동체를 실현해야하기 때문이다. 이처럼 예시적 정치란 지금 여기에 가능성으로서의 유토피아를 현실로 구현하려는 인식론적 전략이라고 볼 수 있다. 이를 가능하게 하기 위해서는 변혁을 위한 잠재력을 하나의 가치로서 간주하고, 그 가치가 통용되도록 만들어야 한다. 이러한 방식으로 가치를 끝없이 운동시켜 공동체 변혁의 가능성으로 무한정 근접시키는 일이 무엇보다 중요하기 때문이다.

위의 맥락에서 살펴볼 때 신동엽의 "문학이야말로 예시적 정치의 또 다른 형태라고 할 수 있다. 가능성으로서 존재하는 미래의 정치를 문학은 문자적 차원에서 구현한다. 이는 꿈을 스케치하는 일(표상)이 아니라 꿈을 가상으로 살아보는 일(행위)" 인 것이다. 주지하듯 "김종철은 신동엽의 시가 상고시대 역사에서 발견되는 민족의 원형을 그리며 민중에 대한 강한 애정을 그려"냈다고 보았다. 그는 "특히 신동엽의 문학세계는 도가 사상 가들이 품은 협동적인 사회의 상과 유사함을 주장"한 바 있다. 그렇기 때문에 신동엽 문학에 나타난 민주주의적 세계관은 "문학공간에서 펼쳐지는 예시적 정치는 독자로 하여금 이 공간을 살아보게 만들" 뿐만 아니라, 그 구현 가능성을 예감하게 한다. 구체적인 시적 언술을 살펴보면 "신동엽 시에 주로 "~할 것이다."는 당장의 현실과는 거리를 둔 예언자의 목소리가 아니라 "~하자", "~해라"등의 적극적인 실천 의지를 담은 혁명가의 목소리"29)이기 때문이다. 우리는 이 지점에서 신동엽 시인의 「산문시」1 30)와 마주치게 된다.

> 스칸디나비아라든가 뭐라구 하는 고장에서는 아름다운 석양 대통령이라고 하는 직업을 가진 아저씨가 꽃리본 단 딸아이의 손 이끌고 백화점 거리 칫솔 사러 나오신단다. 탄광 퇴근하는 광부들의 작업복 뒷주머니마다엔 기름 묻은 책 하이데거 럿셀 헤밍웨이 장자(莊子) 휴가여행 떠나는 국무총리 서울역 삼등대합실 매표구 앞을 뾰약 볕 흠쓰며 줄지어 서 있을 때 그걸 본 서울역장 기쁘시겠소라는 인사 한마디 남길 뿐 평화스러이 자기 사무실 문 열고 들어가더란다. 남해에서 북강까지 넘실대는 물결 동해에서 서해까지 팔랑대는 꽃밭 땅에서 하늘로 치솟는 무지갯빛 분수 이름은 잊었지만 뭐라군가 불리우는 그 중립국에선 하나에서 백까지가 다 대학 나온 농민들 트럭을 두 대씩이나 가지고 대리석 별장에서 산다지만 대통령 이름은 잘 몰라도 새 이름 꽃 이름 지휘자 이름 극작가 이름은 훤하더란다. 애당초 어느 쪽 패거리에도 총 쏘는 야만엔 가담치 않기로 작정한 그 지성(知性) 그래서 어린이들은 사람 죽이는 시늉을 아니하고도 아름다운 놀이 꽃동산처럼 풍요로운 나라, 억만금을 준대도 싫었다.

---

29) 오영진, 앞의 글, 64−65쪽.
30) 신동엽, 「산문시」1, 398쪽.

자기네 포도밭은 사람 상처 내는 미사일기지도 탱크기지도 들어올
수 없소. 끝끝내 사나이나라 배짱 지킨 국민들, 반도의 달밤 무너진
성터가의 입맞춤이며 푸짐한 타작소리 춤 사색뿐 하늘로 가는 길가
엔 황토빛 노을 물든 석양 대통령이라고 하는 직함을 가진 신사가
자전거 꽁무니에 막걸리병을 싣고 삼십 리 시골길 시인의 집을 놀러
가더란다.

신동엽 문학적 지향점의 정수를 보여주고 있는 이 시는 대통령이라든
가 국무총리의 의외로운 모습을 제시한다. 그러나 엄밀히 이야기하자면
이러한 언술은 문학이 아닌 인식적 차원에서도 존재할 수도 있다. 그럼에
도 불구하고 이 시의 독특성은 "스칸디나비아라든가 뭐라고 하는 고장"이
라는 공간과 서울이라는 공간의 심상지리적 조우에 있다고 보는 것이 맞
겠다. 이러한 차원에서 이 시편은 예시적 정치를 수행하는 시적 개진이라
고 볼 수 있는 것이다. 이상적 정치의 가능성을 지금 여기라는 시의 공간
속에서 구현하고 있기 때문이다. 여기서 이상적 정치의 가능성은 민주주
의에 대한 가능성과 직결된다. 우리는 "민주주의가 '주어진 권리'의 타자
라는 말이기도 하다"는 사실을 망각해서는 안 된다. "민주주의는 권리를
발명해야 하며" 궁극적으로는 "민주주의는 스스로를 발명해야만" 하기
때문이다. 다양한 변형이 있어 왔지만 "그 변형 중 가장 중요한 것은 국가
와 주권을 통해 공법의 확실하고도 자율적인 기반을 세우려는 시도"[31]일
것이다. 우리는 이러한 공동체의 발전과 민주주의에 대한 사유가 신동엽
문학의 근간임을 부정할 수 없다. 이와 관련하여 그는 이러한 문장을 남기
고 있다.

---

31) 장뤽 낭시, 「유한하고 무한한 민주주의」, 슬라보예 지젝 외, 김상운 외 옮김, 『민주
주의는 죽었는가』, 난장, 2010, 110쪽.

문학은 괴로움이다. 인류란 영원한 평화, 영원한 사랑, 그 보리수 나무언덕 밑의 찬란한 열반의 꽃밭을 향하여 다리 절름거리며 묵묵히 걸어가는 수도자의 아픈 괴로움이다. (중략) 시인은, 아니 창조자는 영원한 자유주의자이다. 그는 영원한 불만자요 영원한 부정주의자이다. (중략)

다시 한 번 말하거니와 문학은 수도하는 사람들의 것이다. 그것은 영원한 괴로움이요, 영원한 부정이요, 영원한 모색이다.

안이하게, 세계를 두 가지 색깔의 정체 싸움으로밖에 인식하지 못하는 군사학적·맹목기능학적 고장난 기계하곤 전혀 인연이 먼 연민과 애정의 세계인 것이다.[32]

이처럼 문학이 상징을 축조하는 작업이 아니라 거듭 갱신되는 부정을 통한 모색이라는 이 발언은 신동엽 문학의 현재성을 암축적으로 제시한다. 민주주의가 기존 질서의 모순을 해결하려는 운동으로서 규제적 보편자에 대한 부단한 투쟁이듯, 문학은 이분법적 형이상학이나 맹목적 상징과는 거리가 먼, 구체적 개별자들이 감성의 영역에서 전개하는 부단한 자기갱신과 관계 깊기 때문이다. 그리고 바로 그렇기 때문에 그것은 전략의 문제가 아니라 가능성의 문제가 된다. 특히 신동엽이 강조하고 있듯, 문학은 "영원한 부정이요, 영원한 모색"이라는 문장은 문학의 가능성이 곧 민주주의적 공동체의 가능성과 직결된다. 나아가 이를 실현시키는 것은 반복되는 부정과 그를 통한 이상적 공동체의 모색이라는 점을 우리에게 상기시킨다.

---

32) 신동엽, 「선우휘 씨의 홍두깨」, 136－137쪽.

4. 신동엽 문학의 민주주의적 열망과 공동선의 추구

우리는 신동엽의 문학적 주체가 지향하는 바를 공동체주의로 명명할 수 있다. 상황이 이러할 때 공동선이란 무엇인가를 질문하게 된다. 이 기표는 우리가 일상에서 자주 사용하는 익숙한 말이 아니기 때문에 조금은 낯설게 다가올 수도 있다. 오늘날 우리의 일상을 지배하고 있는 것은 그와는 대립되어 보이는 개인적 성공과 행복에 대한 과잉적 언어의 편린들이다. 어쩌면 우리의 현실은 그러한 언어들이 야기하는 기대와 불안, 그리고 두려움에 점령당한 상태라고 봐야 할지도 모른다. 소수의 이익을 위해 대다수의 삶이 착취당하는 불평등한 구조는 오히려 이전보다 더 교묘하고 은밀한 방식으로 작동하고 있음을 부정할 수 없기 때문이다. 공동선이란 삶이라는 공동 투쟁의 장이 궁극적으로 향하고 있는 지점이라고 할 수 있다. 자본주의의 환영이 새로운 형태의 장벽을 만들어내고 있는 현실에 대한 진실의 추구이자 정의에 대한 정당한 요구인 것이다. 또한 불가능해 보이는 시도를 가능한 미래로 바꾸고자 하는 기획이라고 할 수 있다. 나아가 공동선이란 자유와 평등, 해방의 공동체를 이루는 근본 구조의 이름이라고도 할 수 있다. 배제와 간극의 논리를 넘어 공동의 삶의 윤리와 양식을 무수한 투쟁의 이름들 속에서 함께 추구하고자 함인 것이다. 이를 우리는 신동엽 문학의 민주주의적 열망과 공동선의 추구라고 명명하기를 원한다. 공동선이라는 키워드와 관련하여 지젝이 규정하는 공동선이란 '자유를 향한 공동투쟁'의 또 다른 이름이라는 점을 상기해보자. 여기서 '공동'이란 배제된 자와 포함된 자를 가르는 장벽을 허무는 보편적 해방의 근본 조건을 뜻한다. 지젝은 오늘날 우리가 당면한 과제란 '도덕적 다수'의 자리를 점령하기 위한 정치적 이론화 작업과 실천적 네트워크의 구축이라고 주

장한다.33)

　이러한 내용을 토대로 볼 때 신동엽은 우리가 자명하다고 믿는 세계에 대해 끊임없이 질문을 던지고 그 질문을 통해 의미 있는 파열음을 남긴 시인이라고 할 수 있다. 파열음을 내는 방식은 매우 독특한데 이 세계의 모순, 다시 말해 사회적 구조의 접합들을 겨냥하여, 독자로 하여금 스스로 그 대안적 지향점을 그리도록 견인하기 때문이다. 과연 진정한 사유란 무엇일까 질문하는 것이 바로 그것이다. 사유의 일차적인 단계는 문제를 해결하는 것이 아니라, 이것이 진정 문제 상황인가, 이것이 문제를 드러내는 올바른 방법인가, 우리는 어떻게 이러한 결론에 도달했는가 등의 질문을 던질 수 있는 능력을 의미한다. 지금 우리가 살아가고 있는 이 시대에 대한 근본적인 질문들이 그 어떤 때보다 중요하고 또 우리에게 시급하게 요구되며, 우리는 이러한 질문을 던질 수 있어야만 하기 때문이다.

　우리 세계 도처에 편재해 있는 포함된 자와 배제된 자들을 가르는 장벽은 여기에 늘 있는 폭력이 포함된 자의 시야에 들어오는 것을 가로막는다. 이것이야말로 이 세계의 진정한 문제이다. 폭력이 포함된 자와 배제된 자를 가르는 장벽의 원인이자 결과라면, 이것은 필연적으로 공동선의 문제로 귀결될 수밖에 없다. 물론 지금 이 세계의 실체와, 더 나은 세계를 향한 실천적 가능성에 대한 지젝을 비롯한 여러 지성들의 답변은 그 자체로 모든 문제를 해결할 수 있는 명쾌한 답이라기보다는 차라리 또 다른 물음에 가깝다고 할 수 있다. 실천적 가능성으로만 제시된, 그리하여 그것을 실현할 주체의 결단을 기다리는 그러한 물음말이다. 이 질문은 신동엽이 독자들에게 제기하는 또 하나의 물음이다. 이 세계에 함께 존재하고 있는

---

33) 슬라보예 지젝, 이성민 옮김, 『부정적인 것과 함께 머물기』, 도서출판b, 2007, 140쪽 참고.

당신과 내가 우리에게 가능성으로 제시된 공동선을 향하여, 어떻게 함께 나아갈 것인가 하는 물음, 나아가 우리 모두가 그 대답을 고민해야 할 시점이다.

사실상 민주주의라는 말은 텅 빈 기표이자 끝이 없는 원리로서 누구나, 그리고 모두가 자신의 꿈과 희망을 그 안에 담게 된다. 민주주의란 끊임없이 재발명을 요구하는 이념이기 때문이다. 그러므로 신동엽 시인의 문학적 전유가 빛나는 지점은 오늘날의 민주주의에서 진정한 관건과 밀접한 관계를 맺는다. 대중들의 운동과 투쟁인 민주화를 형식적 민주주의 또는 민주적 절차에 묶어두는 의미적 연결고리를 해체하는 것이다. 사실상의 대의제 즉 오늘날 사멸하고 있는 바로 이런 의미에서의 민주주의일 뿐이다. 민주주의를 처음부터 다시 시작해야 한다거나, 끊임없이 재발명해야 한다는 주장들이 뜻하는 바가 바로 이것이다. 실로 민주주의의 역사는 이 단어를 저마다의 것으로 만들기 위한 투쟁의 역사이기도 했다. 따라서 민주주의의 의미를 새롭게 정의한다는 것은 정치공간의 기존 논리 자체를 어떻게 바꿀 것인가의 문제이기도 하다. 또한 이 문제는 과연 인민은 자기 통치를 원하는가, 민주주의적 자유를 원하는가, 사회 구성원은 어느 때에 봉기했고 봉기하며 봉기할 것인가와 같은 질문과 대면할 수밖에 없도록 만든다. 신동엽이 말한 바와 같이 "시란 우리 인식의 전부이며, 세계 인식의 통일적 표현이며, 생명의 침투며, 생명의 파괴며, 생명의 조직"이다. 나아가 "그것은 항시 보다 광범위한 정신의 집단과 호혜적 통로를 가지고 있어야"34)한다. 그러므로 우리는 신동엽의 문학 정신을 토대로 하여 현재의 민주주의에 대한 재발명을 멈춰서는 안 될 것이다.

---

34) 신동엽, 「신저항시운동의 가능성」, 140쪽.

약소국 혁명 서사의 한 기원*
―신동엽의 「금강」을 중심으로

전철희

1. 문학으로 저항을 기록한다는 것

본고의 목적은, 신동엽의 「금강」의 분석을 통해, 한국에서 저항적 봉기를 서사화(narrativization)하는 작업이 시작된 양상을 재구하는 것이다.

신동엽은 지향성이 분명한 시인이다. 그의 작품 속에는 "좋은 것"(알맹이, 사월, 동학년 곰나루의 아우성, 아사달과 아사녀, 향그러운 흙가슴, 눈동자, 하늘)과 "나쁜 것"(껍데기, 쇠붙이)의 이미지가 공존한다. 전자가 순

---

* 전철희, 「약소국 혁명 서사의 한 기원―신동엽의 「금강」을 중심으로―」, 『동악어문학』 86집, 동악어문학회, 2022.2.

수한 삶의 태도, 자연, 불의에 맞선 저항적 정신 등등을 지칭한다면 후자는 인위적인 것, 기술문명, 자본주의에 순응하는 삶의 태도 등등을 뜻한다. "그 모오든 쇠붙이는 가고 껍데기는 가라"(「껍데기는 가라」)라는 구절이 증명하듯, 신동엽은 "좋은 것"을 추구하고 "나쁜 것"을 거부하겠다는 의지를 숨기지 않은 강직한 시인이었다.

이런 직설적 작풍에 대해서는 양면적 평가가 공존해왔다. 일찍이 김주연[1]은 신동엽의 시가 자유와 평등에 일방적으로 집착한다는 점, 원시사회에 대한 회귀적 지향을 갖는다는 점, 무책임한 아나키즘에 경도되어 있다는 점을 비판했다. 반면 염무웅[2]은, 신동엽을 외래의 문학사조에 무비판적으로 침투되어 있던 1960년대의 문학판에서 '민중문학'의 길을 개척한 선구자로 고평했다. 한편 김수영과 김우창은 신동엽의 시에 내재된 문제의식을 상찬하면서도 문학적 한계를 지적하는 절충적 입장에 섰다.[3] 이 문단에서 언급한 논고들은 연식이 오래된 것들이지만 지금도 신동엽에 관한 개괄적 평가의 지형은 별로 갱신되지 않았다.[4]

---

1) 김주연, 「시에서의 참여 문제─신동엽의 『금강』을 중심으로」, 『상황과 인간』, 박우사, 1969.
2) 염무웅, 「김수영과 신동엽」, 『뿌리 깊은 나무』, 1977. 12.
3) 김수영은 신동엽의 강인한 참여의식을 상찬하면서도 그의 시가 모더니즘의 해독을 너무 안 받은 탓에 역설적으로 쇼비니즘으로 흐를 수 있다고 우려했다. 김수영, 「참여시의 정리─60년대 시인을 중심으로」, 『창작과 비평』 8호, 창작과비평사, 1967 겨울. 김우창은 『금강』의 여러 문학적 결점(구성의 허술함, 역사적 사고의 단순성, 표현하는 감정의 평이함)을 지적하면서도, 이 작품이 현실에 대한 관심으로 과거와 현재를 엮어냈다는 장점은 모든 결점을 뛰어넘을 정도로 압도적이라고 평했다. 김우창, 「신동엽의 「금강」에 대하여」, 『창작과 비평』 9호, 창작과비평사, 1968 봄.
4) 1990년대 정도까지는 신동엽이 "민족 자주의 의식이나 참다운 공동체의 실현"을 추구한 "민족시인"이었다고 평가하는 사람들이 많았다. 다음 책을 참조하라. 강은교 외, 『민족시인 신동엽』, 소명출판, 1999, 3쪽. 한편 21세기가 되면서 연구자들은, 신동엽의 작품에 대한 정전 확정, 정신분석학을 경유한 새로운 해석 제시, 서정시가 아닌 신동엽의 작품들(서사시, 장시, 시극, 오페레타, 라디오 대본 등)에 대한 분석

「금강」은 신동엽의 문학적 지향이 응축된 대표작이다. 그래서 이 작품에 대한 평문은 작가론의 논지와 일치되는 경우가 많다. 「금강」의 개별적 특성을 살펴본 연구 중에서는 해당 작품의 장르적 특징을 밝혀낸 논문들[5], 동학의 이념과 연관시켜 설명한 논문[6], 신동엽이 과거의 작품을 창조적으로 인유(引喩)한 양상을 밝혀낸 논문[7] 정도가 주목할 만하다.

이상의 논고들은 신동엽의 정치적 지향 및 「금강」의 미학적 특성을 밝히는 일에 기여했다. 본고는 이 작품이 한국에서 저항적 봉기(uprising)[8]

등등을 하면서 연구의 지평을 확장해왔다. 2000년대에 새로 제기된 신동엽에 대한 평가는 다음의 글에서 개괄된다. 김응교, 김응교 편, 「새롭게 확장되는 신동엽」, 『신동엽』, 글누림, 2011. 또한 이 시대에는, 신동엽의 시를 민족주의, 농본주의, 아나키즘, 민주주의 등의 이념과 연결시켜 설명한 논고들이 제출되기도 했다. 최두석, 「신동엽의 시세계와 민족주의」, 『한국시학연구』 4, 한국시학회, 2011.5; 유종호, 「뒤돌아보는 예언자―다시 읽는 신동엽」, 『서정적 진실을 찾아서』, 민음사, 2001; 최진석, 「아나키의 시학과 윤리학」, 『비교문학』 71, 한국비교문학회, 2017; 조강석, 「신동엽 시의 민주주의 미학 연구 : 무엇을 희망해도 좋은가?」, 『한국시학연구』 35, 한국시학회, 2012.

5) 이 작품이 "서정시"인지 아니면 "서사시"인지에 대해서는 기나긴 논쟁이 있었다. 조남익, 조현수, 민병욱, 김재홍, 박성모, 권영민, 김윤선, 이형권, 김영철, 이영섭, 김형필, 윤여선 등은, 「금강」이 기존의 서정시와 다른 형식이라는 점을 강조하고, 이 작품을 '서사시'라고 부를 것을 제안했다. 반면 김우창, 신경림, 성민엽은 「금강」이 서사적 요소를 가지고 있는 장시일지언정 감정을 강조하는 만큼 서정시로 봐야 한다는 입장에 섰다. 비교적 최근에는 「금강」이 서정시나 서사시도 아니라 독자적인 양식으로 봐야 한다는 제안들도 제출되고 있다. 「금강」이 "신동엽만의 문학 형"(홍기삼)이라든가, "서정이 내재한 서사시"(서정학)라든가, "서정적 장편서사시"(김응교)라든가, "미분화된 양식, 종합적 문학 양식"(최유찬)이라든가, "서술시(Narrative Poetry)"(한국문학평론가협회, 『문학비평용어사전』)라는 규정이 대표적 사례이다. 「금강」의 형식에 대한 논쟁은 이혜미의 논문에 소개되어 있다. 이혜미, 「신동엽 담론 양상 연구: 「금강」론을 중심으로」, 단국대학교 석사학위논문, 2012.
6) 홍용희, 「'귀수성'과 동학혁명운동의 현재적 가능성:신동엽의 시론과 서사시 '금강'을 중심으로」, 『한국시학연구』 43, 한국시학회, 2014.
7) 이대성, 「신동엽 시에 나타난 인유 양상과 그 효과 연구」, 서강대학교 박사학위논문, 2020.
8) 봉기, 항쟁, 혁명은 각기 조금씩 다른 의미를 갖는 용어들이다. 그런데 본고의 맥락

의 계승을 호소한 최초의 문학작품 중 하나였음에 주목하며 논의의 영역을 확장시키고자 한다.

모든 혁명은 고유한 사건이다. 언제 어디서 어떻게 혁명이 일어날지를 예언해주는 신탁은 존재하지 않는다. 혁명을 사유하는 일은 개별적 사건에 대한 분석에서부터 시작된다. 그래서 어느 시대에나 사회의 진보를 염원하던 사람들은 봉기와 혁명의 역사를 되돌아보고자 했다. 저항의 역사는 그들에게 교훈과 희망을 주는 교자재로 적합했다. 저항적 사건을 재평가하는 작업은 또한, 혁명이란 무엇이며 사회가 어떻게 변화해야 하는지 등등의 사회학적 쟁점에 관한 이론적 논의의 단초도 마련해줄 수 있다. 실제로 서양의 '혁명'에 관련된 논의는 프랑스 혁명을 평가하는 과정에서 시작됐다. 중세 시대까지 '혁명(revolution)'은 "별자리들이 지구를 둘러싸고 회전하는 것에 대한 천문학적이고 점성술적"[9]인 용어였을 뿐이다. 당시까지 인간의 주체적 행동이 사회체제를 전복한다는 관념은 존재하지 않았고, 그래서 기성권력에 대한 저항적 운동은 소요, 봉기, 반란, 민란, 폭동, 내전, 역모 등등의 부정적 어휘로만 지칭됐다. 프랑스 혁명에 관한 사후적 평가가 활발했던 19세기에 이르러서야 '혁명'은 사회적 변혁을 위한 행동을 의미하는 단어로 재규정되고, 혁명을 어떻게 이해해야 할지에 관한 좌우파의 논쟁이 거세졌다.[10]

에서 그 차이는 중요하지 않기 때문에, 필자는 이 용어들을 맥락에 따라 혼용할 것이다.

9) 라인하르트 코젤렉 편, 한운석 역, 『코젤렉의 개념사 사전 12 – 혁명』, 푸른역사, 2019, 43쪽.

10) 버나드 약(Bernard Yack)은, 우리가 "혁명"이라고 부르는 사건이 연역적으로 정리될 수 없는 개념이며, 따라서 혁명에 관한 논의는 개별적 사례에 대한 분석으로 귀결될 수밖에 없음을 지적한다. 다음 책은 18세기의 사상가들이 과거의 항쟁들을 참조하면서 "혁명"이라는 개념을 "발명"한 과정을 밝혀낸 것이다. Bernard Yack, The Longing for Total Revolution, University of California Press(Berkeley), 1986.

한국에서 과거의 봉기를 되돌아보는 작업은 민중운동이 성장하던 1960~80년대에 집중적으로 이뤄졌다. 물론 그전에도 비슷한 시도가 없진 않았다. 일제 강점기 당시와 광복 직후에도 3·1운동, 항일항쟁, 농민운동에 관한 글들은 자주 발표됐다. 허나 이승만 정부 하의 남한은 '민중'이라는 말 자체가 금지될 만큼 엄혹했고 '민중항쟁'을 긍정적으로 평가하는 목소리는 사산됐다. 저항적 봉기의 역사적 의미와 계승방안에 대한 논의는 4·19 항쟁 이후에야 재개된다. 당시의 지식인들은 동학농민운동이 최초의 근대적 민중항쟁임을 '발견'했다. 그래서 1960년대의 많은 정치인, 역사학자, 저항적 지식인, 종교인 등등은 동학농민운동을 재평가하는 글을 자주 발표했다.

헤이든 화이트(Hayden White)가 지적하듯, 하나의 역사적 사건을 평가한다는 것은 그 사건에 대한 "이야기"(narrative)의 "창작"(invent)을 뜻한다.[11] 하나의 사건은 다양한 플롯의 서사로 재구성될 수 있다. 누군가가 역사적 사건에 대한 새로운 서사를 제시할 때, 그 서사는 기존의 통념과 대결하게 된다. "동학농민운동"의 경우에도 그랬다. 한국전쟁 직후에는 이 사건을 혼란스러운 사회에서 벌어진 폭동으로 설명하는 서사가 홍성했지만, 1960년대 이후에는 그것을 '저항적 민중봉기'의 전형으로 옹립하는 서사가 새로이 제출됐다. 새로운 서사는 경합을 펼치다가 국가의 공인을 받는 정설로 굳어졌다. 그래서 오늘날 대부분의 한국인은 자기 자신을 동학농민운동의 후예로 인식하고, 동학농민운동을 정당한 민중항쟁으로 평가하고 있다.

신동엽의 「금강」(1967)은 동학농민운동의 재평가에 개입한 최초의 문

---

11) 헤이든 화이트, 천형균 역, 「역사 시학」, 『19세기 유럽의 역사적 상상력』, 문학과 지성, 1991.

학작품 중 하나이다. 문학은 역사적 사건을 구체적 서사로 직조하기에 용이한 장르이다. 역사학자를 비롯한 지식인들은 연대기적 사실 속에서 이야기를 '발견'하고 '확인'하는 수준에 머무른다. 물론 이 경우에도 논자의 주관적 해석이 배제되진 않겠지만, 어쨌든 이들은 객관적으로 보일만한 평가를 제시하는 모양새로 보여야 한다. 반면 문학은 애당초 주관적 허구이다. 그래서 소설가와 시인은 역사에 관한 주관적 해석과 평가를 자유롭게 개진할 수 있다. 근대역사소설의 비조인 월터 스콧(Walter Scott)은 자신의 작품에 실존하지 않았던 인물들을 다수 등장[12]시켰고, 신동엽은 허구적 인물 신하늬를 창조해서 「금강」의 세계를 누비도록 만들었다.[13] 이 작가들이 역사적 사실과 주관적 허구를 뒤섞은 것은, 연대기적 사료로 환원할 수 없는 '역사적 진실'을 밝히기 위해서였다. 이런 사실을 고려할 때, 문학은 공식역사에 비해 고증이 허약할 수 있을지언정, 작자의 해석과 평가를 명시하기엔 적합한 장르로 분류할 수 있다. 실제로 역사에 대한 평가가 요청되는 시대마다 역사문학은 흥성했다. 자본주의로 인한 사회적 변화가 한창이던 19세기까지의 유럽에서는 역사서술이 '문학적'인 작업으로 간주되고 역사적 사건을 논평하는 작품이 쏟아졌다.[14] 한국만 해도 1980년대 즈음까지는 문학이 역사의 진실을 포착하기에 적합한 창구로

---

12) 참고로 루카치(Georg Lukacs)는 스콧가 창조한 인물들이 역사적 상황을 설명하기 위한 중도적(middle of the road) 인물이라고 명명한 바 있다.

13) 화이트에 따르면, 역사학자는 연대기를 기반에 두고 ""이야기"를 "발견"하고 "확인""하는 것을 목적으로 삼는 반면, 문학인은 이야기를 "발견(find)"하는 수준에 머무르지 않고 "창작(invent)"하는 존재이다. 위의 책, 17쪽.

14) 19세기의 역사가 랑케(Leopold von Ranke)는, 역사가 사실들을 충실하게 재현해야 한다고 주장한 사람이라 알려져 있다. 그런 주장을 제시한 사람이 19세기에야 등장했다는 사실은, 그 전까지 역사가 다분히 문학적(수사학적, 서사적)인 것으로 여겨져 왔다는 사실을 방증한다. 본고의 맥락에서 중요한 사실은 아니지만, 다음의 논문은 랑케조차도 역사의 서사적 측면에 관심을 기울였다는 점을 지적한다. 최호근, 「레오폴트 폰 랑케의 역사 내러티브」, 『역사학보』 242, 역사학회, 2019.

여겨졌다.

필자는 신동엽의 「금강」이 미학적 완결성을 가진 하나의 작품일 뿐 아니라, 동학농민운동에 관한 논의가 시작될 무렵 가장 직접적 논평을 제시한 글이기도 했다는 점에 주목한다. 본고는 이 작품의 분석을 통해 한국에서 저항적 봉기에 관한 서사화가 어떻게 시작되었는지를 되짚을 것이다. 본고의 본문은 3개의 장으로 나눠진다. 2장은 1960년대 무렵의 담론상황을 검토하고, 3장은 신동엽이 동학농민운동을 의미화한 양상에 대해 분석하며, 4장은 「금강」에 제시된 항쟁의 계승방안을 정리할 것이다.

2. 1960년대의 담론적 상황과 「금강」의 위상

오늘날 동학농민운동은 반봉건/반외세의 정신에 입각한 실천적 운동으로 평가받는다.[15] 그런데 이런 '정설'은 비교적 최근에 확립된 것이다. 1910년대 무렵까지 동학농민운동은 동학난(東學亂)으로 폄하받기 일쑤였다. 3·1운동 이후가 되어서야 이 봉기를 긍정적으로 평가하는 논자들이 등장했다. 당시의 민족주의 사학자들은 이 운동을 평민혁명, 민중운동으로 평가하고, 사회주의자들은 이 운동의 계급혁명적 성격에 주목했다. 해방 이후에도 좌파들은 동학농민운동을 진보적 '농민전쟁'으로 해석했다. 허나 이들의 주장은 한국 전쟁 이후 남한에서 빠르게 퇴출됐다. 1950

---

15) 박찬승, 「동학농민전쟁의 사회경제적 지향」, 『한국민족주의론 3』, 창작과 비평사, 1985, 19쪽. 다만 이런 평가가 대체로 통용된다는 것이지, 아직도 이 운동의 구체적 성격에 대해서는 논쟁의 여지가 있다. 이 사건이 동학농민혁명, 동학혁명, 동학농민운동, 동학농민전쟁, 갑오농민운동 등 다양한 이름으로 불린다는 사실은, 아직도 이 운동의 성격에 관한 얼마간의 이견들이 공존함을 방증한다.

년대 중반까지 남한 담론장에서 동학농민운동을 긍정적으로 평하는 목소리는 부재했다.16)

1957년부터 몇몇 야당 정치인과 언론들은, 동학농민운동이 자유와 민주주의를 위한 투쟁으로 평가하고 거기에 3·1운동의 정신적 지향을 예비적으로 보여준다는 발언을 하게 된다. 1960년 이후에는 많은 진보적 지식인들이 4·19 혁명과 동학농민운동의 정신을 결부시켜 설명하기도 했다.17) 다만 이때까지는 동학농민운동이 지식인들의 주목을 받았을 뿐 다수 대중의 관심사가 되지 못했다.

동학농민운동은 박정희 정부의 취임 이후에야 국가적 공인을 받는다. 당시의 여당과 어용 지식인들에 따르면, 이 운동은 가난한 농민들이 궐기해서 반봉건적 사회를 바꾸기 위한 투쟁이었다. 그들은 "5·16 혁명"을 통해 집권한 정부가 사회를 근대화시키고 농민들의 삶을 개선시키는 것이 항쟁의 올바른 계승방향이라 주장했다.18)

1960년대의 진보적 지식인(대학생)들은 이에 격렬히 반발했다. 그들은 박정희 정부가 동학농민운동의 '반봉건' 정신만 강조하고 '반외세' 정신에 관심을 기울이지 않음을 일갈했다. 이 운동을 올바르게 계승하기 위해서는 민중들이 반외세/반봉건의 기치를 내걸고 직접 저항으로 나서야 한다는 것이 그들의 핵심논지였다.19)

군부정권과 저항적 지식인들은 동학농민운동에서 전혀 다른 평가와 실

---

16) 김선경, 「농민전쟁100년, 인식의 흐름」, 『농민전쟁 100년의 인식과 쟁점』, 거름, 1994; 이진영, 「동학농민혁명 인식의 변화와 과제」, 『동학연구』 9·10, 2001; 배항섭, 「1920~30년대 새로운 '동학농민전쟁상'의 형성」, 『사림』 36, 2010.
17) 오제연, 「1960~70년대 박정희 정권과 대학생의 '동학농민전쟁' 인식」, 『역사문제연구』 19, 역사문제연구소, 2015, 180-182쪽.
18) 위의 글 참조.
19) 위의 글 참조.

천적 지침을 도출했다. 허나 양쪽 모두가 동학난(東學亂)으로 불리던 사건을 '혁명'으로 격상시키고, 그 혁명의 현재적 계승을 호소했다는 점에서만큼은 차이가 없었다. 이들은 동학농민운동을 통해 한반도에서 근대화[20]의 꿈이 오래 전부터 존재했음을 확인하고, 항쟁의 실패를 분석함으로써 향후에 일어나야 할 혁명의 좌표를 설정한 셈이었다.[21]

당시의 역사학자들도 논쟁에 간접적으로 기여했다. 해방 이후 남한에서 동학농민운동에 관한 초기연구를 주도한 김용섭은 동학농민운동을 조선말기의 불안정한 사회구조가 배태한 비극적 동족상잔으로 평가[22]하면서도 이 운동에서 "농민의식"이 발현된다는 점을 강조한 바 있다.[23] 한편 1960년대에는 몇몇 학자들은, "동학란"의 원인을 국내적 요인과 국외적 요인으로 나누고, 전자는 삼정의 문란, 후자는 일본의 경제적 침략으로 정리했다.[24]

---

20) 이 대목에서 에릭 홉스봄의 '이중혁명' 개념을 참조할 만하다. 그에 따르면 자본주의 시대에는 두 가지 종류의 혁명이 존재한다. 경제적 자본주의를 만드는 혁명과 정치적 민주주의를 지향하는 혁명이 그것이다. 전자를 대표하는 것은 산업혁명이고 후자를 대표하는 것은 프랑스혁명이다. 두 가지 혁명이 교호하는 양상을 두고 홉스봄은 '이중 혁명'이라 정의한 바 있다. 이 개념을 참조할 때 우리는, 박정희 정부와 저항적 지식인들이 각기 다른 의미의 근대적 '혁명'을 꿈꾸었다고 할 수 있을 듯하다. 양쪽 진영 모두가 동학농민운동을 근대적 운동으로 평가했다는 점은 오제연 또한 지적하고 있다.

21) 앞서 언급했듯 박정희 정부는 자신들의 집권을 통해 혁명의 대의를 실현할 수 있다 주장했다. 반면 당시에 저항적 지식인들은 민중항쟁의 전술을 고민하면서 실제 동학농민운동의 기록까지도 면밀히 분석했다고 한다. 위의 글 참조.

22) 김용섭, 「동학난연구론: 성격문제를 중심으로」, 『역사교육』 3, 역사교육연구회, 1958; 김용섭, 「전봉준공초의 분석」, 『사학연구』 2, 한국사학회, 1958. 그는 '동학란'이 6·25처럼 "사회모순이 누적되고 집약되어 그 갈등이 민족 내부에서 전쟁으로까지 확산되었던" 사례로 보았다. 김용섭, 『역사의 오솔길을 가면서』, 지식산업사, 2011, 96쪽.

23) 황선희, 「동학연구의 현단계와 전망」, 『한국사론』 6-28, 국사편찬위원회, 1988, 388-399쪽.

24) 한편 1970년 전후에는 동학농민운동이 '종교적'인 운동이었는지 아니면 현실의 모

요컨대 1960년대에는 동학농민운동을 재평가하는 작업이 활발했고, 이때 제시된 주장과 분석은 대부분 현재까지 정설로 통용되는 것들이다. 그런데 이때까지 문학계에서는 동학농민운동의 계승방안에 관한 논의가 활발하지 않았다. 물론 동학농민운동을 소재로 삼은 작품은 해방 이전부터 발표되어 왔고,25) 1945년부터 1960년 사이에는 박종화, 채만식, 이무영, 윤백남, 안회남이 소설에서 동학농민운동을 언급한 전례가 있다.26) 허나 이 봉기를 심층적으로 분석한 작품이라고 할 만한 것은 전무했다. 1960년부터 1972년 사이에 발표된 소설 중 동학농민운동을 소재로 담은 것은 최인욱의 『전봉준』(1967), 이용선의 『동학』(1970), 서기원의 「혁명」(1972) 정도이다.27) 이 중 앞의 두 작품은 전봉준을 탁월한 혁명 영웅으로 묘사했고, 마지막 한 작품에서 전봉준은 혁명가를 참칭하여 사익만 챙기는 이기적 인물로 그려졌다. 이 작품들은 동학농민운동 자체가 아니라 '혁명'의 계승자를 자처한 박정희 정부의 평가에 주력한 것으로 보인다.28)

순에 대항한 운동이었는지에 관한 논쟁이 벌어졌다. 이영호, 『동학과 농민전쟁』, 혜안, 2004, 24－28쪽.
25) 이에 관해서는 길게 논의하지 않고, 기존의 논의만 인용하겠다. 몇몇 신소설에서는 개화파의 입장에서 동학농민운동을 평가하고 이 사건이 무지한 농민들의 폭거 정도라고 평가했다. 반면 김우진의 「산돼지」(1926)와 채만식의 「제향날」(1937) 등은, 동학농민군과 관련된 인물들을 그려내는데, 이때 농민군은 역사적 격동기에 휩쓸린 불쌍한 사람 정도로만 묘사된다. 최원식, 「식민지 시대의 소설과 동학」, 『민족문학의 논리』, 창작과 비평사, 1982, 전지니, 「식민지 시기 역사극의 동학농민운동 형상화 방식 연구」, 『드라마연구』32, 한국드라마학회, 2010.
26) 우수영, 「한국 현대 동학소설 연구」, 경북대학교 박사학위논문, 2019, 12－13쪽.
27) 우수영에 따르면 동학에 대한 문학적 형상화가 제대로 이루어진 것은 1960년대부터이다. 그는 1960년 이후의 동학소설은 창작 시기에 따라 3가지 부류로 구별한다. 첫째는 1960년대의 동학소설, 두 번째는 민족문학론이 활발하던 1970~80년대에 발표된 동학소설, 셋째는 개인의 문제가 중시되고 생명 담론이 등장한 1990년대 전후에 이루어진 시기의 소설이다. 이 문단은 1세대 동학소설에 대한 우수영의 평가를 그대로 따르고 있다. 위의 글 참조.
28) 위의 글 참조.

따라서 「금강」은 장편소설에 버금가는 분량으로 동학농민운동의 계승을 호소한 최초의 문학작품이면서, 또한 저항적 봉기가 활발하게 논의되던 1960년대의 담론장에 문학의 형식으로 개입한 텍스트로도 볼 수 있다. 앞서 필자는 문학이 역사적 사건을 구체적으로 평가할 창구로 적절함을 지적했다. 이런 문제의식에 입각하여 다음 장에서는 신동엽이 여타의 지식인들과는 다른 방식으로 봉기를 형상화했다는 사실을 밝혀보겠다.

3. 혁명의 정신적 기원에 대한 탐색

하나의 역사적 사건을 평가하기 위해서는 그 사건의 인과관계에 대한 설명이 필수적이다.[29] 1960년대의 지식인과 역사학자들은 동학농민운동이 19세기 조선에 상재했던 사회적 문제들을 극복하기 위한 봉기였다고 귀인했다. 반면 신동엽의 「금강」은 봉기의 지향을 거시적으로 조망하는 대신, 항쟁에 나서게 된 인물들이 고결한 정신의 소유자였음을 부각시키고, 그들의 정신이 동학농민운동의 이상 자체였음을 웅변하는 구조이다. 작품 속 몇몇 인물에 대한 묘사가 이뤄지는 양상을 정리해보자.

동학농민운동의 주역 전봉준은 「금강」의 12장에서 처음 등장한다. 작중설명에 따르면, 19세기 후반에 동학군은 정부에 저항했고 그 저항은 고부군수 조병갑에 맞선 봉기로 확대됐다. 그러다가 조병갑의 권모술수로 인해 전봉준의 아버지 전창혁은 사망하고, 조선의 공권력은 봉기를 응징하기 위해 고부에 있는 남자를 닥치는 대로 학살한다. 이 상황에서 전봉준

---

29) 다음의 책은 역사적 사건에 대한 서사화가 상황성(contingency)의 규명을 포함한다고 지적한다. 알렉스 캘리니코스, 박형신 · 박선권 역, 『이론과 서사』, 일신사, 2000, 89쪽.

은 망자(억울하게 죽은 동학 교주들, 자신의 아버지, 봉기에 참여했다는 이유로 죽은 농민들)의 유지를 계승하고 그들의 명예를 회복하기 위한 투쟁으로 나아가게 된다.

이상으로 요약한 내용들은 대체로 사실에 근거한 것이다. 그런데 「금강」은 전봉준의 내면을 초점화함으로써, 항쟁이 사회적 모순에 대한 저항이기에 앞서 선량한 심성의 발현이었음을 암시한다. 참고로 「금강」의 중반부 이후에도 전봉준의 고결한 성품은 주기적으로 부각된다.

한편 「금강」의 1장부터 3장까지는 생동감 있는 자연을 묘사하고, 4장부터 7장까지는 동학의 교주인 수운과 해월이 정부의 탄압 속에서 평등주의적 이념[30]을 설파하는 대목이다. 이 부분들 또한 동학농민운동의 정신적 가치(동학의 구세제민 이념)를 규명하는 서사적 장치로 기능한다.[31] 신하늬의 출생과 성장과정을 설명한 「금강」의 8장부터 11장까지도 마찬가지이다. 신하늬는 억압적 사회를 직시하고, 자연을 신성하게 여기며, 자신의 사랑에 충실하게 살아간다. 많은 이들이 지적했듯, 신하늬는 신동엽이 추구한 이상적 가치들을 체현한 인물이다. 그가 전봉준의 동지로 거듭난다는 「금강」의 설정은 동학농민운동의 이념이 그의 정신적 태도와 결

---

30) "노비도 농사꾼도 천민도/사람은 한울님이니라", 신동엽, 강형철 외 편, 『신동엽 시 전집』, 창비, 2013, 116쪽. 이하 이 작품을 인용할 때에는 본문에서 괄호에 쪽수만 부기하겠다.

31) 신동엽의 시에 동학사상이 드러난 양상을 짚은 연구는 다음과 같다. 이나영, 『신동엽의 귀수성 시학 연구』, 경북대학교 박사학위논문, 2021; 홍용희, 위의 글. 참고로 동학농민운동과 동학사상을 연결시킨 신동엽의 입장은 1960년대의 담론장에서 별로 인기가 없었다. 상기했듯 1960년대의 지식인과 학자들은, 동학농민운동이 종교적 운동이라기보다는 조선 후기 사회의 경제적/정치적 문제로부터 촉발된 현세적 저항으로 보는 사람들이 대부분이었다. 동학사상에 이미 평등주의, 혁명주의, 민족주의가 내장되어 있으며 동학농민운동은 그런 정신의 실현이었다고 주장한 사람은 김용덕을 비롯한 소수였는데, 신동엽은 그런 주장에 동의했던 듯하다. 김용덕, 「북학사상과 동학」, 『사학연구』 16, 1963 참조.

부된 것임을 함축한다.32)

이상으로 살펴보았듯 「금강」은 동학농민운동에 참여한 인물들의 고매한 내면을 형상화하고 그들의 정신적(종교적/도덕적)인 지향을 봉기의 핵심가치이자 동력으로 설명한다. 이는 같은 운동에서 '반봉건'과 '반외세'의 지향을 발견했던 1960년대 지식인들의 논조와 얼마간 차별화된 평가이다. 물론 「금강」에서 조선말기의 부패한 정치인들과 폭력적 외세를 성토하는 구절들이 즐비함을 감안할 때, 신동엽이 동세대 지식인들의 평가를 부정하진 않았을 것으로 보인다. 다만 이 작품이 핵심적으로 형상화한 것은, 동학농민운동이 숭고한 정신(선한 마음, 타인을 배려하는 마음, 정의를 지키겠다는 마음, 자연을 사랑하는 마음 등등)의 발현이었다는 신동엽 자신의 평가이다.

저항적 봉기를 통해 인간 본연의 가치(정신적/종교적/도덕적 가치)가 실현되었다고 보는 관점은 낭만주의의 유산33)이다. 유럽의 낭만주의자들은 인간의 무한한 가능성을 숭배했고, 그래서 억압적 사회를 변혁하고자 했던 모든 봉기를 찬양한 것으로 알려져 있다.34) 혁명을 옹호한 역사서는

---

32) 이나영은 「금강」의 중심인물이 신하늬이며, 이 작품은 신하늬가 '한울님'을 자각하고 '원수성 세계'로 귀의하기까지의 과정을 담고 있음을 지적한다. 이나영, 「신동엽 서사시의 성취와 의의」, 『어문론총』 74, 한국문학언어학회, 2017, 343쪽.

33) 낭만주의는 1760년부터 1830년대 정도까지 유럽을 강타한 사상이다. 이시야 벌린이 지적하듯, "낭만주의"의 핵심적 특징이 무엇인지에 대해선 논쟁이 있는데, 낭만주의자들은 인간의 마음가짐을 강조하는 경우가 많았다. 이시야 벌린, 석기용 역, 「정의를 찾아서」, 『낭만주의의 뿌리』, 필로소픽, 2021.

34) 급진적 낭만주의자들은 근대사회(기술문명)가 "비인간화"(dehumanizing)를 만들어낸다는 점에 주목하고, 그러나 인간은 자유와 평등의 이념을 추구하며 새로운 역사를 만들어나갈 수 있을 것이라 주장했다. 자연스레 이들은 억압적 사회에 맞서 싸운 영웅적 봉기를 찬양했다. David Scott, Romanticism and the Longing for Anticolionial Revolution, Conscripts of modernity, Duke University Press, 2004, p.91. 셸리가 억압받는 자들의 해방을 요구하며 프로메테우스를 찬양했다는 사실이라든가, 워즈워드가 아이티 혁명의 주역 투생(Toussaint Louverture)을 연민/찬양하는 작

낭만주의적 관점을 견지한 경우가 많다. 트로츠키와 미슐레의 노작이 대표적 사례이다.35) 이들의 혁명사는, 인간의 위대한 정신을 찬양하고 억압적 문명을 성토하고 '인간해방'의 정당성을 변호한다. 이 논지는 나름의 호소력이 있는 것이지만, 순수한 인간과 억압적 문명을 대립시켰다는 점에서 막연한 이상주의에 근거한 소박한 이분법으로 비판받을 여지가 있다. 「금강」도 이 지적에서 자유롭지 못하다. 동학농민운동에서 인간 본연의 정신적 가치가 실현되었다는 신동엽의 평가는 또한 관념적인 냄새를 강하게 풍기는 것도 사실이다.

그런데 억압받으며 살아온 인간들의 자기해방을 염원하는 낭만주의적 혁명관도 미덕은 있다. 만하임(Karl Manheim)36)이 지적했듯, 현실에 대한 합리적 비판과 대안은 사회를 정당화하는 이데올로기로 전락할 가능성이 농후하다. 이 사회는 이데올로기로 포섭될 수 있는 담론만을 '합리적'으로 보이게 만드는 구조로 되어 있기 때문이다. 동학농민운동의 반봉건/반외세 정신을 계승해서 근대화를 성취하자는 주장의 핵심 발원지가 군부독재정권이었다는 사실은, '합리적'이고 '현실적'인 생각이 이데올로기로 수렴될 위험성이 농후함을 방증한다. 반면 인류사를 되돌아보면 세계질서

품을 썼다는 사실은, 낭만주의자들에게 혁명이 영감의 원천으로 기능했음을 방증하는 사례가 될 것이다.

35) 데이비드 스콧은 미슐레의 『프랑스 혁명사』와 트로츠키의 『러시아 혁명사』를 주요한 사례로 거명한다. op.cit., pp.71~81. 물론 이런 혁명사들 사이에도 미세한 차이는 있다. 19세기까지의 혁명사는 혁명을 주도한 개인(가령 나폴레옹과 크롬웰)의 역량을 강조하는 경우가 많았다. 이는 물론 칼라일의 낭만주의적 영웅 숭배론이 끼친 영향으로 추정된다. 반면 트로츠키의 『러시아 혁명사』는 출중한 개인이 아니라 억압받는 민중 전체와 혁명정당 볼셰비키와 노동계급을 혁명의 주체로 상정하는데, 이 관점은 그가 마르크스주의자로서 역사유물론을 수용했기 때문에 생겨난 것으로 보인다. 그런데 개인을 주체로 상정하든 혁명정당을 주체로 상정하든, 이 책들은 인간(집단)의 주체적 역능을 강조한다는 점에서 낭만주의적이라 할 수 있다.

36) 카를 만하임, 임석진 역, 『이데올로기와 유토피아』, 김영사, 2012.

를 근본적으로 변혁시킨 운동은 이상주의적 '몽상'으로 보이던 아이디어에서 촉발된 경우가 많다. 이렇게 볼 때 동학농민운동을 '근대화'라는 '합리적' 목표를 추구하는 봉기로만 의미부여하지 않고, 현대문명사회 자체를 뒤바꾸는 전면적 혁명(total revolution)으로 규정하고자 했던 「금강」은 당대의 이데올로기에 대한 저항으로 평가할 소지가 있다. 이 작품이 발표되기 전까지 동학농민운동의 지향을 '인간해방'으로 평가한 지식인은 드물었다. 이 봉기에 관한 논의가 꽤나 축적된 상황이었지만 신동엽은 나름 새로운 논점을 던졌던 셈이다.

4. 혁명의 위상학

「금강」은 동학농민운동을 유토피아적 혁명으로 그려냈는데, 이런 평가가 꼭 봉기에 대한 낙관적 전망을 함축하진 않는다. 이제 이 작품에서 운동의 결과에 대한 평가와 현재적 계승방안이 드러난 양상을 살펴보자. 이 대목에서 해외의 유명한 지식인이 제시한 혁명의 계승방안을 참조점으로 삼아도 좋겠다. 한나 아렌트(Hannah Arendt)는 『혁명론』[37]에서 사회를 바꾸려는 봉기를 "혁명"이라 명명하고, 혁명을 통해 사회를 바꾸려는 마음을 "혁명 정신"[38]이라 칭했다. 그녀에 따르면 미국혁명의 역사를 되돌아보는 작업은 '혁명정신'의 복원을 위한 단초가 될 수 있다. 미국혁명은 인간이 자유와 평등의 가치를 지향하는 민주적 제도의 건설자가 될 수 있음을 증명했다. 다만 이 혁명은 "국민에게 자유를 제공했지만 이 자유가

---

37) 한나 아렌트, 홍원표 역, 『혁명론』, 한길사, 2004.
38) 위의 책, 421쪽.

행사될 수 있는 공간은 제공되지 못했다. 대의민주주의는 국민 자신이 아닌 국민의 대표자들만이 표현하고 논의하고 결정하는 행위를 허용"[39]하는 수준에 머물렀기 때문이다. 다른 한편 미국혁명은 오직 백인 남성의 "자유"와 "평등"만을 보장하는 수준에서 끝났고 여성, 흑인, 인디언 등등의 처지는 그 이후 몇 세기 동안 개선되지 않은 것 또한 사실이다. 혁명을 기억하는 사람은 이런 성과와 한계를 함께 직시해야 한다. 그래야만 미국혁명의 역사는 인간이 더욱 나은 사회체제를 만들 수 있는 주체적 존재임을 깨우쳐주고, 혁명의 이상이 완벽하게 실현된 것은 아니라는 사실 또한 자각시켜주는 교자재로 이용될 수 있다.[40]

아렌트는 독창적 사상가이지만, 이상으로 요약한 그녀의 입론은 다른 저자들의 혁명사에서도 변용되어 자주 나타난다. 가령 미슐레의 『프랑스 혁명사』와 트로츠키의 『러시아 혁명사』만 해도, 혁명이 만개한 순간을 묘사함으로써 인간의 주체적 역능을 가시화하는 한편, 혁명의 대의가 충분히 실현되진 못했다는 냉혹한 사실을 부각시키는 구조이다. 이 책들은 혁명의 가능성과 한계를 함께 사유해서 '새로운 혁명'을 이룩해야 한다는 아렌트의 문제의식을 선취한 사례로 볼 만하다.[41]

한데 이와는 대조적이게도 신동엽의 「금강」은 동학농민운동의 성과가

---

39) 위의 책, 365쪽.

40) 이를 인식할 때 자연스럽게 사람들은 미완의 혁명을 완성시키려는 행동으로 도약할 수 있을 것이라 주장했다. 참고로 말하자면 아렌트는 미국 독립 200주년 기념행사 중, 베트남 전쟁과 워터게이트 스캔들이 '공화국의 몰락'을 암시하는 사건이라 규정하고, 건국자들의 이념을 되돌아보며 공화국의 정신적 뿌리를 복원시켜야 한다는 주장을 제시한 바 있기도 하다. 알로이스 프린츠, 김경연 역, 『한나 아렌트』, 이화북스, 2019, 287쪽.

41) David Scott, op.cit, p.78. 또한 프랑스 혁명이 결국 타락했다고 인식하면서도 이 혁명의 빛나는 순간을 로맨스적 양식으로 서사화한 미슐레의 사례에 대해서는, 헤이든 화이트도 분석하고 있다.

아닌 패배를 가시화한다. 일찍이 한상철[42]은 이 작품의 비극성을 분석했다. 그가 지적하듯 이 작품은 하늘과 땅의 이미지를 대립시킨다. 작중에서 하늘이 이상적 자연을 상징하고 땅은 엄혹한 현실을 환기하는 이미지이다. 「금강」의 화자는 "누가 하늘을 보았다 하는가."(137면)라고 끊임없이 되묻는다. 이때의 "하늘을 보았다"는 표현은, 세상의 진리를 깨닫고 더 나은 인본주의적 사회를 만들기 위한 투쟁으로 나아갔다는 의미일 것이다. 「금강」은 수운, 해월, 신하늬를 비롯한 동학농민운동의 주역들이 투쟁을 통해 하늘을 보는 경지에 다다랐다고 예찬한다. 허나 이 작품의 뒷부분은 그들이 '땅'에서 비참한 최후를 맞닥트릴 수밖에 없었다는 잔혹한 사실을 폭로한다.

　「금강」의 비극성은 물론 동학농민운동이 패배했다는 역사적 사실로부터 비롯된 것이다.[43] 그런데 실패한 혁명이 비극으로 형상화되어야만 하는 것은 아니다. 엄격히 따지면 지금까지 일어난 모든 숭고한 혁명은 본래의 목적을 충분히 달성하지 못했다는 점에서 '실패'했다. 그래서 세계사의 가장 유명한 혁명들(프랑스 혁명, 미국 혁명, 러시아 혁명)조차도 제대로 된 혁명이 아니었다는 평가를 자주 받아 왔다. 이를 찬양한 미슐레, 트로츠키, 아렌트도 혁명의 결과에 전적으로 만족하진 않았다. 그러나 어쨌든 이들은 혁명의 한계를 직시하면서도, 혁명이 발발했다는 사실 자체로부

---

42) 한상철, 「신동엽의 『금강』에 나타난 자연 표상과 아나키즘」, 『한국문학이론과 비평』 70, 한국문학이론과 비평학회, 2016.

43) 굳이 따지자면, 동학군이 전라도관찰사의 허락을 받아 집강소를 설치하고 코뮌적 자치정치를 실험해봤다는 사실에 대해선 나름의 긍정적 의미를 부여할 수도 있을 것이고, 실제로 최진석은 이 부분을 강조하기도 한다. 최진석, 위의 글. 그런데 이것은 매우 제한된 성과일 뿐이고, 결국 동학농민운동 자체가 조선사회에 별다른 영향을 끼치지 못했던 것 또한 사실이다. 적어도 신동엽은 그렇게 평가했던 것 같다. 「금강」은 집강소 관련 부분을 매우 소략하게만 묘사하고 넘어간다.

터 인간의 주체적 역능을 발견하려 했다.

물론 이런 서양의 혁명들은 잠시나마 정치적 승리를 동반했다는 점에서 동학농민운동과 구별된다. 그런데 즉각적 성취를 이뤄내지 못한 채 학살과 보복으로 막을 내린 항쟁조차도 희망적 서사로 기억될 수 있다. 신동엽 이후의 많은 한국 작가들은 이 사실을 증명했다. 5·18 민주화운동은 학살로 막을 내린 사건으로 보였지만, 1980년의 광주에서 저항으로 나아간 민중을 힘차게 그려낸 홍희담의 「깃발」이라든가 공선옥의 「씨앗불」 같은 작품들도 발표되었던 적이 있다. 동학농민운동의 비극적인 결말을 인정하면서도 농민들의 익살과 청승, 해학과 꿈을 해맑게 그려낸 송기숙의 대하장편 『녹두장군』의 경우만 보더라도, 이 운동을 소재로 삼은 작품이 비극의 형식을 갖춰야만 하는 것은 아님이 분명하게 드러난다.

많은 서구의 혁명사들은, 정의로운 인간 개인(로베스피에르, 조지 워싱턴, 레닌 등등)이나 저항적 집단(자코뱅파, 건국의 아버지들, 볼세비키 등등)이 억압적인 구체제와 싸우다가 승리해서 사회를 개혁시켰다는 내용을 담고 있다. 한편 앞 문단에서 언급한 한국작품들은 민중이 억압적 사회 하에서 용맹한 저항으로 나아갈 수 있는 주체적 존재임을 확인하는 구조이다. 어느 쪽이든 혁명의 주체는 압제에 굴하지 않고 행동하는 영웅으로 상정되어 있다. 반면 「금강」에서 동학농민군들은 비극의 주인공에 불과하다. 비극은 이상적 인물을 제시하기에 적절하지 않은 서사형식이다. 영웅이 절대악에게 맞서 투쟁하다가 승리하고 세상을 바꾼다는 내용의 권선징악 로맨스(romance)는 독자들로 하여금 작중인물을 동경하게끔 유도한다. 그래서 로맨스 형식의 서양 혁명사들은 레닌이나 자코뱅파를 본받으라고 호소하게 되는 효과가 있다. 반면 비극은 정의로운 사람이 항상 승리하는 것은 아니라는 '세상의 이치'를 폭로한다. 오이디푸스와 햄릿은

'연민과 공포'의 대상일 뿐 독자들이 우러러보고 모방할 영웅이 아니다. 「금강」의 인물들도 그렇다. 이 작품은 수운, 신하늬, 전봉준처럼 "하늘"을 바라본 사람들이 존재했음을 상기시키지만, 이는 그렇게 존엄했던 인물들도 "땅"에서 죽어가야만 했다는 결말을 부각시키기 위한 감정적 복선일 뿐이다. 그렇다면 하늘을 보려던 그들의 노력은 무의미한 헛고생이지 않았을까. 내용적 얼개만 본다면 「금강」은 독자들에게 '혁명정신'의 계승을 호소하기는커녕, 정당한 사회변혁을 꿈꿔봤자 허망한 패배로 끝맺을 수 있다는 허무주의적 진실을 전하는 쪽에 가깝다.44)

물론 신동엽은 항쟁의 무용론을 주장하는 냉소주의자가 아니었다. 「금강」이 비극적 서사의 형식을 갖게 된 것은, 항쟁의 패배를 냉정하게 인정하고 반성을 해야 한다는 작가의 문제의식으로부터 비롯되었을 확률이 높다. 작중 신하늬가 전봉준에게 충고하는 다음 인용문이 그 점을 방증한다.

> 전주성에서 머뭇거리지 말고
> 그길로 서울 직충했더면
> 벌써 스무날 전에 우린
> 한양성 점령할 수 있었죠,
>
> 왜놈과
> 되놈들의 상륙하기 전,
>
> 중앙에
> 동학농민혁명위원회를 조직하고,

---

44) 작중에서는 이 질문을 다음과 같이 던진다. "그럼 우리가 본 하늘은/무슨 하늘이었단 말인가"(230쪽.)

동과 서에
국제의 사다리
내려 걸쳤더면.

　　　　　　　　　　　　　　　 ─「금강」 부분45)

　동학농민운동이 과감하게 권력을 잡고 해외와 연대를 모색해야 했다는
전언이 담긴 대목이다. 신하늬는 작가의 분신이니 이는 또한 신동엽 자신
의 생각이기도 할 것이다. 동학농민운동은 몇 번의 군사적 승리를 거두다
가 일본의 개입 이후 소강됐다. 그러니까 "국제의 사다리"의 유무에 따라
운동의 성패가 결정될 것이란 신동엽의 지적은 나름 타당한 평가로 보인다.
　그런데 이 구절은 동학농민군에 대한 전술적 조언을 넘어선 인식을 함
축한다. 연대는 상호합의 위에서만 가능하다. 만약 동학농민군들이 국제
적 연대를 모색했다고 할지라도 외국에서 '사다리'를 내밀어주지 않았다
면 고립의 운명을 피할 수 없었을 것이다. 따라서 '국제의 사다리'가 봉기
의 선행조건이라는 신하늬의 말은, 동학농민운동의 진로를 결정하는 핵
심요인이 국제적 상황이라는 판단을 넌지시 암시한다.
　일찍이 C.L.R 제임스46)는 저개발국(under-developed countries)47)에서
혁명이 일어나기 힘들다는 점을 지적했다. 저개발국은 의회시스템이 망
가져서 민의를 반영하기 힘들고, 혁명이 나름 성과를 거두어도 강대국들

---

45) 신동엽, 「금강」, 242-243쪽.
46) C.L.R. James, Edited by Martin Glaberman, Perspectives and Proposals, Marxism for
　　Our Times, University Press of Mississippi, 1999, p.157.
47) 세계체제의 주변부(periphery)에 속하는 국가를 가리키는 용어는 다양하다. 빈곤국
　　(poor nation), 후진국(backward country), 저개발국(underdeveloped country)이라는
　　용어가 자주 쓰이는데, 이 중 어떤 용어가 적절한지에 대해선 논쟁도 있다. 이하 본
　　고는 비교적 힘이 약한 나라를 가치중립적으로 지칭하기 위해 이를 약소국(small
　　power)이라 칭하겠다.

이 쉽게 진압할 수 있다는 것이 핵심적 이유였다. 이는 가설에 가까운 귀인일 수도 있겠지만, 이유가 어떻든 '후진국'은 세계사의 흐름을 뒤바꾼 '혁명'의 발원지였던 적이 없다. 19세기 이전의 식민지에서 일어난 수많은 '반란'들은 무력하게 끝나서 세계사에 기록될 만한 족적을 남기지 못했다. 그나마 1960년대 이후 '제3세계'에서는 수많은 민족적 저항운동이 발발했고 그 중 쿠바 혁명, 그레나다 혁명, 이란 혁명은 나름 성과를 거둔 것처럼 보였지만, 이 또한 결국은 강대국에 의해 파멸적으로 붕괴되거나 혹은 한 나라의 정치적 고립으로 끝맺었다. 그래서 이 '혁명'들은 오늘날 혁명에 미달하는 봉기, 소요 정도로 명명된다.

세계사에서 '혁명'을 대표할 만한 사건이 발발한 미국, 러시아, 소련은 당시에 거대제국이었다. 프랑스는 수많은 식민지를 거느렸고, 미국은 인디언과 흑인들에게서 자원과 노동력을 착취했으며, 러시아는 자본주의적 제도가 미성숙했을지언정 넓은 영토를 보유 중이었던 것이다. 이 나라들은 혁명에 대한 외국의 견제와 방해가 생길 때 자신들을 방어할 국력이 있었다. 많은 약소국의 혁명이 외부의 간섭 때문에 변질되거나 붕괴된 것과는 대조적이게도 말이다.

물론 그렇다고 성공한 혁명들을 폄하할 필요는 없다. 다만 공정한 논의를 위해서는, 적당한 수준의 물적 토대가 있어야만 자주적 혁명이 가능하다는 사실 또한 직시해야 한다. 허나 프랑스 혁명, 미국 혁명, 러시아 혁명에서 영향을 얻은 서양의 '진보적' 지식인들은 이 문제를 인식하지 못했다. 아프리카 출신 흑인 C.L.R 제임스는 그런 관행을 비판했다. 그는 평화롭게 제도적 개혁을 이뤄낸 미국혁명의 사례를 이상화시킨 아렌트의 혁명론을 "부르주아 여성"[48]의 배부른 소리로 간주하고, 유색인종과 약소민

---

48) op.cit, p.157.

족을 위한 대안적 혁명사를 기획했다.

『블랙 자코뱅』[49]은 그런 문제의식이 응축된 야심작이었다. 이 책은 아이티 혁명의 지도자 투생 루베르튀르(Toussaint Louverture)의 삶에 대한 기록이다. 투생은 노예로 태어나 독학으로 프랑스어를 배웠고 볼테르를 비롯한 계몽주의 사상가들의 책을 읽으며 혁명가로 성장했다. 1789년 프랑스 혁명이 발발하자 아이티의 흑인들은 '자유, 평등, 박애'의 정신을 식민지로 확대하라고 요구했다. 프랑스 혁명정부는 거부했지만, 얼마 후 투생의 혁명군은 프랑스의 전쟁을 돕는 대가로 독립을 쟁취한다. 허나 곧이어 프랑스는 권모술수를 통해 투생을 옥사시켰다. 제임스는 이 사건에서 봉기의 위상학을 도출해냈다. 아이티 혁명은 프랑스 혁명의 이상을 물려받았지만, 제국과 식민지의 혁명은 전혀 다른 양상으로 흘러갔다. 프랑스 혁명은 국내의 계급투쟁 상황에 따라 전개됐다. 반면 아이티 혁명의 귀추를 결정한 핵심요인은 국제적 상황이었다. 투생을 비롯한 혁명가들의 행동은 중요한 변수가 못됐다. 그들이 어떻게 투쟁하든, 약육강식의 세계체제 속에서 후진국의 혁명은 애초부터 풍전등화였기 때문이다. 제임스는 프랑스 혁명과 대조되는 아이티 혁명의 사례를 통해, 약소국의 자주적 해방을 불허하는 제국주의의 폭력성을 가시화했다.

제임스는 정의로운 개인을 억압하는 사회의 문제점을 암시하기에 적합한 서사양식임을 인식[50]했고, 그래서 『블랙 자코뱅』을 쓸 무렵 소포클레스와 셰익스피어를 탐독하기도 했다.[51] 그런데 이 책이 19세기의 세계에

---

49) C.L.R. 제임스, 우태정 역, 「1차 서문」, 『블랙 자코뱅』, 필맥, 2007.
50) 비극은 정의롭고 유능한 '영웅'의 패배를 보여줌으로써, 그를 패배할 수밖에 없도록 만든 세계질서를 현시하는 서사 양식이다. Christopher Rocco, Tragedy and Enlightenment, University of California Press, 1997.
51) 실제로 이 책에서는 투생을 햄릿에 빗대 설명하는 구절도 나온다. 위의 책, 536쪽.

대한 사후적 고발만을 의도한 것은 아니었다. 과거는 현재를 돌아보게 만드는 거울이다. 제임스는 독자들이 과거를 바탕으로 삼아 오늘날의 세계는 바뀌었는지를 생각해보게끔 유도했다. 제임스 자신도 이 문제에 대한 고민을 평생 동안 이어나갔다. 『블랙 자코뱅』은 1938년에 초출되고 1963년에 재판된다. 제임스는 초판본을 쓸 무렵 세계대전을 목도하면서 서인도제도의 흑인들을 억누르는 세계질서를 실감했지만, 재판을 쓸 무렵에는 카스트로의 사례를 보면서 약소국의 자기해방이 가능할지도 모르겠다는 희망을 품었던 것으로 보인다.[52]

제임스는 후진국의 혁명사가 억압적 세계체제를 고발하고 현재의 세계체제를 되돌아보게끔 만드는 계기가 될 수 있음을 예증했다. 이 사례는 「금강」의 의도를 설명하기에 좋은 참조점이 될 만하다. 상기했듯 이 작품은 '연대의 사다리'의 언급을 통해, 자립적 봉기가 불가능한 19세기 조선의 상황을 형상화했다. 이 서사는 현재(1960년대)의 상황을 반성적으로 성찰하게끔 만드는 계기가 될 수 있었다. 참고로 이 무렵에는 신동엽 자신도 냉전체제 속에서 한국의 혁명은 국제적 협력이 필요하다는 중립화론[53]을 고민했다고 알려져 있다.

아리스토텔레스의 고전적 논고에 따르면, 비극은 독자가 '연민과 공포'를 느끼게 만드는 양식인데, 독자는 이런 부정적인 감정들을 '카타르시스'로 승화시키고 안정감을 되찾는다. 「금강」은 고전적 비극들과 달리, 감정

---

52) 제임스는 1960년의 남미에서 일어난 항쟁들(특히 쿠바에서 카스트로가 했던 활약들)을 보면서 희망을 품게 되었던 듯하다. 그의 변화는 『블랙 자코뱅』의 2차 서문 (한국판에는 「투생 루베르튀르에서 피델 카스트로까지」란 제목의 부록으로 수록)에서 뚜렷하게 드러난다. 한편 C.L.R 제임스의 혁명관에 대한 본고의 분석은 데이비드 스콧의 설명을 참조했다.

53) 신동엽의 중립화론에 대해선 다음 논문이 소상히 설명하고 있다. 김희정, 「신동엽의 새로운 혁명, '중립'」, 『국제어문』 63, 국제어문학회, 2014.

적 해소로 만족하지 않고 즉각적 행동에 나설 것을 촉구한 작품이다. 이를 위해 신동엽은 동학농민군을 패퇴시킨 세계체제가 현재(1960년대)까지 이어지고 있음을 고발하고, 우리 자신이 '연민과 공포'의 대상과 같은 처지임을 인식시키려 했다. 「금강」에 따르면 한국은 오랫동안 자발적 혁명이 불허된 약소국이었다. 이 상황을 방관하면 동학농민운동군들의 투쟁은 허망한 해프닝으로 잊히고, 약소국의 민중은 자생적 혁명을 가로막는 세상에서 '비극적'으로 살아가게 될 것이다. 약육강식의 세계체제 속에서 후진국의 혁명은 녹록지 않겠지만, 만약 새로운 혁명이 일어나고 성공한다면 세계체제의 변혁은 물론이고 죽어간 투사들의 명예회복까지도 함께 이뤄질 것이다. 요컨대 혁명의 승률이 높지 않을 수 있을지언정 판돈이 너무나 크다. 인류의 역사상 혁명이 '합리적'인 선택지로 보이던 상황은 거의 없었다. 우리가 봉기나 혁명이라고 부르는 사건들은, 궁지에 몰린 사람들이 배수진을 치고 행동에 나설 수밖에 없는 순간에 시작된 경우가 많았다. 「금강」은 비극의 구조를 통해 과거의 항쟁에 대한 평가를 제시할 뿐 아니라 현재까지도 '비극적'으로 살고 있는 후진국 민중의 처지를 환기시켰다. 따라서 이 작품의 뒷부분에 첨부된 '후화'에서 갑자기 현재로 시점이 넘어가고, 화자가 노동자에 대한 연민의 마음을 표현한 후, 동학농민운동의 유지를 계승하기 위한 즉각적 행동을 제안하는 것으로 막을 내리는 것은 꽤나 자연스러운 논리적 귀결로 보인다.

5. 약소국의 감각

많은 논자들이 지적했듯, 신동엽은 "민족적 순수성의 회복과 민족적 동질성의 확인"54)을 도모한 시인이다. 그런데 그의 작품을 관통하는 비극적 감수성이 '한국적'인 것임을 지적한 논자는 거의 없었다. 횔덜린과 하이데 거에게 땅(대지)은 민족을 이어주는 성소이자 세계의 '진리'를 은폐한 낭만적 공간으로 상정되어 있다. 반면 신동엽의 작품에서 "땅"은 순수한 자연과 민족을 상징할 뿐 아니라, 정당한 투쟁에 나선 사람들이 패배하고 죽어간 비극적 공간이기도 하다. 신동엽의 많은 작품들은 이 땅에서 주검이 되어간 사람들을 기억하자고 호소한다. 그의 작품에서 자주 호명된 아사달 아사녀는 비극적 로맨스의 주인공들이라는 점이나, 「산에 언덕에」 같은 작품이 한반도에서 쓰러져간 사람들의 존재를 환기시킨다는 사실 등등을 주요한 사례로 거명해둘 만하다.

다른 한편, 신동엽이 낙관적 전망을 가진 휴머니스트로 오해되어 온 감이 있다. 「금강」은 이런 세간의 평을 반박하기에 적합한 사례이다. 상기했듯 이 작품은 '연대의 사다리'를 확보할 때에만 혁명이 가능한 후진국 한국의 상황을 가시화한다. 냉전체제 하에서 '후진국'이었던 한국이 충분한 자주적 발전을 이룰 수 있었을지는 의심스럽다. 동학농민운동의 정신을 계승하여 '근대화'를 이룩하자는 당대 지식인들의 의지주의(voluntarism)와 비교할 때, 「금강」의 분석과 전망은 비관적 현실주의에 가까운 측면도 있다.

혁명의 성공 확률을 낮다고 생각한 사람들은 봉기와 항쟁의 즉각적 필요성을 부정하는 경우가 많다. 그런데 신동엽은 「금강」의 한반도에 비극적 상황이 이어져 왔음을 지적하고, 이 비극을 끊기 위한 행동을 요청했다. 신동엽의 사후 한국문단에서는 이런 문제의식을 확장/계승한 작품들

---

54) 신경림, 「역사의식과 순수언어」, 구중서 외 편, 『민족시인 신동엽』, 소명출판, 1999, 32쪽.

이 다수 발표됐다. 민중을 역사발전의 주체로 보고 동학농민운동을 서사화한 유현종의 『들불』(1976), 박연희의 『여명기』(1978), 송기숙의 『녹두장군』(1980년대)이 대표적 사례이다.[55] 그리고 1970년대부터는 민중의 삶을 유장하게 그려낸 신경림의 「남한강」, 고은의 「백두산」, 이산하의 「한라산」 등등의 '혁명 장시'들이 발표됐고, 1980년대가 되면 항쟁이자 학살이었던 5.18 민주화운동을 서사화한 작품들도 유행처럼 쏟아졌다. 이 문단에서 거명한 모든 작품은 패배한 항쟁에 대한 기록을 통해 '혁명정신'의 복원을 요구한다. 이런 역사의식과 감수성은 서양의 주요한 혁명서사에서 유례를 찾기 어렵다. 따라서 신동엽의 「금강」은 이 문단에서 거명한 모든 작품의 문제의식을 선취한 작품일 뿐 아니라, 오랫동안 '후진국' 신세를 면치 못했던 한국의 정치상황에서 서구 강대국과 구별되는 탈식민적(post-colonial)인 감수성이 산출되었을 수도 있음을 예증하는 사례이기도 하다.

　본고는 「금강」을 당대의 역사 담론 및 해외의 혁명사와 비교하며 작품의 지향을 거시적으로 설명했다. 신동엽 자신이 동학농민운동에 본래부터 지대한 관심을 가지고 있었다는 사실이라든가, 차수성(次數性) 세계에 맞선 원수성(原數性) 세계의 저항을 염원하고 있었다는 사실이라거나, 「금강」의 서술적 특징은 어떠했는지의 문제 등등은 그래서 깊이 있게 다루지 못한 것이 사실이다. 부족한 부분에 대해선 후속연구가 채워줄 수 있기를 기대해본다.

---

55) 문학이 "동학농민군을 역사변혁의 주체로 인식하고 소설 속에서 그들의 삶을 형상화하는 것은 1970년대에 들어서"부터였다. 이상경, 「동학농민전쟁과 역사소설」, 임헌영·김철 외, 『변혁주체와 한국문학』, 역사비평사, 1990, 55쪽.

신동엽 시의 '사랑'과 '죽음'의 양상과 의미*
―습작기 시를 중심으로

정치훈

1. 들어가며

신동엽은 한국문학사에 있어 '민족시인'이라는 위상을 갖는다. 1959년 등단 이후 1969년 지병으로 작고하기 전까지 '민중'과 '참여'로 표상되는 시세계를 구축하며 문학사에 족적을 남겼다. 신동엽에 대한 논의는 다양한 관점에서 접근하고자 하는 동향을 보이고 있지만[1]상당수 '민중'과 '참

---

* 정치훈, 「신동엽 시의 '사랑'과 '죽음'의 양상과 의미―습작기 시를 중심으로」, 『우리말글』 제90집, 우리말글학회, 2021.9.
1) 신동엽에 대한 논의 중에서 「팬데믹 이후의 인문학과 '전경인(全耕人)'」은 오늘날 코로나19 팬데믹 사태와 신동엽 문학을 직접적으로 관련지음으로써 인문학이 나아가야할 방향을 제시하고 있다. 이와 같은 논의는 곧, 신동엽 문학이 특정 시기에만 유

여'를 중심을 이루어져 왔다.

본고에서 제기하고자 하는 바는 신동엽에 대한 연구가 그의 등단작 이후의 작품에 치중되어 있다는 점이다. 신동엽 시의 정수가 등단작 이후에 있다는 것은 부정할 수 없는 사실이지만, 그것이 곧 신동엽의 '전체'라고 단정 지을 수 없다. 주지하다시피 신동엽의 활동기간은 10여 년으로 길지 않은 편이며, 등단 이후 꾸준히 자신의 시세계를 견고히 다져나갔다. 이때 주목해야 할 점은 신동엽 시의 사상적 핵심이라고 할 수 있는 '동학'에 대한 사유가 그 이전부터 형성되어왔다는 점이다. 다시 말해 그의 시세계가 견고한 틀을 유지해 나갈 수 있었던 것은 등단 이전부터 사상적 배경이 자리 잡고 있었기 때문이다.

이와 관련하여 구체적인 시기로 접근해 볼 때, 신동엽은 1959년 등단하여 본격적인 작품 활동을 하는 한편, 시의 핵심적인 사상이라고 할 수 있는 동학에 대한 본격적인 사유는 1956년 이후부터 개진되어 왔다.[2] 이를 바탕으로 개별 작품을 발표하면서 서사시 『금강』의 작업 역시 동시에 이루어진다.[3] 신동엽의 시세계를 다룰 때 다른 시인과는 달리 시기구분에 대한 언급이 적은 것은 활동기간이 짧은 이유도 있지만 이와 같은 동시간적인 성향에서 기인한다. 그렇기에 신동엽의 등단작 「이야기 하는 쟁기꾼의 대지」는 그의 시세계를 구성하는 시작점이라기보다는 이미 진행 중이

효하지 않음을 보여준다. (차성환, 「팬데믹 이후의 인문학과 '전경인(全耕人)'」, 『한국언어문화』73, 한국언어문화학회, 2020, 5−35쪽 참고.)

2) 이나영, 「신동엽 문학사상과 동학사상의 관련성 고찰」, 『어문학』144, 한국어문학회, 2019, 259−302쪽.

3) 이와 같은 동시기적인 성향은 당시 발표한 작품을 통해 확인할 수 있다. 『금강』이전에 발표되었던 몇몇 작품이 (「빛나는 눈동자」(『아사녀』, 1963년 발표, 3장에 삽입) 「산사(山死)」(『아사녀』−금강 24장에 삽입) 「종로5가」(『동서춘추 1967년 6월호 발표−『금강』(후화) 삽입)『금강』에 수록된다.

었다고 볼 수 있다.[4] 요컨대, 시인으로서의 본격적인 시작활동은 등단 이후라고 할 수 있지만 그의 시세계의 형성과정은 등단 이전까지 확장해야 살펴볼 수 있다.

이와 더불어 습작기에서 살펴볼 수 있는 점은 '한국전쟁'에 대한 신동엽의 인식이다. 그의 생애를 되짚어봤을 때, 1930년생 신동엽은 한국전쟁을 생생하게 체험한다. 그러나 등단 이후의 작품에서는 '한국전쟁'과 관련한 사유가 직접적으로 드러나지 않는다. 신동엽이 시대적 상황에 적극적으로 조응해나갔다는 점을 고려해볼 때, 등단 이후에는 '독재정치'에 대한 문제의식이 중심을 이루었다고 볼 수 있다. 그러나 신동엽의 생애에서 '한국전쟁'은 4·19혁명 못지않은 '사건'이라 할 수 있으며, 이를 간과해서는 안 된다. 따라서 신동엽 시세계를 조망하는 데 있어 작품의 외연을 보다 확장하여 접근할 필요성이 제기된다.

본고에서는 위와 같은 문제의식을 바탕으로 신동엽 시의 외연을 습작기까지 확장하여 접근해보고자 한다. 지금까지 습작기 시에 대해서 집중적으로 다루지 못했던 것은 크게 두 가지 인식에서 비롯된다. 첫 번째는 자료 접근의 한계에서 기인한다. 미발표작의 경우 이를 직접적으로 확인할 수 있는 통로가 협소하기 때문에 그 실체를 파악하기 어렵다. 미발표작을 모은 『꽃같이 그대 쓰러진』이 출간된 바 있지만 작고한 뒤 20여년 만에 공식화가 된 만큼 기존의 발표작에 비해 다루지 못한 측면이 있다. 두 번째는 미발표작에 대한 위상에서 기인한다. 발표작의 경우 일차적으로 시인이 검토 완료한 작품이라 할 수 있으며 공식적인 위치에 놓여있다. 또한 '등단'이라는 절차를 통해 획득한 '시인'이라는 기표는 문학의 장에 본

---

4) 임수경, 「한국전쟁 체험 양상별 시인 연구」, 『리터러시연구』 12권 3호, 한국리터러시사회, 2021, 585쪽 참고.

격적으로 들어섰음을 의미한다. 그렇기에 등단 이전은 습작기이며 이때 쓴 작품은 '습작시'로 자리 잡는다. 따라서 작품의 질적인 측면을 봤을 때 시세계의 정수는 등단 이후 본격적으로 발표한 작품에 있다는 인식이 강하게 자리 잡음으로써 비교적 조명 받지 못했다.[5]

본고에서는 신동엽 시의 출발점을 습작기[6]까지 확장하여 접근함으로써 신동엽의 시세계의 핵심이라 할 수 있는 「시인정신론」에 이르는 과정에 대해 고찰해보고자 한다. 현재 단행본으로 확인할 수 있는 자료를 바탕으로 신동엽의 초기 습작기부터 동학에 본격적으로 매진하기 전인 1955년까지의 습작시를 중심으로 살펴보고자 한다. 이때 살펴볼 수 있는 지점은 '사랑'과 '죽음'에 대한 신동엽의 사유이며, 이를 중심으로 신동엽 시세계의 전개 과정을 밝혀보고자 한다.

---

5) 미발표작의 위상과 관련하여 『꽃같이 그대 쓰러진』을 엮은 신경림의 해설에서도 비슷한 인식을 살펴볼 수 있다. "시로서 완결되었다고 보기 어려운 것도 없지 않고, 또 어떤 시는 메모 단계로서 미처 시로 되지 못한 것도 없지 않으며, 습작기의 미숙한 것들도 몇 편 있다."고 말하면서 "민족시인, 민중시인으로 우뚝 선 이 시인의 위상에 오히려 흠이 가는 일이나 안될까 망설여지기도 했지만,"이라고 하여 미발표작을 다루는 것에 대하여 우려스러움을 표한다. 그러나 이어지는 대목에서 "채 다듬어지지 않은 이 원형질 속에서 그의 참모습이 찾아질지도 모를 일이다. 그렇게 생각하면서 이 시집을 엮었는데, 교정쇄를 읽으면서 나는 내 판단이 옳았음을 알게 되어 여간 기쁘지 않았다."고 그 의미를 두고 있다. (신동엽, 신경림 엮음, 『꽃같이 그대 쓰러진』, 실천문학사, 1988, 166-167쪽.)

6) 본고에서는 신동엽의 습작기를 시기적인 구분을 통해 접근하고자 한다. 이때 기점은 1950년 한국전쟁과 1956년 본격적으로 동학에 대한 자료를 수집하던 때이다. 한국전쟁과 동학은 신동엽에게 있어 인식적 전환을 가져다주었으며, 이는 곧 그의 습작기에서도 반영된다.

2. 현실 인식과 '사랑'의 의미

신동엽은 등단 이후 '시인'으로 1960년대에 활발하게 활동했지만 문학에 대한 관심은 그보다 훨씬 이전부터 있어왔음을 그의 행적을 통해 확인할 수 있다. 연보에 따르면 신동엽은 1945년 전주 사범대에 입학하여 크로포트킨의 '아나키즘'에 영향을 받았음을 보여준다.[7] 이와 함께 주목해야 할 점은 노자와 장자와 같은 동양사상과 김소월, 정지용 등의 국내 문인들의 작품도 접해왔다는 것이다. 또한, 1949년 정식적으로 입학하지는 않았지만 공주사범대학 국문과에 지원하여 합격했다는 대목을 통해서 문학에 대한 관심이 있었음을 확인할 수 있다.[8] 중요한 점은 작품을 접한 것으로 그친 것이 아니라 오랜 기간 동안 습작해왔다는 사실이다.

신동엽이 해방 이후부터 꾸준히 시를 써왔음은 사후에 발간된 『꽃같이 그대 쓰러진』을 통해 그 실체를 확인할 수 있다. 본고에서 주목하고자 하는 바는 등단 이전 작품 중에서 특히 '동학'에 본격적으로 매진하기 전인 1956년 이전의 작품들이다. 자료에 따르면 신동엽은 등단 이전부터 동학에 대한 관심을 보였음을 알 수 있다. 다만, 그가 남긴 자료를 근거로 볼 때 본격적으로 동학에 착수한 시기는 1956년으로 보인다.[9] 그렇기에 1959

---

7) 아나키즘 역시 신동엽 시에서 적지 않은 영향을 주었다. 개인의 자유를 최우선시 하는 사회, 자율적인 공동체, 자연고의 유기적인 삶을 추구하는 아나키즘의 특성에 초점을 맞추어 신동엽 시를 분석한 논의가 이루어졌다. (유승, 「신동엽의 아나키스트적 상상력」, 『한국학연구』 41, 고려대학교 한국학연구소, 2012, 195−221쪽.) 이와 함께 '아나키즘'과 '크로프트킨'에 대한 역사 이데올로기 관점에서의 '아나키즘' 아닌 경향적 운동으로의 '아나키'로 신동엽 시를 접근함으로써 '아나르코−코뮤니스트의 시−윤리'를 밝힌 논의가 있다. (최진석, 「아나키의 시학과 윤리학−신동엽과 크로포트킨」, 『비교문학』 제71집, 2017, 117−152쪽.)

8) 김응교, 『좋은 언어로』, 소명출판, 2019, 48쪽.

9) 이나영, 앞의 글, 276쪽.

년 등단작은 이미 그의 시세계를 관통하는 '동학'과 '민중'에 대한 사유가 본격적으로 나타났다. 따라서 1956년 이전의 작품은 '참여'까지 나아가는 도정을 살펴볼 수 있는 통로라 할 수 있다.

주지하다시피 신동엽의 시에서 '현실참여'는 핵심적인 축을 이루고 있다. 그러나 한국전쟁 이전의 시편들을 살펴볼 때 의외의 지점을 살펴볼 수 있는데, 바로 시적 주체의 감정이 직설적으로 나타나는 '사랑'에 대한 시편이 주를 이룬다는 점이다. 즉, 신동엽의 시는 '사랑'에서 시작되었다고 할 수 있다. 이때 나타나는 사랑에 대해서 본격적으로 다루기 전에, 먼저 주목하고자 하는 바는 '현실참여'적인 작품이다. 습작기 초기에는 '사랑'이 중심을 이루고 있지만 단편적이나마 현실 인식적인 측면을 파악할 수 있는 작품이 있다. 이는 신동엽 시의 '현실참여'가 단기간에 응축되어 형성된 것이 아닌 오래전부터 내재되어 왔음을 보여준다. 이를 살펴볼 수 있는 작품이 1948년에 쓴 것으로 알려져 있는 「수랑 구석―예술제 낭독을 위하여」와 「초(草)집」이다.

> 낯설은 우리들은 아녔건마는/독기 서린 눈초리 눈초리로 쏘아만 보고/쌀가루 한 줌 속에 인간을 팔고/얼음 같은 정(情)만 쌀쌀히 드나들던 날/악마보다도 무서웁게 나타나는 '카미다나(神だな)' '반장님(班長さん)' 앞에/우리들은 날마다를 울어야만 하였고,//천둥번개 으르렁거리고 뵈지 않는 총알과 피가/몰켜다니던 땅의 한구석 우리 다다미방에도/침략주의 최후의 발악은 우리를 빵과 신(神)의 노예로 만들려 했더니라//(⋯)//어제의 풍랑이 오늘의 찬미 되고/오늘의 피비린내가 내일의 행복 되고/젊은 가슴 앞에 낡은 역사가 허물어지고/벅찬 가슴 앞에 사신(死神)이 소멸하고―//차라리 오늘은 풀떼죽 목축이며/탁류(濁流) 수랑 한구석에서/새 아침을 위한 화약이 되리라.
> ―「수랑 구석―예술제 낭독을 위하여」10)

뜰에 들어서니 흙냄새 풍기는 내 집이요./흙이 거북 등허리같이 드러난/낯익은 벽짝이다./내 어른 호흡에 흙냄새 들어왔고/내 가슴 또한 이 속에서 벌어났다는/우리는 흙의 벗 흙을 파먹는/농촌의 아들들—//수군거리는 긴 밀대밭 옆 두고 도란도란/즐겨가는 마을 스무 가구/여기는 해 지며 등잔불 보들게 피는/호붓한 보금자리이려니/보아라 위대한 혁명아의 모태/반항과 투쟁 그리고 창조의 어머니—//등거리 잠뱅이의 꾸준한 모습들아/배짱 내민 기와집을 둘러싸고/강철같이 자라나는 초가들의 내일이여/눈물과 도적 몰려가버린 그날의 들판 위에서/승리의 깃발 추켜들고 태양처럼 빛나거라.

　　　　　　　　　—「초(草)집」(1948년 6월 3일), 511쪽.

　신동엽 시의 외연을 습작기까지 확장한다면, 1948년까지 거슬러 올라갈 수 있다. 위의 두 편의 시는 지금까지 확인할 수 있는 작품들 중에서 가장 오래된 시기에 속한다. 우선 시기적 상황만 간단히 정리해본다면, 1948년은 해방 이후 정권 수립에 있어 이념적 갈등을 겪기도 했지만, 이에 앞서 일제의 잔재가 영향을 미치던 시기이기도 하다. 그에 따라 해방 이후에도 친일파들이 권력을 차지했으며 토지법은 해방 이전 그대로 유지되었다. 당시 신동엽은 전주사범학교 4학년에 재학 중이었다. 전주사범대학 대다수의 학생들은 가난한 농촌 출신이었는데 토지제도에 대해 항거하며 '동맹휴학'으로까지 나아갔다. 신동엽 역시 동맹휴학에 가담하여 무단 장기 결석한 결과 늦가을에 퇴학당한다.[11] 따라서 위의 두 작품은 전주사범에서 '동맹휴학'에 가담했을 때 쓴 시로 당면한 현실에 대한 인식을 살펴볼 수 있다.

　「수랑 구석—예술제 낭독을 위하여」에서는 당시 직면한 문제 상황뿐만

---

10) 신동엽, 강형철 외 편, 『신동엽 시전집』, 창비, 2013, 507—508쪽. (이후 작품 인용 출처는 본문에 표기)
11) 김웅교, 앞의 책, 2021, 46쪽.

아니라 비판 대상과의 관계를 살펴볼 수 있다. 여기서 마주하고 있는 문제는 "쌀가루 한 줌 속에 인간을 팔고"라는 구절을 통해 짐작할 수 있듯, 식민지 수탈 체제가 여전히 바뀌지 않았음을 보여준다. 그리고 "우리"를 '날마다 울게' 만드는 존재로써 '악마보다 무서운 카미다나 반장님(神だな 班長さん)'이 등장한다. 이때 '카미다나 반장'은 청산되지 않은 채 수탈을 일삼는 친일파의 표상이라고 할 수 있다. 시에서는 친일로 대두되는 세력들의 수탈을 문제 삼는 것에 그치지 않는다. 시에서 주목해야하는 바는 "침략주의 최후의 발악"으로 나타나는 세력에 대해서 '살아있는 권력'이 아닌 '죽어가는 권력'임을 시적 주체는 이미 알고 있다는 점이다. 따라서 시적 주체는 앞으로 다가올 새로운 미래, 즉 "어제의 풍랑이 오늘의 찬미"에서 더 나아가 "오늘의 피비린내가 내일의 행복되고/젊은 가슴 앞에 낡은 역사가 허물"어지는 "새 아침을 위한 화약"이 되어 현실 문제에 적극적으로 개입하고자 하는 의지를 보여준다.

비슷한 시기에 쓰인 「초(草)」에서는 시적 주체의 위치를 더욱 명확하게 드러낸다. 앞서 "우리"로 지칭되었던 이들은 "농촌의 아들들"로 구체화된다. 또한, 시적 주체가 처한 위치를 통해 그들이 바라보고 있는 방향을 살펴볼 수 있다. 다시 말해 '농촌의 아들'에게 있어 가장 중요하게 여겨지는 것은 '토지'라 할 수 있는데, 이와 관련된 문제의식을 시적 주체의 위치를 통해 집약적으로 나타낼 수 있게 된다. 앞선 「수랑 구석―예술제 낭독을 위하여」가 타계해야 할 대상과 극복 의지를 보였다면, 「초(草)」는 이를 행하는 주체에 대한 이야기이다. '농촌의 아들'에게 있어 '흙'은 '벗'이자 '먹고'자란 지양분이다. 이들은 같은 곳에서 난 '흙'을 먹고 자랐기에 "도란도란 즐겨가는 마을 스무 가구"와 같이 공동체를 형성하며 "보금자리"를 지키고자 하는 모습을 보여준다. 따라서 「초(草)」 역시 1948년 해방 이후 여전히 해결되지 않은 토지문제를 담고 있다.

위의 두 편의 시는 신동엽의 '현실참여'에 대한 가능성을 볼 수 있다는 점에서 두 가지 의미를 가진다. 첫째는 당면한 현실문제에 대해서 시를 통해 즉각적으로 반응했다는 것에 있다. 둘째는 이러한 문제에 대해서 좌절하는 것이 아닌 극복하고자 하는 것과 현재뿐만 아닌 미래의 전망까지 그려내고 있다는 점이다. 다만 초기작인 만큼 등단 이후의 작품에 비해 한계가 있는 것은 사실이다. 단적으로 미래의 전망을 어떻게 그려낼 것인가에 대해서는 다소 피상적인 면을 보인다. 시적 주체는 곧 혁명의 주체로 그려지며, '낡은 역사'를 무너뜨리기 위해, 곧, '새 아침'을 위한 '화약'이 되고자 하는 의지를 보여준다. 이를 통해 "승리의 깃발 추켜들고 태양처럼 빛"나는 모습을 직설적인 어조로 그려냄으로써 혁명의 당위성과 필연성을 담아내는 것에 그친다는 한계를 보인다.

그동안 신동엽 시세계에서 다뤄왔던 작품에 비해 한계점이 명확함에도 불구하고 위의 두 편의 시는 현실 참여에 대한 관심과 그 가능성을 엿볼 수 있다는 데 일차적인 의의가 있다. 이뿐만 아니라 현재 당면한 문제에 의해 고통스러운 나날을 보내고 있지만 이를 극복하고자 하는 시적 주체의 분출하는 힘은 비슷한 시기에 쓰인 '사랑'의 양상과 맞닿아 있음을 주목해야 한다.

신동엽 시에서 '사랑'은 그 의미하는 바가 적지 않다. 이는 그가 남긴 산문에서 단적으로 살펴볼 수 있다. 「서둘고 싶다 않다」에서 "내 일생을 시로 장식해봤으면./내 일생을 사랑으로 장식해봤으면./내 일생을 혁명으로 불질러봤으면."[12]이라고 언급한 것과 "모든 예술은 사랑이다./시는 사랑하는 생명의 불붙은 마음이다."라고 말한 바와 같이 '사랑'은 신동엽 시의

---

12) 신동엽, 강형철 외 편, 『신동엽 산문전집』, 창비, 2019, 172쪽.

한 축을 이룬다. 선행연구에서 역시 신동엽의 '사랑'에 주목하여 신동엽 시의 '아사녀'를 바디우의 이론을 통해 사랑과 혁명의 상관관계에 대해서 분석한 것13)과 라캉의 사랑의 개념을 통해 '아사달 아사녀'의 사랑이 어떻게 마을 공동체라는 이웃까지 확장되는지 밝혀낸바14) 있다. 이를 통해 신동엽 시에서 나타나는 사랑이 타자를 향한 개인의 욕망에서 그치는 것이 아니라 '자유'와 '공동체'로 확장됨을 보여줌으로써 '사랑'에 대한 의미를 밝혔다는 점에서 시사하는 바가 크다.

다만, 신동엽 시의 외연을 확장할 때, 드러나지 않았던 의미들을 되짚어 볼 수 있다. 앞서 다룬 연구들 또한 대부분 등단 이후의 작품을 중심적으로 다룬다. 이때 짚어야 할 점은 시적 주체가 세계를 바라보는 시야의 차이이다. 습작기 시와 등단 이후 시의 가장 핵심적인 차이는 민중을 비롯한 '공동체'에 대한 인식이다. 물론 앞에서 다룬바, 현실 문제를 통해 '공동체'에 대한 인식이 오래전부터 있어왔음을 확인할 수 있지만 "농촌의 아들들"로 지칭되는 "우리"에 한정되어 있다. 등단 이후 시에서 시적 주체가 역사적인 맥락을 읽어나가는 거시적인 관점을 견지했다고 한다면, 습작기 시들은 시적 대상에 대해 보다 개인적인 시선으로 접근하고 있음을 확인할 수 있다. 여기서 살펴보고자 하는 바는 습작기 시의 한계에 대해서 굳이 다루기보다는 내재된 '가능성'에 대해서 짚어보고자 한다. 이는 곧 '사랑'을 통해 접근할 수 있다.

　　　　잃었던 추억의 조각/아해들처럼 그냥 맥없이 좋아서 하도 좋아서

---

13) 김란희, 「아사녀─사랑과 혁명의 주체」, 신동엽학회, 『신동엽과 한국문학』, 역락, 2011, 11─28쪽.
14) 박은미, 「신동엽 시에 나타난 사랑의 의미 연구」, 『비평문학』 80, 한국비평문학학회, 2021, 7─36쪽.

/혀가 떨립니다 하트가 환장합니다//낯익은 그날의 눈송이/철없이 날아와 입술 위에 녹건만/슬픈지 좋은지 가슴은 설레이고/애수 추상 (追想)은 혈액이 되어/나는 미친개처럼 미친개처럼 배회합니다.

―「설야(雪夜)」¹⁵⁾(1947년 11월 19일) 부분, 581쪽.

숙숙한 찬비는 주룩주룩 나리는데/찬 유리창에 이마를 기대이고/남색 외로운 창포만 바라본다.//빗줄기 속에 떠올랐다간 조용히 숨어버리는/못 견디게 그리운 모습/혈맥을 타고 치밀어오는 애수 고독 적막//눈물이 조용히 뺨을 흘러나린다/찢기운 이 마음 우수 짙은 빗줄기 속을 방황하는데/한결 저 꽃에서만 설에이는 이 가슴에/정다운 속삭임이//아아 마구 뛰어나가 꽃잎이 이리저지도록/입술에 부벼보고 싶고나/미칠 듯이 넘치는 가슴에/힘껏 눌러보고 싶고나.

―「창포」(1948년 5월 10일), 572쪽.

한국전쟁 이전의 습작기 시의 특징은 시적 주체의 감정이 직설적으로 발화되고 있다는 점이다. 또한 이러한 감정의 분출은 대상에 대한 '분노'가 아닌 '사랑'에서 기인한다. 습작기 초기에서 주목할 점은 바로 이러한 '사랑'에 대한 시편을 어렵지 않게 찾아볼 수 있다는 것이다. 1948년 동맹 휴학에 가담하면서 쓴 「수랑 구석―예술제 낭독을 위하여」나 「초(草)」와 같이 현실 문제를 담아낸 시도 있었지만, 그보다 '사랑'과 관련된 시편이 중심을 이루고 있다. 이는 등단 이후의 작품과 직접적으로 비교해 봤을

---

15) 「설야(雪夜)」는 김광균의 1938년 조선일보에 신춘문예 당선작이자 시집 『와사등』 (1939)에 수록된 작품과 제목이 같을 뿐만 아니라 시에 나타나는 "머언 곳에 여인의 옷 벗는 소리", "희미한 눈발/이는 어느 잃어진 추억의 조각이기에/싸늘한 추회이리 가쁘게 설레이느뇨"와 같이 '지금 여기에 없는 대상'을 향한 감정을 담아낸다. 물론 이러한 근거로만 김광균과 신동엽과의 관련성이 있음을 단정 짓기에는 어려움이 있다. 다만, 습작기라는 시기적인 특성으로 접근해볼 때 '문학'에 관심이 많았다는 점을 함께 고려해본다면 김광균의 시편을 접했을 가능성이 있다. 이를 통해 신동엽의 시세계가 어떻게 형성되었는지 살펴볼 수 있는 여지가 있어 보인다.

때, 현실과 역사에 대한 인식과 더불어 신동엽 시의 핵심이라고 할 수 있는 '참여'와는 거리감이 있다. 또한, '연인'으로 상정되는 대상에 대한 직접적인 감정의 발산은 그 자체로는 신동엽 시의 새로운 의미를 찾아내기에는 무리가 있어 보인다. 하지만 신동엽 시에서 '사랑'은 바로 여기에서 시작되고 있음을 짚고 넘어갈 필요가 있다.

'사랑'과 관련된 습작기 시편에서는 공통적인 특성을 찾아볼 수 있는데, 바로 사랑의 대상이 '부재'한다는 점이다. 이와 같은 대상의 부재로부터 "하트가 환장합니다", "미칠 듯이 넘치는 가슴"과 같이 일종의 파토스적 감정을 분출한다. 여기서 감정 분출의 근원이라고 할 수 있는 '대상의 부재'에 대해서 조금 더 살펴볼 때 주목할 수 있는 대목은 「셜야(雪夜)」에서 "잃었던 추억의 조각"이다. 이는 곧, '부재'의 속성을 밝힐 수 있는 단서라고 할 수 있는데, 바로 '상실'한 것으로 놓인다. '상실'은 주체의 욕망과 밀접한 관련을 맺는다고 할 때, 상실한 대상을 향한 '욕망'은 곧 시적 주체가 가진 내재적인 힘으로 작용한다.[16]

> 아 내 마음 몰라주는/야들아 왜 그리 도망만 하려드냐/무한한 속
> 에/시간과 공간을 같이하는 우리에겐/아름다운 인연이 있나본데//

---

16) 라캉에 따르면 주체는 상징계에 진입하게 될 때 타자적 이미지와 언어에 종속되면서 소외된다. 그에 따라 상징계 내에서 의미 주체가 되는 한편, 존재를 배제하고 억압할 때 비로소 주체가 탄생한다. 요컨대, 주체는 소외를 대가로 나타난다. 그러나 주체는 소외에만 머물지 않으며 자신의 빈자리를 되찾고자하는데 이것이 곧 욕망하는 주체이다.(자크 라캉, 김석, 『에크리―라캉으로 이끄는 마법의 문자들』, 살림, 2007, 166쪽.) 이러한 욕망하는 주체와 함께 살펴봐야할 점은 '타자' 또한 '분열된 주체'라는 점이다. 그렇기에 사랑의 대상, 욕망의 대상이 된다. 따라서 단순히 사랑하는 주체가 신화적 대상의 환상을 생산하고 이를 사랑받는 사람에게로 옮겨놓는 것이 아니다. 핵심은 사랑받는 사람을 사랑 받을 만한 것으로 만드는 것은 그 대상 또한 욕망하는 주체라는 점이다. 이에 어떤 대상을 욕망할수록 그 대상은 더욱 욕망의 대상이 된다.(레나타 살레클, 이성민 역, 『사랑과 증오의 도착들』, b, 2003, 79쪽.)

벗들의 한숨 젖은 강바람 무심히 입술 스쳐만/가고/마음 있는 발길 찾을 수 없어//외로운 나는 가슴 허(虛)해/대지에 엎어지다.

—「산보로(散步路)」(1948년), 545쪽.

낙엽들 흐느끼고/콩알 튕기치는 가을/알상수리 고구마 목화다래 —//오 계절이여 계절의 향기여/나는 그대를 호흡한다/너를 붙안고 서//내 마음 추억을 쫓고/내 가슴 계향에 적시우면//내 심장은 부풀어/이 순간마다 미치도록 향그럽고나/아무도 빼앗지 못할/내 기끔 이 슬픔//머금자/영원한 눈물과/무진(無盡)하는 정열.

—「계향(李香)」(1948년 9월 14일), 571쪽.

무심히(그리운)/하트는 함부로 환장해서 미친개처럼/마을 눈길을 나는/미친개처럼/쏴댔느니라.

—「시골 밤의 서정」(1949월 12월 1일) 부분, 567쪽.

습작기 초기 신동엽 시편에서 등장하는 '사랑'의 양상을 살펴보면 부재하는 대상과의 만남이 이루어지지 않는다는 점을 알 수 있다. 시적 주체가 대상에게 다가갈수록 그 대상은 그만큼 더 멀어지는 형상을 보인다. 예컨대, 「산보로」에서 시적 주체와 대상과의 관계를 살펴보면, 시적 주체는 그 관계를 "우리에겐 아름다운 인연"으로 놓지만 정작 그 대상은 "내 마음 몰라주"고 있을 뿐만 아니라 "도망만 하려드"는 모습을 보여준다. 다시 말해 시적 주체의 '사랑'은 이루어지지 않으며 '실패'의 형상을 보여준다.

이때 주목해야 할 점은 시적 주체의 반응이다. 「산보로」에서는 "외로움"과 "허(虛)"한 감정에 "대지에 엎어"지는 모습을 통해 좌절하는 모습을 보인다. 그러나 이내 「계향」, 「시골 밤의 서정」에서는 좌절을 딛고 일어서고 있음을 보여준다. 대상과의 만남이 성사되지 않을수록, "계절"을 통해 "그대를 호흡"하며 대상을 그리워하며, '슬픔과 영원한 눈물'과 함께 "무진(無盡)하는 정열"이 발산된다. 그렇기에 「산보로」에서 "마음 있는 발길 찾을 수 없어" 그대로 "대지에 엎어"진 반면, 「시골 밤의 서정」에서 는 '발길'이 없음에도 불구하고 '함부로 환장하는 하트'로 인해 "미친개처 럼" 돌아다니고 있음을 확인할 수 있다.

이러한 시적 주체의 모습은 주체할 수 없는 감정으로 인해 '방황'하는 것으로 볼 수 있지만, 중점에 놓아야 하는 것은 그가 담고 있는 "무진하는 정열"로 나타나는 '욕망하는 주체의 힘'이다. 앞서 살펴본 초기 습작기에 서 현실참여적인 측면을 살펴볼 수 있었던 「수랑 구석―예술제 낭독을 위 하여」와 「초(草)」에서 역시 '빼앗긴 토지'는 '상실의 대상'으로 놓을 수 있 다. 이때, 시적 주체는 이를 되찾고자 하는 정열을 발산하며 낙관적인 전 망을 그려내는 것에 그친다. 그럼에도 불구하고 '새 아침'이나 '승리한 깃 발을 추켜들 때'까지 "반항과 투쟁"을 멈추지 않으려고 하는 태도에 주목 해야 한다. 이와 같은 시적 주체의 내재적인 힘은 '욕망의 토대'마저 무너 진 한국전쟁 이후 이를 극복해나갈 수 있는 기반이 된다. 즉, 상실한 대상 을 되찾고자 하는 '욕망'에서 생성된 힘은 전쟁으로 인해 토대가 무너졌음 에도 주체가 실패의 자리를 끊임없이 자임하고자 하는 힘으로 전환됨을 찾아볼 수 있다.

3. 전쟁 체험과 '죽음'의 의미

신동엽의 생애를 살펴봤을 때 다소 간과되어 온 지점이 있는데 바로 1950년 한국전쟁 체험이다. 1930년생인 신동엽은 당시 20세로 한국전쟁을 직접적으로 경험한다. 그럼에도 불구하고 등단 이후 시편에서는 한국전쟁의 체험 흔적을 거의 찾아보기 힘들다. 이는 곧, 1960년대 독재정권에 대한 시대적 특수성과 조응하는 것이 더 시급했음을 보여준다. 등단 이후의 시를 살펴보면 '전쟁'을 떠올릴 수 있는 '탱크'나 '전투기'와 같은 시어들이 등장하지만, 이들이 곧 한국전쟁과 직접적인 맥락을 갖는다고 하기에는 거리가 있다.

> 아시아와 유럽/이곳저곳에서/탱크부대는 지금/밥을 짓고 있을 것이다.//해바라기 핀,/지중해 바닷가의/촌 아가씨 마을엔,/온종일 상륙용 보트가/나자빠져 뒹굴고.//흰 구름, 하늘/제트 수송편대가/해협을 건너면,/빨래 널린 마을/맨발 벗은 아해들은/쏟아져나와 구경을 하고,
>
> ─「풍경」(1960년 현대문학 2월호) 부분, 20─21쪽.

신동엽 등단작 이후 시편에서 나타나는 '전쟁'은 시적 공간을 통해 알 수 있듯, '한국전쟁'이라기보다는 '세계대전'의 맥락과 맞닿아 있다. 그리고 전쟁을 통한 참혹한 현장을 그려내기보다는 이후 안정된 상황을 그려낸다. 전쟁에서 적들을 살육하던 병기는 더 이상 그 기능을 활성화하지 않는다. '탱크부대'는 '밥을 짓고', '상륙용 보트'는 '나자빠져 뒹굴고', 하늘을 지나가는 '제트 수송편대'는 위협의 대상이 아닌 아이들의 구경거리가 된다. 그렇기에 전쟁 이후 살아남은 자들이 전쟁이라는 상흔을 안고 '일상'을 살아가는 모습을 그려낸다.

여기서 제기하고자 하는 바는 신동엽에게 있어 '전쟁' 특히 '한국전쟁'이 갖는 의미이다. 주지하다시피 신동엽 역시 한국전쟁과 무관하지 않다. 본격적으로 당시의 시편을 다루기에 앞서 그의 행적을 간단하게 정리해

본다면, 신동엽은 1949년 9월에 단국대 사학과에 입학하여 1950년 전쟁을 맞는다. 이때 7월 초에서 9월 말까지 인공 치하에서 민주청년 동맹 선정부장을 맡은 바 있으며, 인민군 퇴각 후 부산에서 전시연합대학에 다닌다. 그해 12월에는 국민방위군에 징집되어 1951년 2월 국민방위군 대구 수용소에서 빠져나와 병든 몸으로 귀향한다. 많이 알려져 있듯 당시 배고픔을 참지 못해 잡아먹은 게로 인해 디스토마에 감염되어 남은 일생을 병에 시달린다. 상기한 바와 같이 신동엽 역시 '한국전쟁'에서 자유로울 수 없었다. 신동엽에게 있어 '한국전쟁'이란 곧 '국민방위군'을 통해 직접적인 사건으로 자리 잡는다.

당시 신동엽은 1950년 12월 국민방위군에 징집되어 다음 해 2월 국민 방위군 대수 수용소에서 탈출한다. 국민방위군은 '군'이라는 명칭을 달고 있지만 그 목적이 이북에 징집대상자를 빼앗기지 않기 위함에 있기 때문에 '군'과는 거리가 멀었다. 국민방위군은 중공군의 개입과 이후 국군과 유엔군이 철수하는 상황에서 국가비상사태에 대처하기 위한 국민총력체제의 일환이라 할 수 있다. 요컨대, 잠재인력이라고 할 수 있는 장정을 확보하여 보호하고자 하는 목적을 갖는다.[17] 그러나 실제로는 취지와는 다른 방향으로 운영되었는데 이른바, "국민방위군 사건"[18]은 이를 여실히 보여준다. 이때 징병된 장정들은 전쟁이라는 요인보다는 부실 운영과 방위군 간부들로 인한 피해가 더 컸다. 따라서 징집된 인원의 사상 발생원인

---

17) 남정욱, 『6·25전쟁시 예비전력과 국민방위군』, 한국학술정보(주), 2010, 81쪽.
18) 국민방위군 사건(National Defense Corps Scandal)은 1950년 12월 17일 제2국민병을 소집한 날로부터 1951년 3월 31일 국민방위군 교육대를 실질적으로 해산하는 약 3개월, 105일 동안 국민방위군으로 소집된 제2국민병들이 남쪽으로 이동·수용·교육·훈련과정에서 국민방위군사령부 및 예사 교육대 부실운영 및 방위군 간부들의 예산횡령, 군수품 부정처분 등으로 억울하게 목숨을 잃은 일이 발생한다. 이에 대한 국회 및 군 수사기관 조사를 통해 관련자 5명이 군사법정에서 사형 선고를 받아 공개총살형에 처해진다. (남정욱, 위의 책, 2010, 129쪽.)

은 기아, 동상, 질병이 주를 이루었다.[19]

　통영 국민방위군 교육대 생활은 어떠셨나요? 우선 잠자리부터 얘기해주시지요.
　말도 마! 한 교실에 100명도 넘게 밀어 넣고 자라 하는데 오줌 누러 나갔다 들어오면 내 자리가 없는 거야. 그건 그렇고 난로도 없는 마룻바닥에서 자려니까 마루에 틈이 나 있어가지고 바람이 솔솔 들어와 여간 춥질 않아. 그러니까 이젠 우릴 풀어놓고 민가로 나가 짚을 얻어 오라해(…)

　먹는 것은 또 어떻고! 배가 고파 죽겠는 거야. 어린애 주먹만 한 밥 한 덩이에 해초 건져다 국을 끓여주는데 그나마 건더기는 구경도 못해(…)

　훈련은 무슨 놈의 훈련이야? 운동장에서 좀 받기도 한 것 같은데 야외훈련은 받은 게 없어. 그저 이 잡는 게 훈련이야.(…)[20]

　국민방위군에 징용에 대한 인터뷰를 살펴보면 어떠한 상황이었는지 조금 더 상세하게 확인할 수 있다. 위의 인터뷰를 보면 알 수 있듯 국민방위군은 '군대'라는 집단의 성향을 지니기 보다는 '감옥'에 더 가깝다. 생존의 기본적인 요건을 갖추지 못한 시설 속에서 군사훈련 또한 진행되지 않았다. 비록 총알이 빗발치는 전쟁터가 아니라고 하더라도 '죽음'으로 몰아넣는 국민방위군 징용 경험은 신동엽에게 있어서도 큰 충격으로 다가왔을 것이다.

---

19) 남정욱, 위의 책, 2010, 130쪽.
20) 강재철, 「국민방위군의 행로─국민방위군 강순봉 인터뷰」, 『작가들』 71, 인천작가회의(작가들), 2019, 224─225쪽.

술이라도 먹고 싶은 밤/술이라도 마시고 진탕 취하고 싶은 밤/달도 뜨지 마라 외면하고 싶은/창백한 얼굴/별들도 없어라 지저분하니까.//무서웁도록 어두운 하늘 높이선 매운 바람이 포효하고/문풍지도 비명인 양 신음인 양 울부르짖는데/등잔불은 호놋이 불타고 자리 바닥은 행복하도록 따가웁구나/원래 망각의 술은/가슴속에 멍이 든 방랑자를 위하여 빚은 것이려니,/벗이여 무엇을 지어하랴 진탕히 마시자//이와 같은 밤/나에게도 포근한 고향이 있었더니라/버얼건 화롯가에 낮아 알밤을 굽노라면/나어린 동생이 철없이 안기어 입 맞추려 대드는······//(···)//여보 마님!/술을 주 술 술을/자 온갖 것을 잊어보자구/뿔뿔이 헤어진 만나지 못할 친구들의 이름이며/사랑하던 사람의 살냄새이며/창자가 찢어진 조국의 모습이며//내일은 낯설은 경상도 어느 산길에서/굶주려 쓰러질지라도/다만 일생에 오늘 하룻밤만은/순진한 패륜 속에 녹초가 되도록 취해보련다

　　　　　　　　　　　　　　　 —「주막집에서」(1951년) 부분, 534−535쪽.

　위의 「주막집에서」는 1951년에 쓴 것으로 알려져 있는데, 당시 신동엽은 국민방위군에서 고초를 겪었으며 시에서는 그 상황을 확인할 수 있다. 여기서 술에 취하고자 하는 시적 주체가 등장하는데, '가슴에 멍이 든 방랑자'의 이미지로 나타난다. 이러한 상황에 대한 외부적인 내용은 제시되어 있지는 않지만 곳곳에 배치되어 있는 시적 상황들, 예컨대 "뿔뿔이 헤어진 만나지 못할 친구들", "창자가 찢어진 조국의 모습"은 한국전쟁을 암시한다. 뿐만 아니라 마지막 "내일은 낯설은 경상도 어느 산길에서"에서 '경상도'라는 지역은 피난처이자 국민방위군에 소속되었던 바를 나타낸다.

　「주막집에서」는 신동엽이 경험한 전쟁에 대해서 살펴볼 수 있다는 점에서 일면 의의를 둘 수도 있겠지만 더 나아가 살펴봐야 할 점은 시적 주체의 변화이다. 한국전쟁 이전의 시편과 비교했을 때 공통점은 정념적인

태도에 있다. 앞서 살펴본 바와 같이 전쟁 이전 시에서는 사랑하는 대상에 대한 정념을 내비치며 '환장'과 '미친개'라는 표현을 통해 이성적인 모습과 반하는 태도를 보였다. 이와 같은 대상을 향한 '욕망'은 시적 주체에 대해 좌절감을 안겨다 주는 것이 아닌, 오히려 생의 의지를 불러일으키고 있음을 확인할 수 있었다. 반면 전쟁을 겪은 후 시에서 나타나는 '비이성적인 태도'는 정념적인 한편, 이전과는 다른 양상을 보인다. 시적 주체는 '술'이라는 매개를 통해 '진탕 취함'으로써 모든 것을 잊으려고 한다. 이러한 시적 주체의 태도는 생의 의지에서 '죽음'으로 전환됨을 보여준다.

이를 다시 정리해본다면, '상실'에 대한 인식의 전환과도 맞닿아 있다. 대상에 대한 욕망이 '상실'에서 비롯된다고 할 때, 그 '상실'은 오히려 생의 의지를 다져나갈 수 있는 동력으로 작동한다. 그러나 '전쟁'은 '상실'의 토대마저 뒤흔든다. 이때 주체는 '상실 자체를 상실'하게 되는 곤궁에 처한다. 다시 말해 상실한 대상을 욕망할 수 있는 토대 자체를 상실한 것이라 볼 수 있다. 요컨대, '주체의 욕망이 곧 삶의 의지를 불러일으켰다고 볼 때, 이러한 토대 자체의 상실은 '죽음'으로 전환된다.

이와 관련해서 '죽음'에 대한 여러 층위 중에서 라캉이 제시한 바 있는 '두 번째 죽음'에 대한 개념을 참조할 수 있다. 라캉은 '죽음'에 대해 '생물학적 죽음'과 '상징적 죽음'을 구분한다. 전자는 그 단어가 의미하는 바, 생명활동이 끝난 신체의 죽음으로써 일반적으로 생각할 수 있는 죽음이라고 한다면 '상징적 죽음'은 상징계라는 질서 내에서의 죽음을 의미한다. 이때 신동엽의 시적 주체는 '두 죽음 사이'에 위치한다. 곧, 신체적으로는 살아있지만, 법과 체제와 같은 상징적 질서 내에서 아무런 상호작용을 할 수 없는 상태에 이른다.[21]

---

21) 라캉은 두 죽음 사이의 차이를 실제(생물학적) 죽음과 그 죽음을 상징화하는 것,

잔잔한 바다와 준험한 산맥과 들으라/나의 벗들이여/마지막 하는 내 생명의 율동을//미웁던 것이나 귀엽던 것이나/이제는 잘 있으라 나는 가련다//생각하면 나는 얼마나 많은 사랑의 법열과/또한 얼마나 많은 인간의 추악을 보았단 말인가//(…)첫사랑의 불타는 정열을 나에게 쏟아주고/그리고 이내 나를 배반하고 가버린/요염한 눈모습이여/가시지 못할 내 마음의 여신이여//단장의 비명을 울리며 전기고문 받던/그래도 나에게 위안을 잊지 않던/이름 없는 영웅 내 감방의 친구여//나는 추억하나니/괴로웠던 것이나 행복했던 것이나/이제 와서는 내 마음을 현혹게 하는/온갖 영상들//꽁지벌레처럼 쫓아다니는 학정자의 학살을 피하여/서울로 망명할 때/남부여대의 피난민이 오르내리는 천안고개/호젓한 소롯길에서/우리 함께 붉은 까치밥을 따 먹으며 길 걷던/영리한 소녀 잊지 못할 얼굴이여//불덩어리 번갯불처럼 쏟아지는 기총소사 밑에서/나의 팔에 안겨 언덕을 넘어서던/누나 잃은 소년이여/까무러쳤던 얼굴이여//탈옥수의 심정으로 채찍에 끌려 남하할 때/찬 눈을 뭉쳐 먹어가며 넘던 문경새재 고개에서/기한과 피로에 반죽음이 되어 조국을 원망하던/낯설은 수만 청년의 떼직이여/눈보라 휘몰아치는 날/낯선 집 돌각담 밑에 내 지쳐 쓰러졌을 때/행주치마 바람으로 나와 깜밥과 동김치를 쥐여주던/따뜻한 인정의 아가씨여, 따뜻한 아가씨의 얼굴이여//다만 만백성이 만백성을 위하여 평화스러이 노래 부르며/일하는 아름다운 나라가 보고 싶었기에/불태워 보낸 젊음이었노라, 혀를 깨물어/분류처럼 내 달려온 젊은이었노라/피비린 낙동수를 반찬 삼아/주먹밥 먹던 교육대에서/탐욕의 회멀건 눈으로 가련히 두리번거리던/무고한 젊은이

즉, 상징적 운명의 완수(예를 들면 가톨릭에서의 임종 시 고해) 간의 차이로 간주했다. 이러한 간격은 다양한 방식으로 채워질 수 있다. 그러한 간격 속에서 숭고한 미가 나타날 수도 있고 공포스런 괴물이 나타날 수도 있다. '두 죽음 사이'의 공간, 다시 말해 숭고한 미와 끔찍한 유령 모두가 자리 잡고 있는 공간은 상징계의 중심에 위치한 사물das Ding의 자리, 실재―트라우마적 중핵의 자리이다. 이러한 공간이 열리는 것은 바로 상징화/역사화에 의해서이다. (슬라보예 지젝, 이수련 역, 『이데올로기의 숭고한 대상』, 새물결, 2013, 219―220쪽.)

의 피눈물이여/조선 사람들의 병들었던 모습이여//나는 회상하나니/
이 온갖 희락과 질곡의 골짜기를/그리고 또다시 만날 수 없는 인연
의 벗들에게/상상 속에 향연을 베풀어 호소를 보내나니//(…)//나는
가련다/아름다운 처녀지 위에 자유스러이 피어나려던 내 청춘은/노
망든 독재자와 이방권력에 의하여 무참히/꺾이어버렸다/초야의 신
부처럼 감격에 부풀었던 나의 희망은/억울히도 짓밟혀버리었다//자
유로운 하늘이여/자유로운 원시림이여/공화국기와 태극기가 번갈
아 올라가는/죄 없는 나의 고향 아득한 한촌이여//나는 본 일이 있는
그리고 비록 나를 못 봤을지언/하나도 아니요 백도 아니요 십만도
아니요 더 많은/그리운 사람들의 마음이여//나의 발바닥과 손길과
숨결이 스쳐간/나무며 돌이며 벌판이며 아름다운 강산이여/들으라
마지막 하는 내 생명의 율동……/지금도 살육의 제단에서 고혈에 포
화가 되어/수무족도하는 여름밤의 부나비떼를 보노라//그러나 들으
라 나의 벗들이여/먼동 트는 대지여/내 그대들의 추억을 지니고서
어찌 미련 없이 떠날 수 있겠느냐/그러나 벗들이여 나는 똑똑히 보
았노라/산원달이 된 자유의 여신을/그리하여 탄생될 자유의 여신을
그대들에게 부탁하며/나의 청춘은 어린 산아를 위하여 피가 되려 하
노라/독재정치의 회생이 된 내 생명은/신성한 평화를 위하여 주춧돌
이 되어지리라//들으라 잊지 못할 나의 벗들이여/나를 추모하는 뭇
벗들이여/나 대신 그대들의 정열은 갓난아들 조국에 바치라!/이것만
이 내 생명이 요구하는 벗들에 향하는/마지막 바람이어라.
　　　　　　　　　　　—「만약 내가 죽게 된다면」(1951년 11월 10일) 부분,
　　　　　　　　　　　　　　　　　　　　　　　496−502쪽.

　전쟁 이전까지 대상을 향해 욕망을 발산하는 '사랑'의 양상이 시의 중심
을 이루었다면, 전쟁 중 국민방위군에 징집되어 고초를 겪은 이후에는 '죽
음'과 관련된 내용을 다루게 된다. 시적 주체가 상실한 대상에 대한 욕망
을 분출할 수 있는 토대마저 상실했을 때, 선택할 수 있는 방향은 크게 세

가지로 분류할 수 있다. 하나는 '한 개인'으로서 서서히 죽음을 맞이하는 것이며, 또 다른 하나는 선택의 기로에서 결정을 유보하는 '방랑자'가 되는 것이다. 마지막 남은 방향은 스스로 '죽음'을 선택하는 것이다. 이때 '선택'은 사랑하는 대상을 향한 주체의 욕망과는 또 다른 주체적 행위로 볼 수 있다. 다시 말해 '죽음'을 선택하는 행위는 모든 삶의 의지를 포기하는 것이 아니라 죽음을 통해 자신이 서 있는 토대를 다시 설정하는 행위라 할 수 있다.

신동엽의 시 「주막집에서」는 '한 개인의 죽음'의 성향을 보이는 듯하다. 그러나 「만약 내가 죽게 된다면」을 통해 알 수 있듯 이내 '죽음을 선택'하는 태도를 보여준다. 이 시에서 먼저 주목해야 할 점은 시의 형식이다. 신동엽 시에서 긴 형식의 시편들에서는 서사를 담고 있는데 이 시 역시 그러한 성향을 보여준다. 등단작을 비롯하여 『금강』 등 여러 시편에서 확인할 수 있듯 신동엽의 시는 분량이 긴 것을 확인할 수 있는 반면, 등단 이전의 작품에서는 짧은 시, 그리고 시적 주체의 감정이 직접적으로 분출되는 시들을 찾아볼 수 있다. 이러한 형식적 차이를 간단하게 정리해본다면 짧은 시의 경우 시공간적 흐름이 거의 없는 순간의 감정을 담아낸다고 할 때, 긴 형식의 시는 시공간의 흐름과 함께 서사를 나타낸다. 그리고 이를 통해 일정한 방향성, 곧 나아가야 할 지점을 그려낸다.

이러한 시의 형식적 특징과 함께 「만약 내가 죽게 된다면」을 본다면 현재 시적 주체가 처한 상황까지 이르게 된 과정을 살펴볼 수 있다. 또한 시의 제목 「만약 내가 죽게 된다면」은 일종의 '유서'의 의미를 갖는다. 시의 서두에서 "이제는 잘 있으라 나는 가련다"라고 언급한 대목을 통해 시적 주체가 스스로 죽음을 선택하고 있음을 보여준다. 이어지는 대목은 다소 장황하지만 죽음을 앞에 둔 시적 화자의 상황이 '주마등'처럼 제시된다.

'정열'적 감정의 분출에 그치며 '전체'로써 제시되었던 시적 주체의 사랑은 여러 사건 중의 한 '부분'으로 나타나고 있음을 알 수 있다. 이때 일차적으로 살펴볼 수 있는 대목은 시적 주체와 대상과의 관계이다. 전쟁 이전 시편에서 시적 주체가 대상을 향해 정열을 쏟았던 모습과는 반대로 전쟁 이후 시에서는 대상이 시적 주체에게 "불타는 정열을 나에게 쏟아"주는 모습을 보인다. 전쟁 이전 시에서 사랑은 지금 여기 없는 대상에 대한 그리움과 함께 결합하고자 하는 태도를 보이지만, 「만약 내가 죽게 된다면」에서는 결합 이후 "배반"이라는 더욱 명확한 '사랑의 실패'라는 결과를 보여준다.

이때 신동엽 시에서 '사랑의 실패'는 시적 주체의 새로운 국면을 제시해 주는데 바로 타자에 대한 시야의 확장이다. 전쟁 이전까지 '타자'는 곧 '사랑하는 대상'에 집중되었던 반면, '전쟁'으로 인해 욕망을 실현할 수 있는 토대가 무너져 '죽음'을 스스로 선택하게 될 때에서야 비로소 자기 자신뿐만 아니라 타자, 더 나아가 "나의 벗"으로 표상되는 공동체에 대한 사유가 가능하게 된 것이다. "전기고문 받던"일과 "학정자의 학살을 피하여/서울로 망명"을 갔을 때, "탈옥수의 심정으로 채찍에 끌려 남하할 때", "피비린 낙동수를 반찬 삼아/주먹밥 먹던 교육대"의 일들을 되돌아보면서 말하고자 하는 바는 시적 주체가 어떠한 고난을 겪었는지가 아닌, 그때 "나에게 위안을 잊지 않던/이름 없는 영웅 내 감방의 친구", "영리한 소녀", "누나 잃은 소년", "낯설은 수만 청년", "따뜻한 인정의 아가씨"가 함께 있었다는 점이다. 다시 말해 시적 주체가 일련의 사건을 겪었음에도 '생물학적 죽음'에 이르지 않을 수 있었던 것은 바로 '타자'라는 존재가 있었기 때문이라는 점을 인식하게 된 것이다.

전쟁 상황 속에서 살아남았음에도 시적 주체는 이전과 같이 그대로 살아갈 수 없다. 생의 의지를 다져나갈 수 있는 토대 자체가 무너졌기 때문이다. 시적 주체는 이러한 상황에 대해 "아름다운 처녀지 위에 자유스러이 피어나려던 내 청춘은/노망든 독재자와 아방권력에 의하여 무참히 꺾이어버렸"으며, "나의 희망은/억울히도 짓밟혀버리었다"고 말한다. 이는 곧, 시적 주체가 살아갈 수 있는 공간 자체를 상실했음을 보여준다.

그렇기에 이때 시적 주체가 죽음을 선택하는 행위는 현실도피와는 거리가 멀다. 오히려 죽음에 진입함으로써 황폐화된 현실 공간에 방향을 제시하고자 한다. 그 방향이란 바로 "나의 청춘은 어린 산아를 위하여 피가 되려"는 것이다. 즉 자신의 피를 통해 앞으로 살아나갈 다음 세대들에게 새로운 토대를 마련해주는 것에 목적이 있다.

> 4/쓸쓸하기만 하더이다/다시는 생세상 태어나지 않을래요.//
> (…)6/까마귀야 엉큼 맞은 까마귀야/옥황상제님께 날아가 일러라/석
> (石)은 오늘도 또 하루/하게에서 살았노라고/엉큼하게 일러라/황혼
> 이 밀리어온다/어두움과 함께/찰거머리떼 같은 멸적(滅寂)이/어두움
> 과 함께/까마귀떼가/밀리어온다.//8/쓸쓸하여든 떠나워라/돌숲 쓸쓸
> 하여든/사람아/어느 때든 떠나워라.
> ─「검은 눈동자」(1952년 봄) 부분, 503─505쪽.

> 여기는 나의 고국이 아닌가부다/여기는 어느새 저승길까지도 더
> 왔나보다/저승 온 목숨의 주린 몸부림을 받아줄 인정은/없는 것이다
> /악머구리떼같이 악을 쓰는 무덤들 가운데 서서/악마처럼 숨가쁘게
> 외쳐봐라/인촌은 쑥대밭 됐느니라/사해에 고향은 없는 것이다//억
> 천마리 가마귀떼라도 그것이 나의 마지막 이단을 쪼아 먹는 것이어
> 라면/내맡겨주마/오,/이대로 죽어버리고 싶은/훌륭한 순간이여
> ─「항도에서」(1954년) 부분, 554─555쪽.

그럼에도 불구하고 시적 주체가 '죽음'을 '선택'하는 것을 넘어서 '행위'로 곧바로 나아가지 못한다. 시적 주체가 '죽음'을 통해 이끌어내고자 하는 것은 「만약 내가 죽게 된다면」의 마지막 "나 대신 그대들의 정열은 갓난아들 조국에 바치라!/이것만이 내 생명이 요구하는 벗들에 향하는/마지막 바람이어라."와 같다. 즉, 시적 주체의 죽음은 단지 개인의 죽음이 아니라 '죽음'으로써 다음 세대가 새로운 시대를 만들어나갈 수 있는 동력이 되고자 한 것이다. 그러나 이마저도 '실패'에 이르게 된다. 그에 따라 시적 주체에게 '죽음'의 의미는 다시 '개인의 죽음'으로 다가온다.

이에 따라 시적 주체는 1952년에 쓴 것으로 확인되는 「검은 눈동자」에서 '쓸쓸한' 감정과 함께 "다시는 생세상 태어나지 않을래요."와 같이 체념에 가까운 태도를 보여주며 또다시 죽음 앞에서 선택의 기로에 놓인다. 이때 시적 주체의 태도는 '방랑자'의 태도를 보인다. 여기서 중요한 점은 이와 같은 '방랑자'의 태도가 직시하고 있는 상황에 대해 '회피'하는 것이 아니라는 점이다. 이 시에서 죽음을 상징하는 '까마귀 떼'가 밀려올 때 '떠나는' 행위는 죽음을 앞에 둔 시적 주체가 선택 자체를 '유보'하는 것으로 볼 수 있다. 시적 주체에게 있어 최선의 방향은 죽음을 선택한 결과 새로운 공동체를 위한 동력이 되는 것이라고 한다면, 최악은 시대적 상황을 견디지 못하여 회피의 수단으로의 죽음으로, 곧 '개인의 신체적 죽음'이다. 최선의 방향으로 나아가는 것이 좌절되었을 때, 신동엽이 행할 수 있는 또 다른 길은 최악의 방향으로 나아가는 것을 유보하는 것이다.

이와 같이 신동엽의 시적 주체가 '방랑'을 통해 알 수 있게 된 것은 지금이 땅 위에 '고향'으로 표상되는 공동체가 실현되는 공간이 없다는 점이다. 현재 서 있는 길의 종착지는 '고향'이 아닌 '저승길'에 더 가깝다. '까마귀 떼 밀리어오는' 것에 맞춰서 '떠나던' 시적 주체는 이제 걸음을 멈춘다.

그리고 다시 '죽음'을 선택한다. 이전의 「만약 내가 죽게 된다면」에서 나타나는 '죽음'을 선택하는 행위는 죽음을 통해 새로운 세계를 만들어나가는 동력이 되고자 했다면, 「항도에서」에는 새로운 세계에 대한 전망이 드러나지 않는다. 그럼에도 불구하고 '죽음'을 향해 또다시 스스로 나아가는데 이와 같은 행위는 예견된 실패를 행하는 것과 같다. 다시 말해 시적 주체가 '실패'를 떠맡음으로써 사회 체제의 속에서 하나의 '균열'로 자리 잡게 되는 것이다. 즉, 시적 주체는 죽음을 통해 새로운 질서와 세계를 수립하는 것이 아닌, 기존의 질서와 세계 속에 끊임없이 균열을 일으키는 위치에 놓이게 된다.

> 잔잔한 해변을 원수성(原數性) 세계라 부르자 하면, 파도가 일어 공중에 솟구치는 물방울의 세계는 차수성(次數性) 세계가 된다 하고, 다시 물결이 숨자 제자리로 쏟아져 돌아오는 물방울의 운명은 귀수성(歸數性) 세계이고,
> 땅에 누워 있는 씨앗의 마음은 원수성 세계이다. 무성한 가지 끝마다 열린 잎의 세계는 차수성 세계이고 열매 여물어 땅에 쏟아져 돌아오는 씨앗의 마음은 귀수성 세계이다.
> 봄, 여름, 가을이 있고 유년 장년 노년이 있듯이 인종에게도 태허(太虛)다음 봄의 세계가 있었을 것이고, 여름의 무성이 있었을 것이고 가을의 귀의가 있을 것이다. 시도와 기교를 모르던 우리들의 원수 세계가 있었고 좌충우돌, 아래로 위로 날뛰면서 번식 번성하여 극성부리던 차수 세계가 있었을 것이고, 바람 잠자는 석양의 노정(老情) 귀수 세계가 있을 것이다.
> 우리 현대인의 교양으로 회고할 수 있는 한, 유사(有史) 이후의 문명 역사 전체가 다름 아닌 인종계의 여름철 즉 차수성 세계 속의 연륜에 속한다고 나는 생각한다.(91쪽)

사실 전경인적으로 생활을 영위하고 전경인적으로 체계를 인식하려는 전경인이란 우리 세기에서 찾아볼 수가 없다. 우리들은 백만인을 주워 모아야 한 사람의 전경인적으로 세계를 표현하며 전경인적 실천생활을 대지와 태양 아래서 버젓이 영위하는 전경인, 밭 갈고 길쌈하고 아들딸 낳고, 육체의 중량에 합당한 양의 발언, 세계의 철인적·시인적·종합적 인식, 온건한 대지에의 향수적 귀의, 이러한 실천생활의 통일을 조화적으로 이루었던 완전한 의미에서의 전경인이 있었다면 그는 바로 귀수성 세계 속의 인간, 아울러 원수성 세계 속의 체험과 겹쳐지는 인간이었으리라.(99쪽)

　　　　　　　─「시인정신론」 부분(『자유문학』 1961년 2월)22)

　아담한 산들 드뭇드뭇/맥을 끊지 않고 오간/서해안 들녘에 봄이 온다는 것/것은 생각만 해도, 그대로/가슴 울렁여오는 일이다.//봄이 가면 여름이 오고/여름이 오면 또 가을/가을이 가면 겨울을 맞아 오고/겨울이 풀리면 다시 또 봄.//농사꾼의 아들로 태어나/말썽 없는 꾀벽둥이로/고웁게 자라서/씨 뿌릴 때 씨 뿌리고/거둬 들일 때 거둬 들일 듯//어여쁜 아가씨와 짤랑짤랑/꽃가마나 타보고/환갑잔치엔 아들딸 큰절이나/받으면서 한평생 살다가/조용히 묻혀가도록 내버려나/주었던들//또, 가욋말일지나, 그러한 세월/복 많은 가인(歌人)이 있어/봉접풍월(蜂蝶風月)을 노래하고/장미에 찔린 애타는 연심을 읊조리며/수사학이 어떠니 표현주의가 어떠니/한단들 나 역 모르는 분수대로/그 장단에 맞추어 어깨춤이라도/추었을 것이다.//그러나 나는 원자탄에 맞은 사람/태백 줄기 고을고을마다/강남 제비 돌아와 흙 물어 나르면/솟아오는 슬픔이란 묘지에 가 있는/누나의 생각일까……?//산이랑 들이랑 강이랑/이뤄 그 푸담한 젖을 키우는/울렁이는 내 산천인데/머지않아 나는 아주/죽히우러 가야만 할 사람이라는/것이라.//잘 있으라/해가 뜨나 해가 지나 구름이 끼던/두번 다시 상기하기 싫은/인종(人種)의 늦장마철이여//이러한 노래 나로 하여/처

────────────────

22) 신동엽, 강형철 외 편, 『신동엽 산문전집』, 창비, 2019, 87─104쪽.

음이며 마지막이게 하라/진창을 노래하여 그 진창과 함께/멸망해버려려야 할 사람이/앞과 뒤를 헤쳐 세상에/꼭 하나뿐 필요했던 것이다.//그러면⋯⋯/두고두고, 착한 인간의 후손들이여//이 자리에 가는 길/서낭당 돌을 던져//구더기./그런 역사와 함께 멸망한 나의/무덤, 침 한번 더 뱉고/다시 보지 말아져라.

—「서시(序詩)」(1955년), 456-459쪽.

신동엽 시에서 시적 주체가 스스로 '실패한 위치'에 놓이는 대목은 핵심이라고 할 수 있다. 이와 관련하여 신동엽의 시에 대한 사유가 가장 많이 담긴 글이라고 할 수 있는 「시인정신론」과 견주어 접근해보고자 한다. 「시인정신론」에서 중심적으로 언급되는 개념 중 하나가 바로 '원수성(原數性)', '차수성(次數性)', '귀수성(歸數性)'이다. 이를 간단하게 정리해본다면 원수성은 '잔잔한 해변', '땅에 누워 있는 씨앗'과 같이 근원적인 세계를 의미하고, 차수성은 '파도가 일어 공중에 솟구치는 물방울', '무성한 가지 끝마다 열린 잎의 세계'로 표현되는 이른 바 현대 문명세계를 의미한다. 귀수성은 '물결이 제자리로 쏟아져 돌아오려는 물방울의 운명', '열매 여물어 땅에 쏟아져 돌아오는 씨앗의 마음'으로 표현된다. 이때 짚어야할 점은 '원수성' 자체가 곧 '귀수성'이 아니라는 점이다. 또한 '원수성'과 '차수성'과는 달리 특정한 공간을 그려내는 것이 아닌 '돌아가고자 하는 운동성'을 나타내고 있다는 점이 핵심이다.

인간이 문명 역사라는 '차수성'에 접어드는 순간 '원수성' 그 자체로 되돌아갈 수 없다. 여기서 원수성의 공간은 일종의 '상실'한 공간으로 놓일 수 있겠지만 '원수성'의 세계는 애초부터 '결여'되어 있는 빈 공간이다. 바로 여기서 신동엽이 '원수성'과 '차수성'이라는 이분법이 아닌, '귀수성'을 설정한 이유를 파악할 수 있다. 따라서 신동엽의 「시인정신론」에서의 핵심은 '원수성'이라는 결여의 공간이 아닌, 이를 다시 상정해 나갈 수 있는 힘인 '귀수성'에 있다.

이와 관련하여 신동엽 시에서 핵심적인 위치를 차지하고 있는 '전경인' 이라는 개념 역시 같은 맥락으로 이어진다. '세계를 종합적으로 인식'하고, '실천생활의 통일을 조화적으로'이룬 완전한 전경인이란 "귀수성 세계 속의 인간"이라고 말한다. 그리고 이에 대해 "원수성 세계 속의 체험과 겹쳐지는 인간"으로 제시하는 것을 통해 '원수성'과 '귀수성'을 엄밀하게 분류하는데, 여기서 역시 방점은 '원수성' 자체라기보다는 '귀수성'에 있다. 요컨대, 결여된 빈 공간인 '원수성'에 대해 '전체'적으로 접근할 수 없다. 다만, '귀수성'이라는 운동을 통해 '부분'적으로 '체험'할 수 있을 뿐이다.

바로 여기서 신동엽의 지향점을 찾아볼 수 있다. 이를 '역사'와 관련하여 접근해본다면, '귀수성'은 이미 '실패한 혁명'으로 놓을 수 있다. 지금까지의 문명이 '성공한 혁명'을 기반으로 이루어졌다고 한다면, 그 자체가 '차수성'의 세계에 놓인다. 이와는 달리 '실패한 혁명'은 아주 잠깐 동안 차수성의 세계에 균열을 일으키는데, 그 균열 속에서 '원수성'을 부분적으로 '체험'하게 된다. 그렇기에 신동엽의 '귀수성'은 '어느 한 곳'에 가닿는 것이 아니라 끊임없이 '돌아가고자 하는 힘'을 반복하는 데 그 목적이 있다.

따라서 신동엽 시에서 나타나는 백제와 고구려와 관련된 배경을 비롯하여 동학 농민운동, 3·1 운동에 대한 사유는 바로 '귀수성'과 관련하여 접근해야 한다. 신동엽의 시에서 과거의 '실패한 혁명'에 위치한 사건들을 반복하는 것은 특정한 과거로의 지향을 의미하지 않는다. '실패한 혁명'을 통해 '원수성'의 부분적인 체험으로의 '귀수성'을 지향하는 것이다. 그렇기에 '실패'는 필연적이며 '반복'된다는 것이 신동엽 시세계의 핵심이다.

이러한 사유가 구조적으로 정리되어 제시된 것은 앞에서 살펴본 글 「시인정신론」이지만, 그보다 앞선 1955년에 쓴 것으로 알려진 「서시」에서도 살펴볼 수 있다. 시의 전반부는 '농사꾼의 아들로 태어나' 순환하는 계절에 순응하며 살아가는 모습이 그려진다. 그러나 이러한 모습은 과거에 있었던 일을 회상하는 것이 아닌, "그 장단에 맞추어 어깨춤이라도/추었을 것이다."와 같이 '가능성'에 대해서 이야기한다. 따라서 '농사꾼의 아들' 즉, 조화로운 '전경인(全耕人)'이 온전히 몸담고 있는 '원수성'의 세계를 그려내고 있다.

「서시」에서 전환은 "그러나 나는 원자탄에 맞은 사람"에서 이루어진다. 원자탄이 현대 문명을 일컫는다고 할 때, '원자탄에 맞은 나'는 곧 '차수성'의 세계에 속한 사람이라고 할 수 있으며 동시에 '전쟁'을 상기시킨다. 곧, 시적 주체는 '차수성'의 세계에 속해 있지만 전쟁으로 인해 그 세계마저도 '불안'한 상황에 놓인 것이다. 이에 따라 시적 주체는 문명 세계인 '차수성'의 세계가 아닌, 조화로운 상태를 이루고 있는 '원수성'의 세계를 지향한다. 그러나 시적 주체는 '원수성'의 세계는 이미 존재하지 않으며, 그 자체로 되돌아갈 수 없음을 알고 있다. 그렇기에 시적 주체는 '죽음'을 선택한다. 이때 이전의 시편과의 차이는 죽음을 통해 '개인의 죽음' 혹은 '공동체 의식의 발현'에 놓이는 것이 아닌, "처음이며 마지막이게 하라/진창을 노래하여 그 진창과 함께/멸망해버려야 할 사람이/앞과 뒤를 헤쳐 세상에/꼭 하나뿐 필요했던 것", "그런 역사와 함께 멸망한 나의/무덤"에 대해 '침을 뱉고 다시 보지 말아라'고 하며 스스로를 '실패한 혁명'에 위치시킨다는 점이다. 이를 통해 '귀수성'에 대한 사유의 과정들을 찾아볼 수 있다.

신동엽의 시세계는 바로 위의 「서시」에서부터 본격적으로 진전이 이루어진다. 그리고 시적 주체가 '실패한 혁명'이라는 자리에 위치하기까지는 '한국전쟁'이라는 큰 사건이 중심을 차지하고 있음을 간과해서는 안 된다.

신동엽에게 있어 '전쟁'이란 '죽음'에 대한 사유가 본격적으로 이루어지는 계기이자 시적 전환점이라 할 수 있다. 지금 여기에 없는, 상실한 대상에 대한 욕망을 감정적으로 발산했던 시의 성향이 '전쟁'을 통해 전환된다. 즉, 전쟁은 상실한 대상을 욕망할 수 있는 토대마저 무너뜨리며 이때 시적 주체에게 다가오는 것은 '죽음'이다. 이러한 '죽음'에 대한 사유는 타자에 대한 사유를 확장하면서 '공동체'에 대한 사유까지 나아간다. 그 결과 시적 주체는 전쟁으로 인해 무너진 토대 위에서 새로운 토대를 세우기 위해 죽음을 선택하고자 한다. 그러나 그마저 실패함으로써 죽음을 유보한 상태로 '방랑'하면서 또 다른 국면을 맞이하게 된다. 이에 대한 방향 설정으로 스스로를 '실패한 혁명'의 위치에 놓는다. 이를 통해 '새로운 세계와 질서' 그 자체보다 기존의 세계와 질서에 '균열'을 일으킴으로써 '가능성'의 공간을 열어두고자 했다. 이러한 사유의 흐름과 '동학'에 대한 사상적 기반을 통해 등단과 함께 본격적인 시작(詩作)이 전개되었다고 할 수 있다.

4. 나가며

본 연구의 목적은 신동엽 시의 외연을 습작기까지 확장하여 접근함으로써 시세계의 형성과정을 살펴보는 데 있다. 주지하다시피 신동엽은 김수영과 함께 한국문학사에 있어 '민족시인'이라는 위상을 갖는다. 다른 시인과 비교했을 때 신동엽의 시세계의 특징 중 하나는 시기구분이 두드러지지 않는다는 점이다. 이는 약 10년이라는 짧은 활동기간에 기인하는 것도 있지만, 그만큼 지향하고자 하는 사상적 토대가 견고했음을 의미한다. 가장 대표적인 사상은 '동학'이며, 자료를 통해 등단 이전인 1956년부터 본격적으로 천착했음을 확인할 수 있다. 따라서 1959년 등단 당시 신동엽은 이미 어느 정도 사상적인 체계가 잡혀있었다고 볼 수 있으며, 이를 기반으로 시세계를 견고히 다져나갔다고 할 수 있다.

지금까지 신동엽에 대한 논의는 대부분 등단 이후 작품을 중심으로 다루어졌다. 미발표작의 경우 접근성이 떨어지기 때문에 제대로 다루지 못한 점도 있는 한편, '습작'이기 때문에 질적인 측면에서 볼 때 신동엽 시의 정수는 '발표작'에 있다는 인식도 작용한다. 물론 신동엽 시의 정수는 등단 이후 작품에 있다는 점은 부정할 수 없는 사실이지만, 습작기 시는 질적인 측면을 떠나 신동엽 시세계의 형성과정을 담고 있기에 그 의미가 있다. 또한 현재 남아있는 자료를 살펴보면 훨씬 이전부터 적지 않은 시를 써왔음을 확인할 수 있으며 시대적 상황에 따른 흐름을 발견할 수 있다. 따라서 본고에서는 신동엽 시의 외연을 습작기까지 확장하여, 이를 통해 신동엽 시세계가 어떻게 형성되어 왔는지 그 과정을 살펴보고자 했으며 그 의미를 밝혀내고자 했다.

신동엽의 습작기 시는 등단작과는 상이한 차이를 보이는데, 이를 확인할 수 있는 대목이 바로 시에 나타나는 '사랑'의 양상이다. 습작 초기 시편을 살펴보면 사랑하는 대상에 대한 개인의 욕망이 직접적으로 드러나고 있는 시편이 중심을 이룬다. 이와 함께 살펴볼 수 있는 또 다른 시편은 당시 현실 문제를 담아낸 현실참여적인 시편이다. 이를 견주어봤을 때 살펴볼 수 있는 의미는 '욕망의 주체'로서 지닌 힘이다. 이때 힘은 부재하는 대상에 대한 끊임없이 욕망을 발산하며 생의 의지를 다져나가는 것으로 나타난다. 이와 같은 힘은 당시 현실문제에 대한 인식과 극복하고자 하는 의지에서도 반영되고 있음을 살펴볼 수 있었다. 또한 시적 주체의 내재적인 힘은 '욕망의 토대'마저 무너진 '한국전쟁' 이후 이를 극복해나갈 수 있는 기반이 되고 있음을 알 수 있다.

이와 함께 본고에서 주목하고자 한 바는 신동엽의 '한국전쟁' 체험이다. 전쟁 체험을 통해 '죽음'에 대한 사유가 본격적으로 이루어진다. 전쟁을 통해 상실한 대상을 욕망할 수 있는 토대마저 무너졌을 때, 시적 주체에게 다가오는 것은 '죽음'이다. 이러한 '죽음'에 대한 사유는 타자에 대한 사유를 확장하면서 '공동체'에 대한 사유까지 나아간다. 그 결과 시적 주체는 전쟁으로 인해 무너진 토대 위에서 새로운 토대를 세우기 위해 스스로 죽음을 선택하고자 하는 모습을 보인다. 그러나 그마저 실패함으로써 죽음을 유보한 상태로 '방랑'하면서 또 다른 국면을 맞이하게 된다. 이에 대한 방향 설정으로써 스스로를 '실패한 혁명'의 위치에 놓는다. 이를 통해 '새로운 세계와 질서' 그 자체보다 기존의 세계와 질서에 '균열'을 일으킴으로써 '가능성'의 공간을 열어두고자 했다.23) 이와 같은 구도는 이후 신동엽의 시에 대한 사유가 집약되어 있는 「시인정신론」과 맥락을 같이하고 있음을 확인할 수 있다. 곧, 등단 이전의 전쟁 체험을 바탕으로 형성된 사유의 흐름이 밑바탕이 되었음을 확인할 수 있다.

본 연구의 의의는 비교적 다루지 않았던 습작기 시를 통해 신동엽의 시 세계가 어떻게 형성되었는지 그 과정을 밝히는 데 있다. 이때 중점으로 살펴볼 수 있었던 것은 '사랑'과 '죽음'이며, 한국전쟁을 통해 나타나는 시적 변화이다. 신동엽의 시적 사유에 있어서 '동학'이 핵심적인 위치에 놓이지만, 습작기 시에 나타나는 '사랑과 혁명의 실패'를 통한 전개 과정을 함께

---

23) 지젝은 혁명이라는 '단숨의 도약'을 완수하는 것은 과거와 전통 속에서 지지물을 찾았기 때문이 아니라 '미래로부터 오는 혁명'속에서 자신을 반복하는 과거 이미지 그 자체로 열린 미래로 인해 충분하기 때문이라고 말하며, 실패한 시도들은 오직 '반복'을 통해서만 완성될 것이라고 설명한다. (슬라보예 지젝, 이수련 역, 위의 책, 2013, 229쪽.)

놓을 때 신동엽 시세계의 세밀한 접근이 가능하다. 이와 관련하여 등단 이후 작품에 대해 '실패한 혁명'으로써의 '연대(불)가능성'으로 접근할 수 있으며, 이는 차후 연구에서 보다 심도 있게 다뤄보고자 한다.

팬데믹 이후의 인문학과 '전경인(全耕人)'*

차성환

Ⅰ. 코로나19와 기생(寄生)인문학이라는 바이러스
Ⅱ. '전경인(全耕人)', 인문학적 주체의 가능성
Ⅲ. 인문학의 소명과 욕망의 윤리

---

1. 코로나19와 기생(寄生)인문학이라는 바이러스

이 글은 코로나19 팬데믹 사태 이후 시대의 인문학이 나아가야할 방향을 숙고하는 데에 목적이 있다. 2020년 올해는 코로나19 팬데믹 사태가 발생한 해이면서 신동엽 탄생 90주년이자 그가 품었던 시정신의 원천이라고 할 수 있는 4 · 19혁명이 60주년을 맞는 해이기도 하다. 신동엽[1]은

---

* 차성환, 「팬데믹 이후의 인문학과 '전경인(全耕人)'」, 『한국언어문화』 제73호, 한국언어문화학회, 2020.12.

1) 신동엽(申東曄)은 1930년 8월 18일 충남 부여, 가난한 농부의 집안에서 태어났다. 전주사범학교를 중퇴하고 단국대 사학과를 졸업한다. 한국전쟁 당시 인공 치하에서 민주청년동맹 선전부장으로 활동하다가 인민군 퇴각 후에는 국민방위군에 징집되어 대구수용소에서 지내는 등 고초를 겪는다. 1959년 조선일보 신춘문예에 장시 「이야기하는 쟁기꾼의 대지」가 입선하여 문단에 나온 후, 1963년 시집 『아사녀(阿斯女)』(문학사)를 출간하고 1967년에는 장편서사시 「금강」을 발표한다. 1966년 6월에 단

주로 1960년대, 아나키즘과 동학사상에 깊은 관심을 가지고 남북분단과 군부독재, 인간성을 파괴하는 현대문명과 같은 당대 한국사회의 모순을 타개하기 위해 민족/역사정신과 저항정신을 부르짖으며 이를 작품으로 승화시킨 시인이다. 그의 '전경인' 사상은 코로나19의 팬데믹 사태를 촉발한 현대 문명과 자본주의 체제를 극복할 수 있는 인문학의 가능성을 사유할 수 있는 자리를 새롭게 마련해준다. 신동엽이 활동한 1960년대와 코로나19 팬데믹이 발생한 2020년대는 시대적 격차가 있고 상황 또한 다르지만, 신동엽이 가진 자본주의 체제에 대한 비판과 위기의식은 지금도 유효한 사유의 지점을 제공해주는 것이다.

현대 문명의 무자비한 자연 착취와 미국식 신자유주의적 자본주의 체제가 코로나19의 팬데믹 사태를 부추긴 원인으로 지목되고 있다.[2] 홍기빈은 신종 코로나 바이러스 사태 이후 자본주의를 지탱하던 4개의 체제—생활의 도시화, 산업의 지구화, 가치의 금융화(신자유주의적 금융자본주의), 환경의 시장화(생태 위기)—가 흔들리면서 문명이 완전히 새로운 방식으로 바뀔 것으로 보고 미래에 우리의 목표로 삼아야할 3가지 원칙으로 사회적 방역시스템, 고용보장제, 그리고 소비가 미덕인 현대 문명의 자본주의 시스템을 잠시 멈추고 인간과 이웃과 자연이 함께 지복을 누리는 '좋

막 시극(詩劇)「그 입술에 패인 그늘」이 국립극장에서, 1968년 5월에 오페레타「석가탑」이 드라마센터에서 상연된다. 1969년 4월 7일 40세에 간암으로 생을 마감하였다.

2) 21세기에 들어 사스, 신종플루, 메르스, 코로나19 등의 바이러스 감염병이 계속적으로 발생하는데 이는 자본주의 체제 내에서 공장형 축산으로 운영되는 농축산업에 가장 직접적인 원인이 있다. "자본주의 생산양식에 내재돼 있을 뿐 아니라 신자유주의 50년 동안 세계화되고 집약화된 산업 관행 때문에 점점 더 치명적인 병원체가 번식되고 있다." Lee Humber,「질병은 왜 확산되는가?:자본주의와 농축산업」, 마이크 데이비스 외, 장호종 엮음,『코로나19—자본주의의 모순이 낳은 재난』2판, 책갈피, 2020, 28−37쪽; 원문: Lee Humber, What makes a disease go viral?, Socialist Review 455(March 2020).

은 삶에 대한 성찰을 제시하고 있다.[3] '좋은 삶'에 대한 성찰, 곧 인간의
자유와 평등을 실현할 수 있는 보편적 '행복'에 대한 성찰은 인문학[4]의 영
역이다.

박영식은 인문학 위기의 요인들로 학문과 산업의 연계, 자본주의의 오
염, 과학기술의 발전, 교육제도 상의 문제를 들면서 이를 극복하기 위해
인문학이 수행해야 할 몫이자 그 특징을 다음과 같이 말하고 있다. 첫째,
인문학은 언어를 바르게 사용하는 일에 역점을 둔다. 둘째, 인문학은 현상
에 대하여 종합적 사고, 종합적 시각, 종합적 판단을 하게 한다. 셋째, 인문
학은 비판적으로 사고하게 하는 학문이다. 넷째, 인문학은 윤리지향적이
다.[5] 무엇보다도 현재 가장 시급한 인문학의 역할은 시대에 대한 비판정
신이다. "기호를 앎의 대상으로 하는 인문학은 지각할 수 있는 기호 속에
서 비지각적인 의미를 찾아내고 해석을 해석하는 학문"[6]이라고 할 때, 신
동엽의 시, 산문 텍스트에 대한 해석을 통해 그가 보여준 시대에 대한 저
항/비판정신을 현재 인문학의 정신으로 의미화하는 것 또한 인문학 본연
의 일일 것이다.

최근에는 소위 '대중인문학'이 대세로 자리 잡아 관공서와 기업체에서
교육 프로그램을 만들고 서점에서는 대중인문서가 불티나게 팔리는 현상
을 목도하게 된다. 미디어 시장에서는 '예능인문학'이 뜨고 있으며 인문

---

3) 홍기빈, 「새로운 체제」, 최재천 외, 『코로나 사피엔스』, 인플루엔셜, 2020, 104−
   125쪽.
4) 인문학(人文學, humanities)은 "자연을 다루는 자연과학(自然科學)에 대립되는 영역
   으로, 자연과학이 객관적으로 존재하는 자연현상을 다루는데 반하여 인문학은 인간
   의 가치탐구와 표현활동을 대상으로 한다."−서울대학교 교육연구소, 『교육학용어
   사전』, 하우동설, 2011.
5) 박영식, 『인문학 강의』, 철학과현실사, 2011, 68−84쪽.
6) 박이문, 『더불어 사는 인간과 자연』, 미다스북스, 2001, 41쪽.

교양의 메시지를 전달하기보다는 인문학을 예능화해서 인문학 자체를 먹기 좋은 콘텐츠(스낵 컬처)로 만들어 상품으로 내어놓는 양상을 보이고 있다.[7] 더불어 스타 인문학강사를 만들어 내는 통로가 되기도 한다. 이들은 인문학을 배우면 자본주의 시장에서 더 성공할 수 있다는 메시지를 내세운다.

코로나19 바이러스가 창궐하는 것과 마찬가지로 인문학이 바이러스처럼 퍼져나가고 있다. 자본주의 체제에 기생하는 인문학 바이러스라는 용어가 적절해 보인다. '기생인문학'은 체제에 대한 비판정신을 상실한 채 자본주의의 소비 방식에 기대어 스스로를 상품화시키는 것을 목적으로 하는 인문학을 의미한다. 대중과의 소통이라는 가면을 쓰고 대중의 입맛에 맞추어 인문학을 소비재로 만들 때 인문학은 이곳의 현실을 외면하게 된다. 고영직은 오늘날의 인문학이 치료의 기능을 하며, 삶의 비전을 제시하고, 성공을 위한 상상력을 제공하는 것으로 '소비'됨으로써 일종의 자본주의적 순치(順治) 프로그램으로 작동해 '자기계발하는 주체'의 탄생에 적극 가담하고 있다고 진단한다.[8] 지금의 인문학은 "삶을 바꾸긴커녕 현재

---

7) 양은아는 'TV 인문학 프로그램'이 '교양'과 '예능' 장르 간의 혼성모방, 혼종성을 특징으로 하는 탈경계적 접합이 교차되는 위상전이 특성을 드러내고 있으며 "가볍게 소비되기 쉬운 상품으로서의 스낵컬처화", 히트상품 제작의 요소로서의 "스타강사 만들기"와 "연예인 패널의 보편화", "편집기술을 활용한 완전체 상품과 문화주의로의 포장", "빅머니 대중인문교양시장의 창출과 허브"라는 특성을 내재하고 있다고 본다. 지금의 'TV 인문학 프로그램'이 자본주의의 물성화를 극단적으로 드러내는 '교양의 문화상품화'만이 아니라, 교양 프로그램을 차별화하는 '메시지' 자체가 연성화되고 있다는 점을 지적하고 있다. (양은아, 「예능인문학: 'TV 인문학 프로그램'의 위상전이」, 『평생교육학연구』 26권 2호, 한국평생교육학회, 2020, 207－247쪽.)
8) 고영직, 「운동으로서의 실천인문학을 위하여」, 『문화과학』 63, 문화과학사, 2010, 163－164쪽. 이어서 그는 "실천인문학은 자본이 요구하는 인간형을 양성하는 일과는 무관"하며 "성찰적 사고의 힘을 통해 자신의 해방적 힘을 분출하는 동시에, 우리 사회의 구조적 모순에 대한 인식을 갖춘 '위험한 사람'을 만드는 것이 목표가 되어야" 한다고 주장한다.－같은 책, 167쪽.

의 상태대로 유지시키거나 체념한 채 머무르도록 마비시키는 위약僞藥효과로서의 인문학"9)이다. 비판정신과 저항적 운동성을 상실한 채 체제에 기생하는 인문학에는 미래를 기대할 수 없다.

자본주의 체제에 따른 문제점과 함께, 현대 문명의 발달로 계속되는 자연 원료의 고갈, 환경오염, 오존층 파괴, 기후 변화 등 위기의 징후들은 20세기 중후반부터 계속 나타났지만 인류는 이 경고음을 심각하게 받아들이지 않았다. 인문학의 위기에 대한 담론 또한 반복적으로 제기되었지만 아직까지 실질적인 대안을 찾고 있지 못한 실정이다. 코로나19의 팬데믹 사태를 맞아 현재의 인문학을 점검하고 이후의 인문학을 사유하는 것은 반드시 필요하며 시의적절한 일일 것이다. 자본주의 체제에서 '인문학'이란 무엇인지, 팬데믹 사태에 이르러 '인문학'은 무엇을 할 수 있는지를 다시금 환기해야한다.

2. '전경인(全耕人)', 인문학적 주체의 가능성

신동엽은 1961년 2월에 발표한 「시인정신론」이라는 산문을 통해 '전경인'개념을 처음으로 제시한다. 신동엽은 당시 자유당의 부패와 이승만의 독재, 4·19혁명, 박정희의 쿠데타와 군부 독재로 이어지는 일련의 정치적 상황을 분명히 지켜보고 있었다. 1960년대는 박정희 정권이 경제개발 5개년 계획을 들고 나와 대기업의 독점자본을 전폭적으로 지원하면서 민중의 노동력 착취를 발판으로 국가 경제 발전을 이루려던 시기였다. 신동엽은 한국사회에 불어 닥친 정치, 경제 분야의 변화에 비판적 의식을 갖고

---

9) 최진석, 『불가능성의 인문학』, 문학동네, 2020, 5쪽.

있었으며 무엇보다도 현대문명과 자본주의의 폐해를 가장 큰 문제점으로 지적했다.

　　원자핵 연구소의 천만길 솟은 밀실 속에서 가정도 세계도 자기 인생의 귀로마저도 말살당한 맹목 기능자들의 발광적인 활약에 의하여 또 하나의 더 무서운 맹목 기능자, 눈도 코도 귀도 없는 방사능의 집단을 분출시키고 있다./문학이라고 불리는 단자(單子)가 직업 명사화한 것은 이미 옛날의 일이며 그것은 다시 더 영업적인 아들에 의하여 분주히 분가(分家)되어나가고 있다. 이발사, 구두수선공, 영문타자수 등 한줄에 꿰 매달린 직업 명패 가운데서 시업가 소설업가 평론가 등 동류품적 명패를 발견할 수 있는 것도 결코 난처한 일이 아닌 현대가 되어버렸다. 신문은 다시 또 심리 전문, 행동 전문, 애욕 전문, 계율 전문 등 영업적 전문 점포로 분가를 거듭해나가고.//오늘날 철학, 예술, 과학, 경제학, 정치, 종교, 문학 등은 인생에의 구심력을 상실한 채 제각기 천만개의 맹목 기능자로 화하여 사방팔방 목적 없는 허공 속을 흩어져 달아나고 있다.///(중략)//흔히 국가, 정의, 원수(元首), 진리 등 절대자적 이름 아래 강요되는 조형적 내지 언어적 건축은 그 스스로가 5천년 길들여온 완고한 관습적 조직과 생명과 마력을 지니고 있는 것으로서 현대 인구 거의 전부가 이 일에 종사하면서 이곳으로부터 빵을 얻어먹고 생의 근거를 배급받으며 다시 이것을 모셔 받들어 살찌게 만들어주고 있는 것이다. 대지에 발 벗고 눌어붙어 자급자족하는 준전경인적 개체들을 제외하고는 거의 모든 인구가 조직되고 맹종되고 전통화된 차수성적 공중기구 속에서 생의 정신적 및 물질적 근거를 급여받고 있다. 시야 가득히 즐비하게 솟은 이러한 조직과 체계와 산봉우리들은 제각기 특유한 생리와 특유한 수단 방법으로써 자체 생명의 이익을 확충시켜가면서, 허약한 공분모(公分母) 위에 뿌리박아 마치 부식작용하는 곰팡이의 집단처럼 번식해가고 있다. 하여 분자가 확대되면 확대될수록 한정된 어머니 즉 일정한 대지로부터 양식을 빨아들이는 그들 공중기구는

기근을 모면할 수 없을 것이며 영양실조에 빠지게 될 것이며 종국에
가서는 생존경쟁의 광기성에 휘몰려 맹목적인 상쇄로써 불경기를
타개하려고 발악하고 발광하고 좌충우돌하기에 이를 것이다. 무수
한 기생탑의 층계 아래 장(章)과 절(節)과 구(句)의 마디마디 들어붙
어 꿈틀거리는 부분품으로서 물리적 기능을 행위하고 있는 형형색
색의 이들 맹목 기능자는 항상 동업자들끼리의 경쟁에서 도태될 위
태성을 의식하고 있는 것이기 때문에 스스로의 안전한 영업입지를
닦기 위하여 왼눈 곰배팔이를 다시 더 사상(捨象)하고 바늘 끝만 한
시점에다 전역량을 집중하여 특수 특종한 기능을 뽑아 늘이는 일에
로 기형적 분지(分枝)를 거듭하고 있다. 현대의 예술, 종교, 정치, 문
학, 철학 등의 분업스런 이상 경향은 다만 이러한 역사적 필연 현상
으로서만 설명이 될 수 있을 것이다. 모든 것은 상품화해가고 있다.
이러한 광기성은 시공의 경과와 함께 배가 득세하여 세계를 대대적
으로 변혁시킬 것이다.

— 산문 「시인정신론」 부분10)

‘전경인(全耕人)’은 우선 문자상 ‘온전히 밭을 가는 사람’ 정도로 해석할
수 있을 것이다. 신동엽은 산문 「시인정신론」에서 ‘전경인’은 “밭 갈고 길
쌈하고 아들딸 낳고, 육체의 중량에 합당한 양의 발언, 세계의 철인적 · 시
인적 · 종합적 인식, 온건한 대지에의 향수적 귀의, 이러한 실천생활의 통
일을 조화적으로 이루”며 “철학, 과학, 종교, 예술, 정치, 농사 등 현대에
와서 극분업화 된 이러한 인간이 가질 수 있는 모든 인식을 전체적으로 한
몸에 구현한 하나의 생명”이어야한다고 말한다. 이에 대해 김종철은 신동
엽의 산문 도처에 나타나는 인류학적 사고를 지적하면서 통합되고 조화

---

10) 이 글은 『신동엽 시전집』(신동엽, 강형철 외 편, 창비, 2013)와 『신동엽 산문전집』
    (신동엽, 강형철 외 편, 창비, 2019)을 주 텍스트로 한다. 이하 시 인용의 경우 ‘「제
    목」’, 산문 인용의 경우 ‘산문 「제목」’으로 표기한다.

로운 인격으로서의 '전경인'은, 평등하고 조화로운 사회 관계에 기초하여
협동적 노동과 축제와 건강한 문화가 꽃피었다고 생각되는 '생활의 시대'
의 이상을 회복하기 위한 공동체를 전제로 한 개념이라고 본다.[11] 김응교
는 신동엽의 '전경인정신'이 철저한 현실인식에서 출발한 사상으로 모순
된 사회구조의 극복을 위해 제시된 것이며 '문화적 원시주의'의 성격을 띤
다고 보았다. 신라를 탐구하는 서정주의 '시대적 원시주의'가 추상적인 과
거에로의 '회상'이라면 그가 제시하는 '원수성세계'는 미래 설정을 위해 과
거를 '채용'하는 의미를 갖는다는 것이다.[12] 신동엽의 시에는 백제나 고구
려와 같은 상고시대에 대한 향수를 드러내는 경향이 있지만 "그의 복고주
의는 과거의 질서 또는 과거의 풍습에 대한 막연한 그리움에 따른 것이 아
니라 민족적 순수성의 회복이라는 차원에서 이해"[13]될 필요가 있다. 그는
"유토피아를 지향했던 시인"으로 "문명의 시대와 더불어 잃어버렸던 시
인의 사명을 다시 상기하고 그것을 미래에 투사하여 회복하고자 했던
것"[14]이다. 유성호는 신동엽이 "복고적인 음풍영월과 언어적 기교주의를
비판하면서 문명(그것은 당대적 의미로 번안하면 전쟁일 수도 있다)의 발
전이 초래한 비극을 전체적 삶이 실현가능한 전경인(全耕人)적 삶으로 치
유하려 하는 역사적 비전을 갖고 있었다"고 본다.[15]

　　신동엽은 타락한 문명의 현 시대를 '차수성'의 세계로 보고 인간과 자연
이 파괴되는 이 시대를 극복하기 위해서는 문명 이전의, 인간과 자연이 공

11) 김종철, 「신동엽의 道家的 想像力」, 구중서 · 강형철 편, 『민족시인 신동엽』, 소명
　　출판, 1999, 51-74쪽.
12) 김응교, 「신동엽 시의 장르적 특성」, 위의 책, 607쪽.
13) 신경림, 「역사의식과 순수언어-신동엽의 시에 대해서」, 위의 책, 34쪽.
14) 오문석, 「신동엽의 시론 연구」, 『인문학연구』 48권, 조선대학교 인문학연구원,
　　2014.8, 27쪽.
15) 유성호, 「1950년대 후반 시에서의 '참여'의 의미-박봉우 신동문 신동엽을 중심으
　　로」, 『민족문학사연구』 10권, 민족문학사학회 · 민족문학사연구소, 1997.3, 191쪽.

존하고 서로 화합하는 '원수성'의 세계로 되돌아가야한다는 역사관을 기술하고 있다. '차수성'의 세계 다음에 도래하는 것은 '원수성'의 세계와 같이 충만한 생명력이 발현되는 '귀수성'의 세계이다. '전경인'은 바로 시대의 모순이 가득한 '차수성'의 세계를 넘어서서 인류를 '귀수성'의 세계로 인도해야할 사명을 가진 자를 의미한다. 즉 '전경인'은 문명의 단순한 기능자가 아닌, 대지에 온전히 발을 붙이고 인류의 미래를 위해 종합적으로 사유하고 실천하는 자를 뜻하는 것이다. 신동엽은 4·19혁명 이후 김수영과 함께 참여시의 기수로서 당대의 현실 정치와 사회적 모순에 정면으로 대결하고 이를 극복하려 했던 시인이다. 신동엽은 진정한 '참여시'와 '참여시인'의 역할에 대한 사유의 연장선상에서 '전경인'이라는 이상적인 시인의 형상을 '원수성'―'차수성'―'귀수성'이라는 자신의 역사관 위에 구현한 것이다. 자연에 대해 "어머니", "대지"라는 비유적 표현에서 보듯이 '전경인'은 대지 위에 선 온전한 인간으로서 현대 문명이 무차별적으로 자연을 파괴하는 현실을 극복하기 위한 새로운 생태주의적 인간형이다.16) '전경인'은 곧 동학사상이 보여준 '보편적 평등주의'를 통해 다수―민중의 해방을 실현시키기 위한 "이념의 전달자", "상황의 한계에 갇혀 있는 다수―민중을 상황 너머로 이끌어줄 철인(哲人)"으로서 존재한다.17)

---

16) "신동엽이 풀어헤친 생태학적 상상력의 테두리는 크게 다음 두 가지이다. 하나는 자연과 인간의 조화이고 다른 하나는 인간과 인간의 조화이다. 이는 인간은 자연의 주인이 아니라 자연과 함께 상호 공존하고 공생하는, 나아가 자연의 일부라는 인식의 전환에서 얻어진 것이다. 신동엽이 집요하게 탐색해 들어간 비인간중심주의적 자연관은 만물일체, 만물평등이라는 동학사상에 크게 힘입은 것이다. 그리고 그의 생태론적 사유가 보여준 다른 하나는 인간에 대한 인간의 지배가 아니라 인간 상호 간에 존중되는 인간들 사이의 수평적 관계를 추구했다는 점이다. 인간에 대한 인간의 지배를 비판하는 그의 그러한 사유는 매우 선구적인 것이었다." (송기한, 『1960년대 시인 연구』, 역락, 2007, 40쪽.)

17) "신동엽은 당대가 불가능한 것으로 규정하는 다수―민중의 해방적 사유를 가능한 것으로 전환시키기 위해 동학의 사상, 더 정확히는 그것의 토대 공리라 할 '보편적

'전경인' 개념은 신동엽이 시대의 소명을 밝히는 시인의 이상적인 모델로서 제시한 것이지만 "산간과 들녘과 도시와 중세와 고대와 문명과 연구실 속에 흩어져 저대로의 실험을 체득했던 뭇 기능, 정치, 과학, 철학, 예술, 전쟁 등 이 인류의 손과 발들이었던 분과들을 우리들은 우리의 정신 속으로 불러들여 하나의 전경인적인 귀수적인 지성으로서 합일시켜야 한다"는 전언은, 그가 생각한 이상적인 시인('전경인')이 곧 실천과 지성을 겸비한 "'종합인(綜合人)'"으로서의 인문학자에 가깝다는 것을 알려주고 있다.[18] 언뜻 보면 대학의 세분화된 분과 학문 체제 속에서 기능적인 자기 학문에만 몰두한 채 종합적인 사고에 이르지 못하고 역사의 시급한 시대적 요청을 외면하는 문제를 비판하고 있는 것처럼 들리기도 한다. 분과 학문 체제를 지양하고 종합적 사유의 필요성을 역설하는 부분은 지금도 새

　　평등주의'를 시적으로 전유하였다. 동학의 평등주의를 다수―민중의 정치(식별 불가능한 정치)가 불법화된 상황 속에서 그러한 정치의 가능함을 증명해줄 대문자 이념으로 상정한 것이다. 아울러 그는 당대의 시인이 이러한 이념의 전달자, 즉 상황의 한계에 갇혀 있는 다수―민중을 상황 너머로 이끌어줄 철인(哲人)의 역할을 기꺼이 떠안아야 한다고 주장하였다." (김희정, 「신동엽 시에 나타난 정치적 진리 절차 연구―알랭 바디우의 메타정치론을 중심으로」, 이화여자대학교 대학원 박사논문, 2018, 58쪽.)

18) "대지 위에서 자기대로의 목숨과 정신과 운명을 생활하다 돌아간 의젓한 전경인적인 육혼의 체득자, 시(詩)의 철(哲)의 인(人)"("산문「시인정신론」)이라는 표현에서도 '전경인'이 문학과 철학을 동시에 사유하는 인문학자와 유사함을 알 수 있다. 박이문은 오늘날의 인문학이 철학, 문학, 예술을 포괄하는 '표현 인문학'에서 과학까지 모두 포함하는 '통합 인문학'으로의 확장을 요청받고 있다면서, 전문지식보다는 통합·융합적 지식을 통한 창조적 사고가 필요하다며 이를 과학의 인문적 통합의 원리로서 '둥지의 철학'이라고 부를 것을 제안한다.(박이문, 「둥지의 철학」, 앞의 책, 63―82쪽.) 신동엽이 꿈꾸었던 '전경인'을 '둥지의 철학'이란 개념으로 연결 지을 수도 있을 것이다. 그러나 이 글의 목적은 팬데믹 이후의 바람직한 인문학의 구체적인 모델을 탐구하는 것이 아니라, 신동엽이 자신의 역사관 위에 '전경인'을 위치시키고 체제의 혁명을 꿈꾸었던 과정을 살펴봄으로써 인문학의 정신을 다시 사유하기 위함이다.

겨들어야 할 대목이다.[19]

자본주의 체제 하에서 정치, 관료, 상업, 학문이 모두 경제적 합리성과 이윤을 중심으로 분업화해가는 현상이 결국은 인간을 "전문 맹목 기능자"들로 만들어 현 체제의 부속품으로서 전락시킨다. 인간은 "국가, 정의, 원수(元首), 진리 등 절대자적 이름 아래 강요되는 조형적 내지 언어적 건축"에 저항하지 못하고 체제의 가치를 따라가게 되는 것이다. 기성체제의 질서에 맹목적으로 따라가고 체제를 재생산하는 데에 기능하는 인간을 '주체'라고 할 수는 없다. 신동엽은 "차수성의 세계가 건축해놓은 기성관념을 철저히 파괴하는 정신 혁명을 수행"해야 하며 "문명기구 속의 부속품들처럼 곤경에 빠"져서는 안 된다고 역설한다. 김현은 현대 문학이 체제 내에서 저항정신을 잃고 부속품이 되는 사태에 대해 다음과 같이 말하고 있다.

"(중략) 마찬가지로 현대 문학은 인간이나 삶의 부조리하고 억압적인 면을 날것 그대로 드러냄으로써 억압을 최소한도로 줄여야 한다는 당위성에 오히려 억압당하고 있다. 그래서 그 부조리와 억압을 성급하게 드러내려고 애를 쓰다가 그 노력을 오히려 사회 속에 편입시키려는 지배적 이데올로기의 내적 운동에 자신을 맡겨 버리게 되

---

19) 대학이 전인 교육과 멀어지게 된 것은 분과학문으로서의 학과 체제가 도입된 19세기 말부터이다. 분과학문 체제는 분업이라는 자본주의적 생산 양식을 대학의 학문에 적용한 체제이다. 아담 스미스가 핀을 만들 때 분업을 통해 생산되는 핀의 개수가 혼자서 핀을 만들 때보다 몇 천배가 된다고 설명하는 것과 같이 분업은 생산성을 향상시키는 뛰어난 방법이다. 학문에서의 분업 체제 역시 핀을 만들 때와 마찬가지로 특정 학문 분야의 세부 분야에 연구가 집중된다면 논문 편수로 측정되는 연구 성과는 개별 연구자가 통합 과정을 거치면서 이루어지는 연구 성과와 비교할 수 없을 만큼 증대할 것이다. 그러나 연구의 목적이 연구 대상에 대한 통합적 이해를 도모하고 있다면 분업을 통해 이루어지는 연구 성과는 연구 대상에 대한 통합적 이해와는 거리가 멀어진다. (고부응, 「인문학의 몰락, 대학의 몰락」, 『비평과이론』 제22권 1호, 한국비평이론학회, 2017.1, 21-22쪽 참조.)

는 것이다. 사회의 모순을 과감하게 드러내려는 사람이 그 사회에 의해 인정받기를 바라는 희한한 사태가 벌어지는 것도 그것 때문이다. 그 사회의 억압을 드러냄으로써, 그 사회 속에 건전하게 자리잡는다는 그 역설! 현대 문학은 바로 그 역설 속에 갇혀 있다. 가짜 욕망과 가짜 자유가 지배하는 공식 문화 속에 편입되기를 요구하는 부정의 문학이야말로 거짓말의 세계이다. (중략) 문학은 모든 것을 획일화시키려는 소비 사회의 집단주의적 경향에, 유용하지 않다는 그 내재적 특성으로 저항한다. 중요한 것은 그때에 그 저항까지를 획일화시키지 않는 노력이다./문학은 억압하지 않는다. 그러나 그것은 억압에 대해서 생각하게 만든다. 어떻게 해서? 문학은 저항한다는 구호에 의해서, 명백한 고발에 의해서 억압에 대해 생각하게 만드는 것이 아니다. 그것은 인간을 억압하는 기존 질서와 그것이 만들어내는 우상 숭배적, 物神的 사고를 파괴함으로써 억압에 대해 생각하게 만든다. 우상 숭배는 억압의 정체를 보지 않아도 되게끔 인간을 가짜로 위로시킨다."(중략)//"우리는 고통하기 위해서 태어난 것이 아니다. 우리는 행복스럽게 살기 위해서 태어난 것이다. (중략) 그러나 바로 이 시대가 고통스럽고 가난한 시대이기 때문에 오히려 우리는 행복을 생각하지 않으면 안 된다. 이 시대에 행복을 생각한다는 것은 고통스럽다."[20]

현대 문학은 삶의 부조리와 억압을 드러내려고 하지만 그러한 노력이 소비 사회의 지배적 이데올로기에 편입되어 "그 사회의 억압을 드러냄으로써, 그 사회 속에 건전하게 자리잡"게 되는 역설적인 상황에 놓이게 되고, 결국에는 "가짜 욕망과 가짜 자유가 지배하는 공식 문화 속에 편입되기를 요구하는" 거짓말의 세계에 이르게 된다.[21] 이는 현재의 인문학이

---

20) 김현, 「문학은 무엇에 대해 고통하는가」, 『전체에 대한 통찰』, 나남, 1990, 127-128쪽.
21) 김현은 소비 사회가 소비를 통한 가짜 욕망을 증식시키고 인간이 그 안에서 모든 것을 자유롭게 선택할 수 있다는 가짜 자유를 느끼게 해 준다고 지적하고 있다. "소

대중과의 실질적인 소통 이전에 '대중인문학'이라는 이름으로 선제적으로 상품화되고 소비되는 현상에 대한 비판으로도 읽힌다. 이어서 문학이 제 기능을 하기 위해서는 "인간을 억압하는 기존 질서와 그것이 만들어 내는 우상 숭배적, 物神的 사고를 파괴함으로써 억압에 대해 생각하게 만"들어야 한다고 주장한다. 이 소비 사회의 시대가 고통스럽고 가난한 시대이기에 오히려 '행복'에 대해 사유해야 한다는 것이다. 이러한 문학을 두고 김현은 "불가능성에 대한 싸움"[22)]이라고 규정했다.

바디우는 철학을 '행복'에 대한 사유라고 정의 내린다. 모든 철학은 행복의 형이상학, 즉 참된 삶을 옹호하는 것이며 행복이란 진리에 이르는 모든 통로를 가리키는 표지라는 것이다. 또한 이 시대에 철학을 방해하는 장애물로 '상품의 지배'와 '의사소통의 지배', '화폐의 지배', '생산적/기술적 전문화의 지배'를 언급하면서, 이에 대항하기 위해서는 1차적으로 무조건적인 욕구의 정지점이 필요하다고 본다. 지배적인 의견들에 순응을 멈추고 사유가 분유하는 진리들을 신뢰하는 것만이 행복의 유일한 길이다. 이 시대가 말하는 '행복'은 동물적인 '만족'에 지나지 않으며 이 또한 거대자본을 가진 소수 집단에게만 집중되어 있다. 보편적이지 않은 행복은 개인

비 사회의 최대의 특징은 인공적으로 욕망을 만들어 내는 데에 있다. 칼로 깎아도 되는데 '연필을 깎는 기계를 만들어 내고, 부품의 하나를 더욱 개량하여 새로운 기계를 만들어 내어 새로운 것을 사용하는 것이 문화적이고 진보적이라는 환상을 소비자들에게 소비 사회는 열심히 불어넣어주고 있다. 다시 말해서 불필요한 것과 피상적인 것을 소비하고 싶다는 가짜 욕망을 불러일으키게 하는 것이다. 그 가짜 욕망은 그러나 인간에게 자기가 억압당하고 있다는 느낌을 불러넣어 주기는 커녕 자기가 자유로우며, 그래서 모든 것을 자유롭게 선택할수 있다는 가짜 자유를 느끼게 해 준다."—(김현, 「문학은 무엇에 대해 고통하는가」, 위의 책, 124-125쪽.) 바디우 또한 "세계가 제시하는 자유는 상품들의 유통망에서 마련된 것에 사로잡힌 자유"라면서 상품의 지배에 봉기해서 진정한 자유를 사유해야한다는 동일한 문제의식을 보여준다.—(Alain Badiou, 박성훈 역,『행복의 형이상학』, 민음사, 2016, 22쪽.)
22) 김현, 「문학은 무엇을 할 수 있는가」, 앞의 책, 123쪽.

적이며, 실재적 행복이 아니다.[23]

> (중략)행복은 언제나 불가능한 것의 향유이다./내가 '사건의 귀결'
> 이라 지칭하는 것은 그러므로 세계 내에서 진행되는 구체적인 과정
> 이며, 과거에 불가능했던 무엇의 가능성을 다양한 형태로 전개한다.
> 따라서 이는 또한 행복을 실현하는 힘과 같은 것이다. 나는 이런 종
> 류의 과정을 사건에 대한 '충실성(fidélité)'이라고 명명한 바 있다. 달
> 리 말하자면 충실성이란 세계의 법칙이었던 불가능성의 새롭고 급
> 진적인 가능성을 수용하는 행위, 창조, 조직화, 사유이다. 그렇다면
> 우리는 이렇게 말할 수 있다. 완전한 실재적 행복은 하나의 충실성
> 이다./충실하다는 것은 사건의 귀결을 받아들임으로써 변화의 주체
> 가 되는 것이다. 우리는 또한 새로움은 언제나 새로운 주체의 외관
> 을 지니며, 그러한 주체의 법은 '오래된' 세계에서 금지된 가능성으
> 로 드러나는, 불가능성의 지점으로서 새로운 실재를 세계 속에서 실
> 현하는 것이라고 말할 수 있다. 그러니까 주체가 될 능력이 있다고
> 밝혀진 한 개별자에게 행복은 주체의 도래이다.[24]

바디우는 "행복은 언제나 불가능한 것의 향유"이며 이를 실현하기 위해
서는 '사건'에 대한 '충실성'이 필요하다고 주장한다. '사건'이란 사유불가
능하기까지 했던 것의 가능성을 나타나게 하는 어떤 것이다. '사건'이 우리
에게 제안하고 우리가 '사건'에 대한 '충실성'("세계의 법칙이었던 불가능
성의 새롭고 급진적인 가능성을 수용하는 행위, 창조, 조직화, 사유")을 고
수할 때 그 사건의 가능성은 세계에 기입되는 '진리의 절차'가 이루어지고
비로소 '주체'가 가능해진다는 것이다. 이 "주체의 법은 '오래된' 세계에서
금지된 가능성으로 드러나는, 불가능성의 지점으로서 새로운 실재를 세계

---

23) Alain Badiou, 앞의 책.
24) Alain Badiou, 앞의 책, 86−87쪽.

속에서 실현하는 것"이다. 이는 '사건'이 '주체'(진리와 사건이 만나는 지점, 단독성)를 진리 안에서 구성하는, 주체 형성의 합리적 매듭을 보여준다.25)

신동엽에게 4·19혁명은 '사건'으로서 주어진다. 신동엽은 자신의 작품 속에서 4·19혁명의 정신과 의미를 끊임없이 되새김질하며 또 다른 혁명의 도래를 꿈꾼다. 가장 눈에 띄는 작업은 4·19혁명을 역사 속에 새롭게 자리매김 시키고자 하는 것이다. 1960년 4·19혁명 당시, 교육평론사에서 근무했던 신동엽은 그해 7월에 "혁명을 노래한 학생과 시민, 작가들이 쓴 시를 모아 엮은"『학생혁명시집』을 직접 제작해 출간한다. "이 시집은 시다운 형상미와 의식이 높은 작품을 선별하여 수록하고 있어 문학사적으로 매우 중요한 서적"이며 신동엽 자신의 시「아사녀(阿斯女)」가 실려 있기도 하다.26)

4월 19일, 그것은 우리들의 조상이 우랄 고원에서 풀을 뜯으며 양 달진 동남아 하늘 고운 반도에 이주 오던 그날부터 삼한(三韓)으로 백제로 고려로 흐르던 강물, 아름다운 치맛자락 매듭 고운 흰 허리 들의 줄기가 3·1의 하늘로 솟았다가 또다시 오늘 우리들의 눈앞에 솟구쳐오른 아사달(阿斯達) 아사녀의 몸부림, 빛나는 앙가슴과 물굽이의 찬란한 반항이었다.//(중략)//알제리아 흑인촌에서/카스피 해 바닷가의 촌 아가씨 마을에서/아침 맑은 나라 거리와 거리/광화문 앞마당, 효자동 종점에서/노도(怒濤)처럼 일어난 이 새 피 뿜는 불기둥의/항거……/충천하는 자유에의 의지……//길어도 길어도 다함 없는 샘물처럼/정의와 울분의 행렬은/억겁(億劫)을 두고 젊음처 뒤를 이을지어니

— 「아사녀(阿斯女)」 부분

---

25) Alain Badiou, 위의 책, 52-54쪽.
26) 김응교,『좋은 언어로-신동엽 평전』, 소명출판, 2019, 141-146쪽.

우리들은 하늘을 봤다/1960년 4월/역사를 짓누르던, 검은 구름장을 찢고/영원의 얼굴을 보았다.//잠깐 빛났던,/당신의 얼굴은/우리들의 깊은/가슴이었다.//하늘 물 한아름 떠다,/1919년 우리는/우리 얼굴 닦아놓았다.//1894년쯤엔,/돌에도 나뭇등걸에도/당신의 얼굴은 전체가 하늘이었다.

―「금강(錦江)」 부분

　　신동엽은 「아사녀(阿斯女)」에서 4·19혁명을, 우리들의 조상이 북방의 우랄 고원에서 반도로 이주해 "삼한(三韓)으로 백제로 고려로 흐르던 강물"이라는 유장한 역사의 흐름 속에서 순간 "솟구쳐오른 아사달(阿斯達) 아사녀의 몸부림, 빛나는 앙가슴과 물굽이의 찬란한 반항"이라고 규정한다. 이러한 "찬란한 반항"은 "3·1"운동 때 "하늘로 솟"으며 발현되었다가 4·19혁명 때 다시 나타나는 것이다. 북방에서 시작된 강물은 3·1운동과 4·19혁명 이후에도 "길어도 길어도 다함 없는 샘물처럼" "억겁(億劫)을 두고 젊음쳐 뒤를 이"어나간다. 4·19혁명은 한반도 안에서만 일어나는 국지적인 사건이 아니라 "알제리아 흑인촌"과 "카스피 해 바닷가의 촌 아가씨 마을"로도 번져가는 세계적인 사건이 된다. 4·19혁명 때 "솟구쳐오른" "물굽이의 찬란한 반항"은 "새 피 뿜는 불기둥의/항거"로 세계 곳곳으로 퍼져나가는 것이다. "신동엽은 이렇게 4월 혁명을 시간적·공간적으로 확대·심화시키고 있다. 그가 확대·심화하는 것은 '자유에의 의지'이며 '정의와 울분의 행렬'이다. 그리하여 4월혁명은 신동엽의 시를 통해 전 세계적, 전 역사적 사건이 되는 것이다."[27]

27) 최성수, 『온몸으로 밀고간 시의 자유정신 김수영 vs 사랑과 낭만으로 쓴 미래역사의 꿈 신동엽』, 숨비소리, 2005, 109-110쪽. 바디우가 철학은 '단독성'을 가지고 '집단적 주체'의 가능성을 타진하며 '공동체, 종교, 인종, 민족주의의 문제를 넘어' '세계의 불안정성' 내부에서 수행되어야 한다고 했을 때, 이 진리 절차는 신동엽의

「금강」은 동학혁명을 소재로 하는, 총 26장 4,800행의 장편 서사시로 한국문학사에 기념비적인 작품이다. 신동엽은 「금강」에서 1894년 동학 농민운동과 1919년 3·1운동, 1960년 4·19혁명을 한 줄기로 엮어 내면서 도래할 또 다른 혁명의 가능성을 노래한다. "검은 구름장"이라는 역사의 질곡을 헤치고 등장하는 "하늘", 곧 "영원의 얼굴"은 민중들이 자유롭고 평화롭게 살아가는 유토피아적 공동체를 계시(啓示)한다. "『금강』(1967)에서 4월정신을 멀리로는 동학정신으로부터 가까이로는 3·1운동까지 잡고, 이들 정신의 계승으로서의 4월혁명을 이야기"하는 것은, 지금에야 "상식처럼 되어 있으나 당시만 하더라도 문학사에서 4월혁명을 이처럼 민중들의 전통적인 혁명정신과 결부시켜 형상화시킨 예는 없었다"28)는 지적은, 그가 4·19혁명을 역사 속에 의미화 시키기 위해 얼마나 공을 들였는지를 알게 해주는 대목이다.

내 고향은/강 언덕에 있었다./해마다 봄이 오면/피어나는 가난.//지금도/흰 물 내려다보이는 언덕/무너진 토방 가선/시퍼런 풀줄기 우그려넣고 있을/아, 죄 없이 눈만 큰 어린것들.//미치고 싶었다./사월이 오면/산천은 껍질을 찢고/속잎은 돋아나는데,/사월이 오면/내 가슴에도 속잎은 돋아나고 있는데,/우리네 조국에도/어느 머언 심저(心底), 분명/새로운 속잎은 돋아오고 있는데,//미치고 싶었다./사월이 오면/곰나루서 피 터진 동학의 함성,/광화문서 목 터진 사월의 승리여.//강산을 덮어, 화창한/진달래는 피어나는데,/출렁이는 네 가슴

경우에도 해당된다. 신동엽의 문학은 4·19혁명이라는 누빔점을 통해 '단독성'을 획득하고 인민/민중(집단적 주체)의 가능성을 타진하며 국지적인 민족주의의 문제를 넘어 분단된 한반도의 부조리한 현실 속에서 수행하고 있기 때문이다. 거친 대입이긴 하지만 충분히 논구될 수 있는 지점이다.
28) 임헌영, 「한국문학에 나타난 4월혁명」, 정근식·이호룡 편, 『4월혁명과 한국 민주주의』, 선인, 2010, 598쪽.

만 남겨놓고, 갈아엎었으면/이 균스러운 부패와 향락의 불야성 갈아
엎었으면/갈아엎은 한강 연안에다/보리를 뿌리면/비단처럼 물결칠,
아 푸른 보리밭.//강산을 덮어 화창한 진달래는 피어나는데/그날이
오기까지는, 사월은 갈아엎는 달./그날이 오기까지는, 사월은 일어
서는 달.

―「4월은 갈아엎는 달」 전문

"사월은 갈아엎는 달"이라고 했을 때 '사월'은 논밭의 흙을 뒤엎어서 새
싹이 자랄 자리를 만들어내듯이 세상의 농사꾼(전경인)들이 용도 폐기된
땅거죽을 뒤엎어 재영토화하는 '역사의 한 시기'를 가리키는 혁명적 기표
에 속한다.[29] "사월이 오면/산천은 껍질을 찢고/속잎은 돋아나"듯이 "균
스러운 부패와 향락의 불야성"이라는 기존 질서의 타락한 것들을 갈아엎
어야만 "곰나루서 피 터진 동학의 함성"과 "광화문서 목 터진 사월의 승
리"가 피어나는 것이다. "껍질"은 「껍데기는 가라」에서 본질적인 "알맹
이"와 대비되는 비본질적인 "껍데기"와 동일한 상징을 갖는다. "뿌리까지
온전히 제거해야 할 '껍데기'란 인간과 사회, 인간과 자연의 관계를 파행
으로 치닫게 한 지배 중심의 사회체제를 의미한다"[30]. "사월"은 땅을 갈아
엎고 속아 새 생명을 기다리는 농사의 달이며 4·19혁명의 달이기도 하
다. "새로운 속잎"이 돋아나는, 또 다른 혁명의 날인 "그날"이 오기 위해서
대지를 갈아엎어야 한다. "새로운 속잎"을 보려면 이 땅을 갈아엎어야하
고 이 일을 수행할 수 있는 이가 바로 '전경인'인 것이다. 즉 '전경인'은 신
동엽의 시정신이 투영된, 혁명의 가능성을 담지한 주체이다. "별수 없어

---

29) 김형수, 「신동엽의 고독한 길, 영성적 근대」, 고봉준 외, 『다시 새로워지는 신동엽』,
삶창, 2020, 17–18쪽.
30) 김희정, 「'혁명 서사'와 생명 회복의 드라마」, 김응교 외, 『신동엽, 융합적 인간을
꿈꾸다』, 삶창, 2013, 53쪽.

요, 어머니, 저 눈먼 기능자(技能者)들을/한 십만개 긁어모아 여물솥에 쓸
어넣구/푹신 쪼려봐주세요. 혹 하나쯤 온전한/사내 우러날지도 모르니
까."(「이야기하는 쟁기꾼의 대지」 재6화)라는 시구에서 나오는 '온전한 사
내'이다. 신동엽이 금강의 "넓은 벌판과 먼 산들을 바라보며" "내 일생을
시로 장식해봤으면./내 일생을 사랑으로 장식해봤으면./내 일생을 혁명으
로 불질러봤으면./세월은 흐른다. 그렇다고 서둘고 싶진 않다"(산문 「서둘
고 싶지 않다」)고 되뇐 말 속에는 '사건'에 대한 '충실성'이 깃들여 있다. 신
동엽은 4 · 19혁명을 통해 그 스스로 '전경인'이자 '주체'로 설 수 있었던
것이다.

사건이 우리에게 무언가 제안하고 "사건을 통해 제안된 이 가능성이 세
계 안에서 포착되고 검토되며, 통합되고 펼쳐지는 방식"을 '진리의 절차'
라고 부른다.31) 신동엽은 문학이 현실(정치)을 변화시킬 수 있다는 믿음
을 갖고 그 불가능성을 실현시키려 했던 시인이다. 그는 4 · 19혁명이 열
어놓은 가능성을 정치의 틀 안에서 자신의 삶과 시, 시론, 산문, 시극, 오페
레타 등 예술적 창조 작업을 통해 펼쳐 보였다. '전경인'은 곧 인간의 보편
적 '행복'을 실현하기 위한 '진리의 절차' 속에서 발견된 '인문학적 주체'로
서의 위상을 갖는다.

3. 인문학의 소명과 욕망의 윤리

코로나19의 감염을 막기 위한 사회적 거리두기와 같은 봉쇄 정책이 경
제를 위축시키는 상황에 각 국가는 인간의 생명과 경제를 저울질해야 하

---

31) Alain Badiou · Fabien Tarby, 서용순 역, 『철학과 사건』, 오월의 봄, 2015, 27쪽.

는 딜레마에 처해있다. 이때의 '경제'가 누구의 경제인지를 생각해볼 필요가 있다. 생산 수단을 대부분 소유하고 있는 대자본가의 경제는 아닐까. 신동엽의, "종국에 가서는 생존경쟁의 광기성에 휘몰려 맹목적인 상쇄로써 불경기를 타개하려고 발악하고 발광하고 좌충우돌하기에 이를 것"(산문「시인정신론」)이라는 예상은 지금의 혼란을 설명하는 데에 전혀 부족함이 없다. 어떠한 상황에서라도 지켜야할 인본적 가치가 무너져가는 현실은 분명 지금의 사회 구조가 비정상적이라는 사실을 말해준다. 인문학은 이러한 사회 구조에 대한 문제의식을 가져야 한다.

지젝은 팬데믹 사태에 대비해 의료 차원에서 전 지구적 통합 관리 시스템을 구축해야 하고 더 나아가 자연 보호를 위한 강력한 국제기구의 출현과 소외 계급에 자원을 분배할 수 있는 공산주의의 가능성을 강력하게 주장한다. 그렇지 않다면 신자유주의적 자본주의는 더 극단으로 치달아 야만의 시대가 올 것으로 예측한다.[32] 자본주의 체제 안에서 어떤 '수정'과 자정 작용을 통해 더 나은 사회로 나아갈 수 있다는 희망은 폐기되어야 한다는 주장이다. 체제 안에서 작동하는 이 '희망'은 오히려 체제를 더 강력하게 유지시키고 불평등한 차별과 계급을 재생산시킨다. 이외의 다른 체제를 사유하는 것이 왜 불가능한지를 따져 물어야 한다. 팬데믹 사태를 이용해 이윤을 추구하려는 움직임이 보이고 있다. 인문학도 마찬가지이다. 팬데믹 이후의 인문학이 자본과 사회적 지위를 생산하는 데 골몰하는 '기생인문학'에 감염되어 회생불능에 빠지든지, 아니면 인류의 보편적 행복을 위해 자유와 평등의 가치를 실현시킬 수 있는 열린 미래로 가는지는 연구자들의 몫이다. '맹목 기능자'는 체제 바깥을 상상하고 사유할 수 없다. 가능성의 영역이 아니라 불가능성의 영역을 사유할 때 진정한 '자유'와

---

32) 슬라보예 지젝, 강우성 옮김, 『팬데믹 패닉』, 북하우스, 2020.

'행복'이 주어질 수 있다.33) 인문학은 체제에 저항할 수 있는, 그리고 다른 사회 구조를 꿈꾸고 실현시킬 수 있는 학문이어야 한다. "모든 것은 상품화해가고 있다."(산문「시인정신론」) 지금의 자본주의 체제 속에서 인문학은 상품이 되어 팔려나간다. 대학은 실적이 부족한 인문학이라는 교육 상품을 어떻게 처리할지 골머리를 앓는다. 인문학이 세상과 불화하지 않는다면 가짜 인문학일 수밖에 없다. 신동엽은 당대의 자본주의와 분단 현실, 정치적 억압 너머에 있는 세계를 꿈꾸었다.

스칸디나비아라던가 뭐라구 하는 고장에서는 아름다운 석양 대통령이라고 하는 직업을 가진 아저씨가 꽃리본 단 딸아이의 손 이끌고 백화점 거리 칫솔 사러 나오신단다. 탄광 퇴근하는 광부들의 작업복 뒷주머니마다엔 기름 묻은 책 하이데거 러셀 헤밍웨이 장자(莊子) 휴가여행 떠나는 국무총리 서울역 삼등대합실 매표구 앞을 뙤약볕 흡쓰며 줄지어 서 있을 때 그걸 본 서울역장 기쁘시겠소라는 인사 한마디 남길 뿐 평화스러이 자기 사무실 문 열고 들어가더란다. 남해에서 북강까지 넘실대는 물결 동해에서 서해까지 팔랑대는 꽃밭 땅에서 하늘로 치솟는 무지갯빛 분수 이름은 잊었지만 뭐라군가 불리우는 그 중립국에선 하나에서 백까지가 다 대학 나온 농민들 트럭을 두 대씩이나 가지고 대리석 별장에서 산다지만 대통령 이름은

---

33) "먼저 새로운 주체의 자유는 세계 내에 있으나 예외로 있는 무언가를 창조하는 데 있다. 이러한 영역이 창조되면 사건에 의해 드러난 실재가 세계의 특정한 부정적 제약들과 대립한다는 사실의 귀결들을 받아들인다. 따라서 주체를 위한 자유의 진정한 본질은 이전에 하고자 하던 어떤 것을 실행하는 것이 아니다. 실제로 '당신이 하고자 하던 어떤 것' 자체가 있는 그대로의 이 세계에 대한 적응의 일부분이다. 당신이 하고자 하는 것을 할 수 있는 수단을 세계가 제공한다면, 이는 분명 당신이 있는 그대로의 세계의 법칙에 순종하기 때문이다. 실재적 창조의 경우에도 마찬가지로 당신은, 비록 전부는 아니겠지만, 특정한 창조의 수단을 만들어 내야 한다. 진정한 자유란 언제나 세계 내에서 예외적인 귀결로서의 실재에 의해 규정된 무언가를 실행하는 방식이다." (Alain Badiou, 앞의 책, 88쪽.)

잘 몰라도 새 이름 꽃 이름 지휘자 이름 극작가 이름은 훤하더란다
애당초 어느 쪽 패거리에도 총 쏘는 야만엔 가담치 않기로 작정한
그 지성(知性) 그래서 어린이들은 사람 죽이는 시늉을 아니하고도
아름다운 놀이 꽃동산처럼 풍요로운 나라, 억만금을 준대도 싫었다
자기네 포도밭은 사람 상처 내는 미사일기지도 탱크기지도 들어올
수 없소 끝끝내 사나이나라 배짱 지킨 국민들, 반도의 달밤 무너진
성터 가의 입맞춤이며 푸짐한 타작 소리 춤 사색(思索)뿐 하늘로 가
는 길가엔 황토빛 노을 물든 석양 대통령이라고 하는 직함을 가진
신사가 자전거 꽁무니에 막걸리병을 싣고 삼십리 시골길 시인의 집
을 놀러 가더란다.

—「산문시(散文詩) 1」 전문

　술을 많이 마시고 잔/어젯밤은/자다가 재미난 꿈을 꾸었지.//나비
를 타고/하늘을 날아가다가/발아래 아시아의 반도/삼면에 흰 물거품
철썩이는/아름다운 반도를 보았지.//그 반도의 허리, 개성에서/금강
산 이르는 중심부엔 폭 십리의/완충지대, 이른바 북쪽 권력도/남쪽
권력도 아니 미친다는/평화로운 논밭.//술을 많이 마시고 잔 어젯밤
은/자다가 참/재미난 꿈을 꾸었어.//그 중립지대가/요술을 부리데./
너구리 새끼 사람 새끼 곰 새끼 노루 새끼 들/발가벗고 뛰어노는 폭
십리의 중립지대가/점점 팽창되는데,/그 평화지대 양쪽에서/총부리
마주 겨누고 있던/탱크들이 일백팔십도 뒤로 돌데.//하더니, 눈 깜박
할 사이/물방개처럼/한 떼는 서귀포 밖/한 떼는 두만강 밖/거기서 제
각기 바깥 하늘 향해/총칼들 내던져버리데.//꽃 피는 반도는/남에서
북쪽 끝까지/완충지대,/그 모오든 쇠붙이는 말끔히 씻겨가고/사랑
뜨는 반도,/황금이삭 타작하는 순이네 마을 돌이네 마을마다/높이높
이 중립의 분수는/나부끼데.//술을 많이 마시고 잔/어젯밤은 자면서
허망하게 우스운 꿈만 꾸었지.

—「술을 많이 마시고 잔 어젯밤은」 전문

반전(反戰), 반폭력, 반정(反政) 데모들이 세계 여러 나라에서 잇따라 터지고 있다. 데모하는 사람들의 성분, 그들의 구호야 어떻든 간에 그 데모를 충격 주고 있는 핵심적인 힘은, 인간 속에 잠재하고 있는 '무정부'에의 의지이다.//인간의 순수성은, 인간의 머리 위에 어떠한 형태의 지배자를 허용할 것을 원하지 않는다.//(중략)//민주주의의 본뜻은 무정부주의다. 인민에 의한, 인민을 위한, 인민의 정부, 이것은 사실상 정부가 따로 존재하지 않는다는 것을 뜻한다. 인민만이 있는 것이다. 인민만이 세계의 주인인 것이다.

－산문 「단상 모음－52」 부분

「산문시(散文詩) 1」은 "스칸디나비아"의 한 "고장"에 대한 이야기이다. "대통령"과 "국무총리"는 아무런 권위의식이 없이 일반 시민들과 어울리고 평범하고 일상적인 대화를 나눈다. "광부들"은 "하이데거 러쎌 헤밍웨이 장자(莊子)"를 읽고 "다 대학 나온 농민들"은 경제적으로 부족함 없는 생활과 풍부한 문화생활도 누린다. 이 "풍요로운 나라"의 "국민들"은 전쟁이 있어도 "어느 쪽 패거리에도" 속하지 않고 "총 쏘는 야만"과는 거리가 먼 "지성(知性)"을 가지고 있다. "입맞춤이며 푸짐한 타작 소리 춤 사색(思索)"만 있는 "스칸디나비아"는 곧 신동엽이 생각하는 이상적 나라인 '귀수성'의 세계이다. 사람들이 자유와 평등을 누리고 자연과 함께 어울리는 평화로운 세계에 대한 꿈이 이 시에 투영되어 있는 것이다. "스칸디나비아"는 "반도"라는 지리적 특성 때문에 한반도의 분단된 현실과 오버랩 되어 읽힌다. 즉 신동엽은 "스칸디나비아"라는 먼 이국의 이야기를 하면서 "반도의 달밤 무너진 성터 가", "막걸리병", "서울역"이라는 친근한 시어를 사용함으로써 그 평화로운 나라의 일이 곧 우리의 이야기가 될 수 있다는 희망을 은연중에 내비치고 있는 것이다. "민주사회주의체제의 스칸디나비아는 신동엽이 열망했던 무정부주의 유토피아의 현실적 번안일 가능성"[34]

이 있다. "남해에서 북강까지 넘실대는 물결 동해에서 서해까지 팔랑대는 꽃밭 땅"은 신동엽이 한반도에 이루고 싶어 하는 이상향의 나라이다.

「술을 많이 마시고 잔 어젯밤은」은 「산문시(散文詩) 1」에서 보여준 평화로운 나라를 한반도에 실현하고자 하는 시인의 간절한 희망이 엿보이는 작품이다. "반도의 허리, 개성에서/금강산 이르는 중심부엔 폭 십리의/완충지대"는 남북한의 "권력"이 힘을 쓸 수 없는, "평화로운 논밭"이 있는 공간이다. 그곳에는 "너구리 새끼 사람 새끼 곰 새끼 노루 새끼 들"이 "발가벗고 뛰어"놀며 사람과 동물, 자연이 한데 어우러져서 공존한다. 그런데 어느 순간, "눈 깜박할 사이" 그 휴전선을 마주하고 있던, "총부리"를 겨눈 "탱크들"과 "총칼들"이 "일백팔십도 뒤로 돌"아 "서귀포"와 "두만강" 밖으로 내던져진다. 비로소 한반도는 "남에서 북쪽 끝까지/완충지대"가 되고 "사랑 뜨는 반도"가 된다. 시인은 이를 "술을 많이 마시고" 잤다가 꾼 "허망하게 우스운 꿈"이었다고 하면서 실제 현실과 괴리가 있음을 알려준다. 이 격차는 분단된 조국의 평화적 통일에 대한 시인의 염원을 더 강하게 드러낸다. 한편, 휴전선을 지칭하는 표현인 "완충지대", "중립지대", "평화지대"가 한반도 전체로 확장된다는 상상력은 당시의 '중립화통일론'과 밀접한 연관이 있다. 이에 대해 박지영은 1950년대 전후에 한국의 진보적 세력들이 주장했던 한반도 중립화통일론을 언급하면서, 당대 현실에서는 '중립화' 논의가 실현 불가능한 것이었지만 이는 신동엽의 정치의식과 신념에 의해 '중립지대'라는 보편적 의미의 유토피아로 살아남아 그의 시를 이끌어 나가는 주요 추동력이 되었다고 본다.[35]

---

34) 박대현, 「'민주사회주의'의 유령과 중립통일론의 정치학」, 고봉준 외, 『다시 새로 워지는 신동엽』, 앞의 책, 309쪽.

35) 박지영, 「유기체적 세계관과 유토피아의식」, 구중서 · 강형철 편, 『민족시인 신동엽』, 앞의 책, 677-678쪽 참조. 신동엽 시에 나타난 '중립'에 대해 김종철은 시 「껍

신동엽은 산문 「단상 모음—52」에서 "인간 속에 잠재하고 있는 '무정부'에의 의지"를 높게 평가하면서 "인간의 머리 위에 어떠한 형태의 지배자를 허용할 것을 원치 않는다"며 아나키즘적인 정치의식을 보이고 있다. 그는 다른 산문에서도 "황량한 대지 위에 우리의 터전을 마련하고 우리의 우리스런 정신을 영위하기 위해선 모든 이미 이뤄진 왕국 · 성주 · 문명탑 등의 쏘아 붓는 습속적인 화살밭을 벗어나 우리의 어제까지의 의상 · 선입견 · 인습 · 을 훌훌히 벗어던진 새빨간 알몸으로 돌아와 있을 수 있어야 하는 것이다"(산문 「신저항시운동의 가능성」)라고 말하면서 "'무정부'에의 의지"를 분명히 표현하고 있다. 신동엽이 가진 '중립'에의 꿈은 "'무정부'에의 의지"로 연결되어 유토피아적 세계를 희구하게 된다. 그가 꿈꾸었던 이상향은 "자립과 자치를 기반으로 한 민주주의공동체였고, 생명에 대한 성찰을 통해 도달한 삶의 근원으로서의 농민공동체, 자주적 공동체"[36]이며 "평화한 두레와 평등한 분배의/무정부 마을"(「금강」 제6장)인 것이다. 김경복은 신동엽이 꿈꾸는 이상적 사회상의 사상적 기반을 일체의 권위와 억압으로부터 인간의 자유로운 해방을 쟁취하고 능력에 따라 일하고 필요에 따라 분배하는 '아나키즘 사상'과 인내천(人乃天)을 기반으로 민중평등과 자주적 삶을 추구하는 '동학사상', 원시적 자연주의 및 소국과민의 이상을 추구하는 '노장사상(老莊思想)'에 두고 있다고 본다.[37]

데기는 가라」에서의 '중립'을 도가사상의 '무위' 개념으로 읽어낸다. 이때의 '무위'는 민중생활의 행복을 위해서 국가나 권력의 간섭이 최소한으로 제한된 "원시적인 소농민생활의 무정부주의적인 본성"(조셉 니담, 『중국의 과학과 문명』2, 을유문화사, 1986, 102쪽)이라는 급진적인 의미를 내포하고 있다는 것이다. (김종철, 「신동엽의 道家的 想像力」, 같은 책, 51—74쪽.)
36) 오창은, 「시적 상상력, 근대체제를 겨누다」, 『창작과비평』143호, 창작과비평사, 2009, 333—352쪽.
37) 김경복, 「신동엽 시의 유토피아 의식 연구」, 『한국문학논총』64, 한국문학회, 2013, 169—205쪽 참고.

신동엽의 시와 산문은 그가 유토피아적 세계를 구현하기 위한 실질적인 방안에 대해 끊임없이 사유했다는 것을 증명한다.[38] 신동엽은 '원수성'— '차수성'—'귀수성'의 역사관 위에 타락한 현실을 대변하는 '차수성'을 혁파할 수 있는 '전경인'의 존재를 내세워 지금의 체제를 넘어서 다른 세상을 꿈꾸었다. 이러한 역사관이 단선적이고 왜소한 것은 맞지만 우리가 신동엽에게서 다시 발견해야할 정신은 인류의 가치와 행복이 회복되는 세상을, 현실 너머의 세상을 바라보고 실천했다는 사실이다. 그것은 지금의 인문학이 가져야할 정신이다.

신동엽의 문학에 나타난 유토피아적 세계에 대한 강렬한 충동은 현실체제를 혁파하고 민중의 '좋은 삶'을 회복하고자 하는 '불가능성에 대한 싸움'에서 비롯된다.[39] 유토피아를 꿈꾸는 것은 불가능성에 대한 사유이다. 신자유민주주의가 다문화주의를 수호해야한다는 미명(美名) 아래에서 체제 내에서의 급진적인 행동과 진보적 사유를 '전체주의'라는 경고로 막아설 때 유토피아에 대한 충동은 사라지고 세계는 '실용'이라는 중도적/

---

38) 다음은 신동엽이 '중립'을 통한 통일의 가능성을 실제 타진했던 글의 일부다. "제주에서 아리랑을 부르기 시작하면 두시간도 안 돼 평양 압록까지 합창이 번질 것이다. 날짜를 택해 판문점이나 임진강 완충지대에 그리운 사람들끼리 모여 아리랑을 합창해보자고 제의하는 사람이 남북을 통해 아직 없다는 것은 쓸쓸한 일이다. 조국의 자주적 통일을 원하는 비정치적 문화단체나 개인들로 구성된 남북문화교류준비위원회의 예비위원을 조성하기 위해 자유로운 분위기를 중립지대나 기타 비정치적 지역에 마련하도록 우리들은 구체적인 방안을 모색해야 할 줄 안다."(산문「전통 정신 속으로 결속하라」)

39) 김현의 문학론은 문학이 왜 '불가능성에 대한 싸움'이어야 하는지를 분명하게 알려준다. "문학은 동시에 불가능성에 대한 싸움이다. 삶 자체의 조건에 쫓기는 동물과 다르게 인간은 유용하지 않은 것처럼 보이는 것을 꿈꿀 수 있다. 인간만이 몽상 속에 잠겨들 수가 있다. 몽상은 억압하지 않는다. 그것은 유용한 것이 아니기 때문이다. 인간의 몽상은 인간이 실제로 살고 있는 삶이 얼마나 억압된 삶인가 하는 것을 극명하게 보여준다. 문학은 그런 몽상의 소산이다." (김현, 「문학은 무엇을 할 수 있는가」, 앞의 책, 123쪽.)

합리적 가치에 의해서만 유지되게 된다. 오히려 지금의 신자유민주주의가 전체주의라는 역설이다.[40] 물론 유토피아가 현실 도피적이고 퇴행적이라는 비판도 가능하지만 그런 이유로 모든 유토피아적 사유를 거부한다면 열린 미래는 오지 않는다. "먹고 사는 문제, 아니 풍요롭게 살고자 하는 욕망이 조금도 조롱감이 되지 않는 세상으로 변모했다"[41]는 지적은 지금의 사회가 진정한 행복, '좋은 삶'에 대한 사유에서 멀어졌음을 반증한다. 인문학은 체제 바깥을 사유해야 한다.

결국, 인문학을 수행하는 주체의 문제이다. 신동엽이 4·19혁명이라는 '사건'에 대한 충실성의 증표로, 1960년대 분단의 현실과 정치적 억압, 자본주의의 폐해를 넘어 유토피아적 시공간으로 이끌고 갈 '전경인'을 꿈꾸었던 것처럼 '사건'은 주체를 진리 안에서 구성한다. 신동엽이라는 시인 스스로가 '주체'의 가능성을 증명한다. "주체는 알려지지 않은 어떤 가능성에 대한 계산 불가능한 마주침에서 태어나며, 여기에서 주체—되기가 시작되기 때문이다."[42] 팬데믹 이후 인문학의 미래에 대한 고민은 연구자 스스로의 결단과 의지로 연결되어야 한다. 이전의 세계로 돌아가지 않겠다는 선언이어야 하고 대가를 치르더라도 연구자로서 자신의 '행복'을 새

---

40) 슬라보예 지젝, 한보희 옮김, 『전체주의가 어쨌다구?』, 새물결, 2008.

41) Russell Jacoby, 강주헌 옮김, 『유토피아의 종말』, 모색, 2000, 225쪽. 자코비는 현대 세계의 파국은 '전체주의자'로 오해받는 유토피아주의자에서 비롯된 것이 아니라 반유토피아주의자, 즉 미래를 편협한 시각에서 바라보았던 관료주의자, 기술자, 민족주의자, 종교 분파주의자에 의한 것이라고 주장한다. (같은 책, 221–258쪽.)

42) Alain Badiou, 앞의 책, 65쪽. '계산 불가능한 마주침'이란 표현에서 보듯이, 바디우의 '사건' 이론은 '기적'이라는 특성 때문에 "모든 전략적 사유를 불가능하게 한다는 점"에서 비판을 받는다. 또한 주체의 지위를 소수의 개인이라는 예외적인 부류에만 한정된다는, 그 "희소성"에 따른 "귀족주의"도 문제시 된다. 하지만 반대로 "출신에 상관없이 모든 사람이 사건에 매료될 수 있으며 주체화 과정을 겪을 수 있다"는 말도 된다. (Razmig Keucheyan, 이은정 옮김, 『사상의 좌반구』, 현실문화연구, 2020, 328–339쪽.)

롭게 설정해야 한다. "지금 우리가 안고 있는 과제는 우리의 욕망을 새롭게 발명하는 일"이고 "욕망의 좌표들을 조직"[43]하는 일이다.

신동엽이 4·19혁명과 3·1운동, 동학농민운동에서 발견한 혁명의 가치는 개인과 민족을 넘어 인류의 보편적인 '행복'에 대한 사유의 실천이었다. 인문학은 또 다른 혁명을 이끌 수 있는 이성과 사유의 운동이 되어야 한다. 인문학은 온갖 형태의 억압과 자본의 지배에서 벗어나 자유를 얻는 것에서 시작해야 한다. 신동엽은 '전경인'이란 인문학적 주체를 통해 인간과 자연이 조화로운 '귀수성'의 세계를 꿈꾸었다. '전경인'은 자본주의 체제 내에서 기존에 발명되지 않은 새로운 길을 가는 인문학적 주체이다. "인문적 존재로서의 인간은 자신의 한계와 조건성, 자신의 이중성과 모순을 직시하면서도 그것을 넘어설 어떤 존재성을 찾아가는 존재이다."[44] '전경인'은 "선지자여야 하며 우주지인이어야 하며 인류 발언의 선창자가 되어야 할 것이다.(중략) 전경인의 출현을 세기는 다만 대기하고 있다. 암흑, 절망, 심연을 외치고 있는 현대의 인류는 전경인 정신의 체득에 의해서만 비로소 구원받을 수 있을 것이다."(산문 「시인정신론」) 역사의 흐름을 바꾸는 '혁명'을 실현시킬 수 있는 '전경인'이라는 개념이 지나치게 이상적이고 비현실적으로 보일 수 있다. 하지만 이 불가능성을 사유하는 것이 곧 혁명이고 인문학이 나아가야할 길이다. 인문학이 어떻게 사회를 변화시키고 이끌어갈 수 있냐는 불가능한 한계까지도 싸워나가야 한다.

팬데믹 이후의 인문학이 모두 공동체를 위한 '사회인문학'(Social Humanities)[45]으로 나아가야한다는 얘기가 아니다. 자기 학문 분야에 깊이 천착

---

43) 슬라보예 지젝, 강우성 옮김, 앞의 책, 13쪽.
44) 신승환, 『지금, 여기의 인문학』, 후마니타스, 2010, 279쪽.
45) '사회인문학'은 단순히 인문학과 사회과학의 결합을 뜻하는 것이 아니라 학문의 분화가 심각한 현실에 맞서 파편적 지식을 종합하고 삶과 인간의 다양한 가능성에 대

하는 연구와 사회에 직접적으로 기여할 수 있는 연구 사이에 우열이 있을 수 없다. 문학사의 해묵은 순수 · 참여 논쟁에서 얻은 교훈과 같이, 주제를 미리 전제한 채 사업의 형태로 진행되는 인문학이 제대로 된 사유와 창조성을 보장할 수 없을 것이다. 인문학은 외부의 억압과 자본에서 자유로울 때 그 본연의 기능을 수행할 수 있다.[46) 타자의 욕망을 욕망하는 것이 아니라 연구자 자신의 욕망을 욕망해야 한다. 타자에 의해 길들여진 욕망을 따라가는 것이 아니라, 대가를 치르더라도 "자신의 욕망에 대한 충실성에서, 욕망의 타협을 거부하는 데서" 출발해야 한다.[47) 욕망에 대한 충실성

한 총체적 이해와 감각을 길러주며 현재의 '삶에 대한 비평'의 역할을 제대로 하는 총체성 인문학을 뜻한다. (백영서, 「사회인문학의 지평을 열며」, 김성보 외, 『사회인문학이란 무엇인가? — 비판적 인문정신의 회복을 위하여』, 한길사, 2011, 31쪽 참고.) "사회인문학은 순수연구와 응용연구, 현실사회와의 실천적 결합이라는 전 영역이 사회성과 실천성을 가지고 통합될 수 있는 방법을 모색한다. (중략) 제도화된 대학과 학문의 틀 자체를 점검하고 학문 간의 소통을 통해 새로운 제도를 만들어내는 것, 대학과 대학 밖의 연구자 그리고 사회와의 소통을 통해서 학문과 사회를 변화시키는 운동으로서의 학문으로 나아갈 수 있다고 전망한다." (이경란, 「인문학자의 사회적 실천」, 같은 책, 249쪽.)

46) 최진석은 "국가와 자본에 잠식된 인문학의 영토로부터 탈주"하기 위해서 지금까지의 인문학이 추구했던 "휴머니즘이나 문화주의와 같은 목적론을 거부"하고 "우리를 즐겁고 편안하게 해주기는커녕, 인간에게 원초적인 생물학적 보전본능이나 문화적 긍지마저 절대화하지 않음으로써 인간의 지위와 우월성을 낮설고 불편하게 전위시키는 저항의 인문학"으로 나아가야 한다고 주장한다. 그가 말하는, "인문학을 '안 팔리게' 만드는 것. 소비의 전일적인 순환회로를 비틀고 탈구시켜 생산의 첨점尖點으로 변환시키는 것", 즉 인문학을 전적으로 유용하게 만들려는 "목적론의 궤적을 교란시키"(최진석, 앞의 책, 393−394쪽)는 탈주 작업은 어떤 의미에서 연구자가 국가와 자본이라는 타자의 욕망에서 벗어나 자기 욕망의 충실성 속에서 현실 논리에 장악되지 않는 새로운 인문학의 출현을 기대해야 한다는 이 글의 요지와 맥을 같이 한다.

47) 슬라보예 지젝, 정혁현 역, 『분명 여기에 뼈 하나가 있다』, 인간사랑, 2016, 82쪽. "많은 경우 사람들은 원하는 것을 보여주기 전까지는 무엇을 원하는 지도 모른다"는, 스티브 잡스의 유명한 명언 뒤에는 다음과 같은 이야기가 있다. 잡스는, 그렇다면 애플의 고객이 원하는 것을 담보하기 위해 얼마나 많은 조사를 하느냐는 질문을 받았을 때, 그는 "그들이 원하는 것을 생각해내서 시장에서 '그것을 고객들에게 보

이 지금의 체제에 충격을 가하고 변화를 가져다 줄 수 있다.48) 지금의 인문학 생태계는 그전에는 볼 수 없었던 파국에 도달하고 있다. 국가와 시도별 지자체, 한국연구재단의 지원이 없으면 인문학을 연구하고 수행하는 것이 현실적으로 불가능한 지금의 상황을 의심해야 한다. 체제의 온실 속에서 길러지는 인문학이 비판과 저항의 목소리를 내기는 어렵다. 이대로

여주는' 것은 우리의 과제(창조적인 자본가들의 과제)"라는 예상된 반전으로 나아가지 않고 "전혀 필요 없어요. 고객들이 자신들이 원하는 게 무엇인지를 아는 것은 그들의 소관이 아니죠…. 우리는 우리가 원하는 것을 생각해낸다."라는 말로 받아친다. 지젝은 이것이 진정한 주인이 일하는 방식이라고 말한다. 그(잡스)는 사람들이 원하는 것을 짐작하려고 애쓰지 않는다. 그는 단지 자신의 욕망에 복종할 뿐이며 그를 따를지 말지를 결정하는 일은 다른 사람들에게 넘긴다.—같은 책, 82−83쪽 참조. 이를 적용한다면, 오늘날의 인문학은 대중/정부/기업이 원하는 것을 만들어내는 창조적인 자본가의 역할을 해야 할 것이 아니라 자신의 욕망에 대한 충실성 속에서 '진정한 주인이 일하는 방식'으로 나아가야 할 것이다. 그러나 현실은 정부의 정책에 따라(그것은 자본과 연계된다) 맞춤형 인문학 프로그램을 계발하려고 애쓰는 노예에 가깝다. 그러한 인문학의 성과와 사회적 기여를 간과할 수 없으며 또 이를 폄훼하려는 것이 아니다. 이러한 비유를 사용하는 것은 인문학이 순기능을 하기 위해서는 우선적으로 자율적인 존재가 되어야 한다는 요지를 전달하기 위함이다. 연구자는 체제에 대한 문제점을 직시하고 인문학에 대한 소명의식과 엄격한 내재적 규율을 갖춘 자율적인 존재가 되어야 한다. 시급한 것은 포스트모던의 상대주의에서 벗어나 진리를 사유할 수 있는 '단독성'(바디우—체제에 벗어나 하나의 고정점 위에 지탱되는 것)의 토대를 갖추는 일이다. 이는 당장 성취 가능한 실질적인 대안이 될 수는 없지만 지금의 체제에 대한 거부와 변혁을 위한 시작점이 될 수 있을 거라는 생각이다. 연구자가 우선적으로 찾아야 할 것은 '지복'이다. 바디우는 진리에 대한 개별자의 참여가 하나의 정동으로 표현된다며 각각의 진리 유형에 따른 정동을 정치—열정(enthousiasme), 과학—지복(béatitude), 예술—즐거움(plaisir), 사랑—기쁨(joie)으로 구분한다. 존재론적 기획에 잠재된 정동은 우선적으로 과학적 이해를 낳는 지복으로, "지복은 존재로서의 존재가 순수함의 글쓰기로 포착될 때 넘쳐 나오는 행복의 이름이다." (Alain Badiou, 앞의 책, 97−100쪽.)

48) "정신분석의 윤리는 상징질서의 파괴를 목표로 하는 것이 아니라 욕망에 충실한 것이며, 상징질서의 파괴 또는 변화는 오로지 이 욕망에 충실한 행위의 결과일 뿐이다." (양석원, 『욕망의 윤리』, 한길사, 2018, 582쪽.) 사건에 대한 충실성(바디우)이 주체로 하여금 '사건'을 중심으로 상징적 영역을 재구성하도록 한다면, 욕망의 윤리(라캉)는 이러한 상징화가 전적으로 불가능한 지점에 놓여 있다.

간다면 소수의 자본가/지배계급을 위한 대학 인문학 교육만 남게 되고[49] 나머지는 대중들의 여흥을 위한 오락용으로서 제공될 것이다.

오늘날 인문학자의 의무는 "모든 지배적 주인기표에 대해 일정한 거리를 유지하는 것"[50]이다. 팬데믹이란 사태 앞에 서서 잠시 멈춰서 생각해야한다. 이 정지점이 각성의 계기가 되어야 한다. 인문학은 개인에게 시작된 사유가 점차 확대되어 공유하는 과정을 통해 공동체의 변화를 이끌어 낼 수 있어야 한다. 자신의 학문을 통해 수행하는 개별적 투쟁이 각자의 삶속에서 새로운 길을 낼 수 있어야 한다. 그것이 궁극에는 공동체의 문화적 자산으로 남고 다음 세대에 깨어있는 정신으로 기록될 것이다.[51] 신동엽이 사유했던바 동학농민운동에서 3·1만세운동으로 그리고 4·19혁명과 촛불혁명으로 이어지는 것처럼, 혁명은 혁명에게서 배운다. 그렇기에 '전경인'은 살아있는 인문학의 정신으로 긴급히 호출되어야 할 것이다.

---

49) 고부응은 신자유주의가 지배하는 사회에서 양극화가 필연적이듯이 대학 역시 기업화가 가속화되고 미래의 인문학은 지배 계급의 계급 재생산을 위한 인문학으로 남게 될 것이라고 경고한다. (고부응, 앞의 논문, 28-33쪽 참조.) 신동엽의 단상 노트에는 이에 대해 참고할만한 글이 있다. "차원이 높은 예술이나 학문을 연구하는 사람들은 헐벗게 마련이다. 그것은 그들이 하고 있는 일은 돈 많은 귀족들의 이 쑤시는 시간을 즐겁게 해주는 일이 아니기 때문이다."(산문 「단상 모음」 49)

50) 지젝은 비판적 지식인의 의무는 대타자인 상징적 질서 안에 있는 구멍(대타자의 결여)의 자리를 시종일관 점유하는 것이라고 말한다. 새로운 질서(헤게모니)가 확립되어 그 구멍을 비가시적으로 만드는 때조차도 말이다. (슬라보예 지젝, 이성민 역, 『부정적인 것과 함께 머물기』, 도서출판b, 2007, 10쪽.)

51) 김수영 식으로 말한다면 다음과 같을 것이다. "시는 온몸으로 바로 온몸을 밀고 나가는 것이다. 그것은 그림자를 의식하지 않는다. 그림자에조차도 의지하지 않는다. 시의 형식은 내용에 의지하지 않고 그 내용은 형식에 의지하지 않는다. 시는 그림자조차도 의지하지 않는다. 시는 문화를 염두에 두지 않고, 민족을 염두에 두지 않고, 인류를 염두에 두지 않는다. 그러면서도 그것은 문화와 민족과 인류에 공헌하고 평화에 공헌한다. 바로 그처럼 형식은 내용이 되고 내용은 형식이 된다. 시는 온몸으로 바로 온몸을 밀고 나가는 것이다." (김수영, 「시여, 침을 뱉어라─힘으로서의 시의 존재」, 『김수영 전집2─산문』, 민음사, 2018, 502-503쪽.)

제2부

민족사적 시각으로 해석한 분단과 전쟁
―신동엽의 「진달래 산천」

유성호

1.

우리가 1950년대에 발표된 작품들에서 유의미한 문학사적 연속성을 찾아내려 할 때 가장 먼저 해결해야 할 과제는 전쟁이라는 발생론에 대한 성격 규명이다. 해방기의 민족사적 좌절을 겪고 나서 민족 통합의 소망을 가졌던 당대 주체들에게 6·25전쟁은 미증유의 물리적 충격과 함께 지울 수 없는 내면적 상처와 근본적 한계의식을 안겨주었기 때문이다. 그리고 그 충격과 한계의식은 당대를 살아가는 많은 이들에게 전대(前代)와 변별되는 정신사적 단층을 부여했으며, 그것은 인간과 역사에 대한 환멸의 파토스로 드러나게 되었다. 그렇게 전쟁은 민족 구성원 모두의 내면에 형언하기 힘든 적의(敵意)와 피해의식 그리고 민족의 운명에 대한 깊은 허무주의를 각인시켰다고 할 수 있다. 그러니 1950년대의 시는 어쩔 수 없이 '전쟁'이라는 체험으로부터 출발할 수밖에 없다. 일반 민중은 물론, 문학의 창작주체인 작가나 시인들도 '체험의 직접성'이라는 틀 안에서 한 치도 자유로울 수 없었고, 어느 유파에 속했든 자신의 체험을 어느 정도 반영하지 않은 이가 없었으니 말이다. 그러나 '체험의 직접성'이라는 공통 지반이 곧바로 시적 유형의 공통성으로 치환되지는 않는다. 오히려 1950년대의 시는 전쟁을 겪은 주체들의 다양한 체험이 그들 각자의 미의식이나 세계관에 의해 굴절된 복합적인 지형도로 전개되었기 때문이다. 따라서 1950년대의 시사를 단조롭고 무기력한 '문학의 공백기'라고 판단하는 것은 사실에도 맞지 않을 뿐만 아니라 그때 나타난 다양한 가능성과 징후들에 대한 고찰을 결여한 판단이 된다.

한편 1950년대의 시를 전쟁이라는 물리적 힘에 대응하는 또 하나의 정신적 응전으로 읽는 독법은 그 유용성에도 불구하고 부분적 결함을 필연적으로 가지게 된다. 1950년대의 시가 그러한 응전의 성격을 띨 경우 그것은 대개 반공 이념의 재생산에 기여하는 정도로 인식되거나 또는 허무주의에 깊이 침윤된 추상적 인간주의에서 자유로울 수 없기 때문이다. 그럴 경우 1950년대의 시는 '후반기(後半紀)' 중심의 모더니즘 운동으로 표상되거나, 민족문학의 결여태라고 안타까워만 하고 있는 태도를 불러일으키기 쉬운 것이다. 1950년대 시사를 그렇게 이해할 경우, 우리는 그 이후의 시사를 몇몇 예외적 개인에 국한하여 기술하게 되고 4·19혁명의 의미를 과도하게 신비화할 수밖에 없게 된다. 그때 우리는 문학사적 연속성을 해명할 실증적 토대를 상실하게 되고, 4·19가 가져다준 가능성에 대한 필요 이상의 찬탄을 가지기 쉽다. 특히 1950년대 후반부터 나타나기 시작하는 참여적 경향을 등지고 1960년대에서 (특히 4·19를 체험적으로 거친 김수영, 신동엽 등에 의해) 그러한 경향이 나타난 것처럼 편의적이고 비역사적인 서술을 초래할 개연성이 커지는 것이다. 이때 우리는 1950년대에도 이미 민족 통합 혹은 참여 지향의 시적 궤적이 의미 있는 실천으로 펼쳐져왔다는 점에 상도(想到)하게 된다.

2.

문학에서 '참여'의 정의는 작가가 작품을 통해 어떤 특정한 믿음과 강령들, 특히 정치적이고 이념적이며 사회 개혁을 돕는 것들의 옹호에 헌신하는 일련의 행위를 일컫는다. 따라서 그것은 특정 이념이나 지향만을 배타적으로 품기보다는 넓은 의미에서 현실에의 적극적 관심을 아우르는 개념이다. 김춘수의 「부다페스트의 소녀의 죽음」처럼 전쟁의 비극을 고발하고 그 비극성을 조명하자는 의도의 반공적 서정시라든가, 모윤숙의 「국군은 죽어서 말한다」처럼 선정적 적의를 표명한 작품도 적극적 의미의 참여로 포괄할 수 있을 것이다. 특별히 모윤숙의 작품은 국군의 주검을 추모하는 외연적 내용에도 불구하고 그 내면에 전쟁 의욕을 고취하는 짙은 선무성[1]을 담고 있는데 그러한 목적의식 역시 광의의 참여 개념에 포함될 수 있는 것이다.

그러나 우리가 문학사에서 '참여'라고 할 때 그것은 보다 더 정련된 지향을 가지는 일련의 흐름 또는 특정한 태도를 공유하고 있는 것으로 한정하게 된다. 그것은 민중적인 역사의식을 함유한 실천 지향적 태도 혹은 권력의 억압에 강한 저항과 비판을 표출한 성취를 뜻한다. 따라서 그것은 언뜻 보아 도덕적 개인과 문학적 자아를 구별할 수 없게 만드는 구속력을 가

---

1) 이영섭, 한국문학연구회 편, 「50년대 남한의 현실인식과 시적 형상」, 『1950년대 남북한 문학—현대문학의 연구 3집』, 평민사, 1991, 90쪽.

진다. 이처럼 참여의 내포를 규정했을 때 우리는 전쟁을 바라보는 1950년대의 두 가지 '참여'를 차별화할 수 있다. 그 하나는 이른바 종군과 참전이라는 적극적 행동과 결부된 응전 방식이고, 다른 하나는 전쟁 및 분단이라는 상황에 비판적 인식을 가하는 방식이다. 전자에는 모윤숙의 작품 등에 나타나는 적극적 반공의식, 북한에 대한 뚜렷하고 명징한 적의 등이 그 흔적으로 나타난다. 더불어 구상의 연작 「초토(焦土)의 시」나 조지훈의 「다부원(多富院)에서」, 유치환의 「보병(步兵)과 더불어」 등도 격렬한 전쟁 체험의 비극성을 응시하고 휴머니즘을 옹호하는 참여정신을 표출했다[2]는 평가가 가능해진다. 다른 하나의 참여는 분단 상황의 비극성을 민족 공동체의 관점에서 비판하고 형상을 창조한 경우라고 할 수 있을 것이다.

사실 문학에서의 순수와 참여 문제는 문학의 이원적 속성에서 필연적으로 기인하는 것이다. 이때 이원성이란 상상적 기능과 인식적 기능을 말하는데, 이 두 기능 중 어느 쪽에 역점을 두는가에 따라 순수 참여론의 논의 가능성이 놓이는 것이므로, 원론적으로는 어느 쪽도 정당하고 어느 쪽도 부당하다고 할 수 있다.[3] 따라서 이것은 문학과 정치의 날카로운 긴장 관계에 대한 탐색이라는 긍정적 의의를 띨 뿐, 그 자체로서 논의의 정당성을 띨 수는 없는 것이다. 그러므로 우리가 문학사에서 참여를 거론할 때 그것은 분명 보편적 개념이라기보다는 당대에 그렇게 불러온 관행에 의한 역사적 개념이라고 해야 할 것이다.

그러나 순수 참여의 이항 대립적 접근이 무용한 것만은 아니다. 김양수의 「문학의 자율적 참여」(『현대문학』 1960.1)에서 '참여'라는 어휘가 공론화된 이후 이 접근은 세대론의 성격을 띠며 논쟁적으로 전개되는데 서

---

2) 김재홍, 「6·25와 한국문학」, 『시와 진실』, 이우출판사, 1984, 37−38쪽.
3) 김윤식, 「상상적 기능과 인식적 기능」, 『한국현대문학사 1945~1980』, 일지사, 1983, 70쪽.

정주, 홍사중, 김붕구 등이 참여한 '작가와 사회' 논쟁, 이어령과 김수영 간에 벌어진 불온시 논쟁 같은 것이 그 역사적 사례이다. 이때 격렬하게 오간 '참여'의 개념은 이후 리얼리즘 논의의 심화라는 망외의 효과를 불러오게 되었다. 이러한 행간에 신동엽 시의 위상이 놓인다.

3.

신동엽(1930~1969)은 1959년 『조선일보』 신춘문예에 「이야기하는 쟁기꾼의 대지」라는 장시로 입선하면서 문학사의 전면에 등장한다. 그때 예심을 맡았던 박봉우가 그의 시를 보고 얼마나 감격했는지는 그의 짧은 소론4)을 보면 여실히 알 수 있다. 그는 등단작부터 남다른 역사의식으로 민족정서의 형상적 복원이라는 과제를 충실히 이행한 시인이다. 그런데 1959년이 다 갈 무렵 발표된 「진달래 산천(山川)」은 특별히 눈여겨볼 만한 의미를 지닌 작품이다. 이 시는 「이야기하는 쟁기꾼의 대지」 바로 뒤에 산출된 작품이기도 하다.

> 길가엔 진달래 몇 뿌리
> 꽃 펴 있고,
> 바위 모서리엔

---

4) 박봉우, 구중서 편, 「시인 신동엽」, 『신동엽―그의 생애와 문학』, 온누리, 1983, 225
－229쪽. "나는 혼자 3, 4일을 엄선, 또 엄선하여 좋은 시를 위하여 몰두하였다. 그
리고 그 기쁨을 참을 수 없었다. 그것은 무릎을 치고 싶도록 좋은 시를 발견하였기
때문이다. 그것이 바로 신동엽의 장시 「이야기하는 쟁기꾼의 대지」다. 그 당시 문화
부에서 문화면을 맡고 있던 평론가인 C씨는 예선 결과를 물었다. 그때 나는 서슴지
않고 '좋은 장시가 들어왔는데요.' 하고 흥분하였다."

이름 모를 나비 하나
머물고 있었어요

잔디밭엔 장총(長銃)을 버려 던진 채
당신은
잠이 들었죠.

햇빛 맑은 그 옛날
후고구려 적 장수들이
의형제를 묻던,
거기가 바로
그 바위라 하더군요.

기다림에 지친 사람들은
산으로 갔어요
뼛섬은 썩어 꽃죽 널리도록.

남해 가,
두고 온 마을에선
언제인가, 눈먼 식구들이
굶고 있다고 담배를 말으며
당신은 쓸쓸히 웃었지요.

지까다비 속에 든 누군가의
발목을
과수원 모래밭에선 보고 왔어요.

꽃살이 튀는 산허리를 무너
온종일
탄환을 퍼부었지요.

길가엔 진달래 몇 뿌리
꽃 펴 있고,
바위 그늘 밑엔
얼굴 고운 사람 하나
서늘히 잠들어 있었어요.

꽃다운 산골 비행기가
지나다
기관포 쏟아놓고 가버리더군요.

기다림에 지친 사람들은
산으로 갔어요.
그리움은 회올려
하늘에 불붙도록.
뼛섬은 썩어
꽃죽 널리도록.

바람 따신 그 옛날
후고구려 적 장수들이
의형제를 묻던
거기가 바로
그 바위라 하더군요.

잔디밭엔 담뱃갑 버려 던진 채
당신은 피
흘리고 있었어요.

— 「진달래 산천」 전문[5]

---

5) 『조선일보』, 1959.3.24. 여기서는 신동엽, 강형철 외 편, 『신동엽 시전집』, 창비,
2013에서 인용.

배경은 전쟁이다. 한 병사의 죽음과 화자가 들려주는 그의 개인사 그리고 그의 비극적 죽음을 관조하는 진달래 핀 산천 등이 선연한 이미지로 나타나 있다. 그동안의 논자들은 이 시를 탁월한 반전시(反戰詩) 또는 6·25를 배경으로 한 전후 서정시로 평가하면서 시 안에서 최후를 맞이하는 병사를 남한군(정반대로 북한군으로 보는 사람도 있지만 고향이 '남해'라는 데서 가능성은 희박하다)으로 보아왔다. 그러나 이 시에 나타난 비극적 형상은 남북의 대결을 넘어 더 원초적인 비극적 형상을 담고 있다.

이 작품은 발표 당시 불온성을 넘어 용공성 시비를 불러일으켰다. 그것은 별다른 후속 논의 없이 사그라들었는데,[6] 신동엽이 역사를 전공했고 특히 진보적 사관을 가졌으리라는 것은 여러 흔적을 통해 발견되는 터이지만, 당시로서는 상상하기 어려운 민족적 비극을 형상화했을지는 여러 모로 의구심이 드는 것이 사실이다. 하지만 이 시의 문맥은 그러한 해석을 정당화해주는 여러 징후를 가지고 있다.

이 작품에 나타난 비극성을 빨치산 청년의 그것으로 적극적 해석을 한 이는 한수영이다.[7] 그는 이 시를 "봄잔디밭의 바위 옆에 앉아 장총을 어깨에서 풀어내린 한 빨치산 청년의 영상을 떠올리도록 만드"는 작품으로 읽었다. 그러면서 해방과 전쟁의 시기에 우리가 겪은 비극적 진실에 이 작품이 근접하고 있다고 보았다. 이러한 해석의 정당성은 '기다림에 지친 사람들은 산으로 갔어요'가 던지는 역사적 상상력을 해명하는 데서 얻어진다. 그것은 말할 것도 없이 '기다림'의 의미와 '산으로 가'는 행위의 상징성을 시의 문맥에 복원하는 일이다.

시의 구조는 모두 12연으로 되어 있는데 시적 화자의 설정이 절묘하다.

---

6) 이 시의 창작 경위와 발표, 그리고 그에 대한 문단의 반응은 성민엽 편, 『신동엽─한국현대시인연구 11』, 문학세계사, 1992에 나타나 있다. 같은 책, 77쪽.
7) 한수영, 「1950년대 문학의 재인식」, 『작가연구』 창간호, 새미, 1996, 28─30쪽.

그는 전쟁 중에 죽은 병사를 '당신'이라고 호명하면서 그의 개인사까지 속속들이 알고 있는 '전지적 화자'이다. 전쟁 동료일 수도 있고 허구적으로 설정된 목소리일 수도 있을 것이다. 이 시에 나타나는 서사는 절묘한 시간적 배치에 의해 구축되는데, 3연과 11연, 4연과 10연의 시간성 배치가 특별히 중요하다. 후고구렷적 전설과 산사람들의 기다림, 그리고 현재 병사의 죽음이 여러 번 교차하면서 서사성을 희석시키고 다의적으로 해석 가능한 서정성을 증폭시키고 있다. 이 시에서 '기다림'은 작품 배경이 되고 있는 전쟁의 한 이유가 될 수 있을 것이다. 그리고 산으로 가는 것은 그 기다림을 행위화하는 절차 같은 것으로 볼 수 있다. 따라서 이 시의 주인공은 남햇가에 터전을 두었다가 '기다림에 지쳐' 산으로 간 사람, '뼛섬이 썩어 꽃죽 널리도록' 처절하고 '그리움은 회올려 하늘에 불붙도록' 기다림을 분노로 바꾼 젊은이다. 그런 그가 비행기의 폭격 속에서 서늘히 죽어가는 비극적 초상의 주인공인 셈이다.

진달래꽃의 원형심상은 핏빛 비극성(이영도의 「진달래」), 속절없이 떨어지는 선구자의 초상(박팔양의 「너무도 슬픈 사실」), 이별을 선연한 이미지로 환기시키는 산화공덕(김소월의 「진달래꽃」) 등으로 쓰인다. 또한 척박한 땅에 강한 생명력을 표상하며 번성하는 민중적 생명력을 상징하기도 한다. 이 시에서 그것은 하늘의 포화(砲火)와 젊은 전사자가 선연히 흘리는 핏빛 이미지로 중첩되어 붉은 색채를 통한 비극성 고양에 기여하고 있다. 나비 하나 머무는 적막한 공간에 잠든, 아무 일도 없었다는 듯이 잠든 한 청년을 통해 민족사의 심층에 접근하고 있는 것이다. 따라서 이 시를 전쟁이 끝나기를 기다리던 사람들의 삶이라고 보는 것은 이치에 닿지 않는다. 그리고 전쟁에 대한 깊은 증오를 형상화했다는 평가 역시 구체성을 결여한 것이다. 그러므로 신동엽의 이 작품은 적대감이나 선정적인 반공의식 대신, 먼 역사에서 '의형제'를 묻는 의식으로 민족 통합의 소망과 전쟁의 비극성 형상화를 이루었다고 볼 수 있다. 이러한 의식은 당시로서는 참으로 예외적이라고 할 수 있다. 이러한 의식은 1980년대 중반 이후 이기형의 「지리산」, 최형의 「푸른 겨울」, 오봉옥의 「붉은 산 검은 피」, 김영의 「깃발 없이 가자」 등에서 객관화에 이른다고 볼 때 신동엽의 투시가 30년을 앞선 선구성을 가지고 있다고 평가해도 무리가 아닐 듯싶다.

신동엽의 이러한 의식은 분단 극복 의지와 결합하여 지속되는데 그러한 작품은 아이러니컬하게도 그의 전집이 발간(1975)된 후 1988년 발간된 미발표 시집에 수록되어 있다. 월북시인들의 해금과 거의 동시에 발간된 시집의 시의성을 생각할 때 어쩌면 그 이전에는 내놓기 어려웠던 작품들이 아닌가 한다.

총소리 간간이 사무치는 밤
어데서 누가 우는가
횃불을 켜라 피를 밝혀야

죽음보다 어김없는 믿음이 있기에
가셨는가 그대여 웃으며 가셨는가

꽃같이
그대 쓰러진 곳에 칼바람 엎으러지고
그대 누우신 자리에 밤새는 찾아오고
그대 무덤 위에 찬란한 복수의 꽃은 피어
그대 가슴 위에

이룸의 열매가 맺는 날
푸른 하늘이 트이는 날

오 빛나는 나라 노래를 부르자

—「바치는 노래—Y에게」 전문8)

폭격으로 쓰러진 집터에선
능굴이가 원통히 울었다.

하늘 멀리서 제트기들이 번갯불처럼 지나다니고
어데선가 송장이 썩는다
낯익은 얼굴들이 무더기로 쓰러져
썩는 내음새가 국화 향기보다 진하다.

다 같이 압록강 이남에 사는
조선 사람이었다.
가는 곳마다
산골에서도 평야에서도
도시에서도, 마을은 모두 폐허로 화하고
젊은 아들딸들은 이편으로 저편으로
총들을 얽매고 없어져버리었다.

가다가다 살아남은 마을엔
질병과 기아와 상잔의
어두운 살풍경만이 배회했다.

평화를 사랑하는 조국
조선 사람아
너는 어찌하여
너는 어찌하여 다 같이 조선말을 하는 얼굴 속에서

---

8) 신동엽,『꽃같이 그대 쓰러진—신동엽 미발표시집』, 실천문학사, 1988. 여기서는『
   신동엽 시전집』에서 인용.

원수를 찾아내어야 하며
형제와 애인의 인연에
탄약을 쟁여야만 하느냐

그리하여 제각기
자기 남편 편이 이겨 오기를
자기 남편 편이 이겨 오기를
얼마나 많이
얼마나 많은 사람들의 가슴이
빌고 있을 것인가.

애인아 누나야
조선 사람아
너는 누구를 위하여 누구에게
어제도 오늘도 방아쇠를 당기는 것이냐.
삼천리강토를 침략하는 자 누구냐
어느 놈이
아, 어느 놈이
조선을 저의 방패로 삼으려 하는 것이냐……

오늘도
폭격으로 쓰러진 집터에선
능굴이가 원통히 울었다.

—「압록강 이남」 전문9)

    죽음과 살육의 이미지가 강조되고 인간 조건의 비극성을 근본적으로
재검토하는 관점에서 1950년대의 시를 바라본다면 그것은 전쟁문학의 일

---

9) 신동엽, 『꽃같이 그대 쓰러진─신동엽 미발표시집』, 실천문학사, 1988. 여기서는
　『신동엽 시전집』에서 인용.

반성으로서 세계의 전쟁문학과 동렬의 차원 곧 '세계적 동시성'의 차원에 놓일 수 있다. 그러나 신동엽은 그 의미를 민족사적 특수성의 시각에서 접근한 사례를 보여주는 시인이다. 그의 이러한 사관은 그가 나중에 쓴 시론(詩論) 「시인정신론(詩人精神論)」에서 말하는 귀수성(歸數性)의 시적 반영이기도 할 것이다. 그는 복고적 음풍영월과 언어적 기교주의를 비판하면서 문명(그것은 당대적 의미로 번안하면 전쟁일 수도 있다)의 발전이 초래한 비극을 전체적 삶이 실현가능한 전경인(全耕人)의 삶으로 넘어서려 했다. 그가 가졌던 이러한 관점은 「향(香)아」[10]에 집약되어 있다. 그 점에서 그 안에 담긴 신동엽의 정신주의가 현실주의적 성취를 촉진하는 계기가 되었다는 평가[11]는 참으로 온당한 관점이라 생각된다.

4.

1950년대의 시는 전쟁의 충격 속에서 배태되었다는 점에서 벌써 이성적이고 합리적인 시적 응전을 상당 부분 박탈당한 채 전개되었다. 지식인들은 모두 사상적 협애성을 내면화하기 시작했고 전후 사회를 바라보는 그들의 시각도 호의적이지 않았다. 따라서 이러한 분위기에 응전할 수 있는 시적 방법론은 세 가지 정도로 펼쳐진다.

하나는 비판적 대상이 되는 사회를 그 자체로 물신화하여 그것의 표피적 양상을 비판하는 방법이다. 그 결과 지식인들은 자신과 사회가 섞여 있지 않다는 염결성과 우월감을 확보하게 되며 나아가 그들이 쓰는 글에는

---

10) 『조선일보』, 1959. 11. 9.
11) 신승엽, 「'정신주의'로부터 현실주의로」, 신동엽, 『껍데기는 가라』, 미래사, 1991, 152쪽.

불행한 시대에 태어난 천재들의 요설과 소통 자체의 불신 그리고 의미 추구의 부질없음을 선험적으로 체득해버리는 초월주의 등이 나타나게 된다. 또 하나의 방법은 그처럼 비합리적이고 속악한 세계를 어떤 형식으로든지 마주치지 않는 방식이다. 이러한 방식을 택하는 이들의 심리적 기제는 앞의 경우와 다르지 않다. 그것은 순수서정 안에 착색되어 있는 고고벽(孤高癖)이나 현실을 관념적으로 이질화함으로써 얻어지는 청정감 내지는 자기만족성에서 발원한다. 이러한 정신을 떠받치고 있는 것이 선비정신 또는 지사정신이라는 것쯤은 동의하지 못할 바 아니지만 한 시대를 총체적으로 읽어내는 독법으로는 아쉬운 것이 아닌가 한다. 마지막 하나는 전쟁과 분단의 고착화 그리고 끊임없이 왜곡되어가는 사회를 민족이라는 차원으로 바라보려는 노력이다. 이들은 철저하게 반공, 자본주의라는 원리로 문단이 편성되어가던 시기에 대안적 언어와 인식으로 문제 제기한 공로가 크다.

나아가 1960년대는 4·19라는 좌표를 계기로 민중, 민족 정서가 결합하면서 새로운 시적 지평을 열게 된다. 1960년대 시단의 변화 양상은 다양한 형상, 활발한 동인지 활동, 등단제도의 확대와 더불어 작가층의 확대 등으로 지적될 수 있다. 이후 1960년대의 커다란 시적 줄기는 김춘수로 대표되는 '얼마간 정리된 난해시' 계열과 김수영으로 대표되는 모더니즘에 대한 싸움 그리고 신동엽처럼 과거의 유산에 집착하지 않고 사회 현실과 곧바로 대결하는 길 등을 걷게 된다.[12] 이 시기는 전쟁이 가져다준 징후들 예컨대 전통적 규범들의 일정 부분 해체와 재정립, 인간과 역사에 대한 환멸과 허무주의, 체험적이고 조건반사적인 즉자적 불안과 공포, 실존에 대한 자각 등을 일정 부분 털어버리고 전쟁이라는 역사적 의의에 대해

---

12) 염무웅, 「50년대 시의 비판적 개관」, 『민중시대의 문학』, 창작과비평사, 1979, 207쪽.

시적으로 재해석할 여유와 거리를 확보하게 된다. 이러한 결과는 한 시대의 정서를 음울하고 감상적인 조가(弔歌)가 아닌 이념적 상투형과의 치열한 자기 싸움을 겪은 1950년대 후반 시인들에 의해 개척된 득의의 영역의 연장선인 것이다. 신동엽의 시적 성취는 그 가운데 우뚝하게 존재한다. 문학사는 소수의 예외적 열정이 개척하는 것이 아니라 앞선 세대의 계승과 굴절, 변용 등으로 전개되는 것이기 때문이다.

신동엽 시극과 시론의 관계

권준형

신동엽은 1960년대 「시극동인회」에서 활동하며 시와 극을 오가는 표현 방법에 대해 고민했다. 신동엽의 극작에서는 시적인 특징이 두드러지게 나타나고 있으며, 시와 시론에서 강조하고 있는 '전경인(全耕人)'[1], 즉 전통과 현대의 변증법적인 관계를 통한 역사성의 주제를 중심으로 하고 있다. 1966년에 공연된 그의 시극 「그 입술에 파인 그늘」 역시 인물을 통

---

[1] "신동엽은 '원수성'－'차수성'－'귀수성'의 역사관 위에 타락한 현실을 대변하는 '차수성'을 혁파할 수 있는 '전경인'의 존재를 내세워 지금의 체제를 넘어서 다른 세상을 꿈꾸었다. 이러한 역사관이 단선적이고 왜소한 것은 맞지만 우리가 신동엽에서 다시 발견해야할 정신은 인류의 가치와 행복이 회복되는 세상을, 현실 너머의 세상을 바라보고 실천했다는 사실이다." (차성환, 「팬데믹 이후의 인문학과 '전경인(全耕人)'」, 『한국언어문화』 73, 한국언어문화학회, 2020, 26쪽.) 차성환의 논의대로 신동엽이 현실에 뿌리를 두고 있는 것과 인류가 회복하기를 염원하는 현실 너머의 세상은 원수성·차수성·귀수성의 변증법적 고리를 형성한다. 그것은 모종의 이상적 세계는 현실을 발판으로 이루어진다는 것을 의미한다.

한 대사와 행동으로 운문이 아닌 시극의 형식을 빌려 전통과 다가올 미래의 변증법인 관계를 모색하고 있는 작품이라고 할 수 있다. 극에서 등장하는 주요인물인 '남자'와 '여자'는 성별의 대조뿐만 아니라 인물의 배경에서도 살필 수 있듯이 서로 다른 진영의 인물로 설정되어 있다. 서로 다른 진영의 두 인물은 새로운 진영의 지평에 대한 비전을 제시하려는 의도라고 살필 수 있을 것이다. 작품은 이 두 인물 간의 대화로 전개되며 이어지는 것 같지만, 어떤 맥락이나 목표를 겨냥하지 않는 파편적인 대화를 통해 새로운 관계가 형성되고 있는 과정을 제시한다.

> 여: 그 눈동자가. 제 인생의 바늘을...... 저는 그만 끝내고 싶어요.
>   그만 끝내고 싶어요.
> 남: 무엇을? (무대 점점 밝아진다)
> 여: 만세를,
> 남: 만세?
> 여: 저게 무슨 소리예요?
> 남: (총을 들며) 가만, (상수 쪽 다녀오며) 아까 그 산토끼 모양이
>   오.
> 여: (긴 숨을 내쉬며) 누굴 쏘려고 그걸 드셨어요?
> 남: 우린 중간지대에 둘 다 떠 있소. 지금은 떠 있소.
> (시대 불명의 부상병 등장. 한쪽 눈을 안대로 가리고 절뚝절뚝 세
> 월 없이 걷는다)2)

"우린 중간지대에 둘 다 떠 있소."라는 남자의 대사는 인물이 처한 현실의 상황으로부터 탈구되어버린 설정을 보여주고 있다. 여기서 살필 점은

---

2) 신동엽, 강형철 외 편, 『신동엽 산문전집』, 창비, 2019, 28쪽. (이하 본문에서는 쪽수만 병기함)

남자와 여자가 놓인 상황을 알아차리는 조건인 시간인식의 대조이다. 남자는 현재의 곤경에 대해 주목하고 있는 반면, 여자는 "제 인생의 바늘을…… 저는 그만 끝내고 싶어요."라는 대사를 통해 과거의 어떤 상흔에서 벗어나지 못하고 도피하려는 모습을 작품 내내 보여주고 있다. 이처럼 과거와 현실 사이의 위치를 교차한 것은 단순히 당시의 시대상이나 인물의 성격을 묘사하는 것이라 해석할 수 있지만, 이 두 인물의 위치를 고려해본다면 신동엽 시의 주요한 역할을 두고 있는 '전경인'에 대한 비유로 해석할 수 있다. 어떤 미래가 그려질지 모르는 상황에서 두 인물은 작품 속에서 끝없이 엇갈리며 교차하는 현재와 과거의 변증법적인 순환 고리를 형성한다.

어디에도 정처하지 못하고 시대에 붕 떠 있는 두 인물은 모두 불안을 갖고 있는데, 이러한 불안은 차수성의 세계에 속한 인간이 갖고 있는 조건 중의 하나이면서, 동시에 불안을 통해 인류가 겪어온 역사들의 한계를 살필 수 있게끔 하는 매개가 된다.[3] 후에 그는 단상에서 차수성에 속한 인간을 "인간의 좌석은 공중에 있다"와 같은 말로 위치시켰다. 따라서 신동엽은 이러한 시대적 불안정성과 인간의 불안을 보여주기 위한 가장 적합한 장르로서 시극을 선택했음은 필연적인 결과일 것이다.[4] 그리고 신동엽이

---

3) "우리들의 불안은 바로 이탈자의 불안 그것이다. 차수적 세계성의 5천년 현란(眩亂), 환언하면 인류의 장구한 여름철이 성과한 정신적 무성, 그 가운데서 우리는 필대로 펴 우거진 오뉴월의 등구나무를 보듯 오만가지로 발휘되고 요구되고 천하에 폭로된 바 인간의 지상적 운명과 능력과 그것의 한계를 관망할 수 있다."(94) 하여 신동엽의 불안은 부정적인 불안으로만 볼 수 없다. 불안을 통해 인류의 한계를 살피고, 붕 떠 있는 인류의 새로운 안착을 마련하는 계기가 불안에서 비롯되기 때문이다.

4) "김현의 말대로 '어떤 근원적인 것에 대한 탐구', 민족의 원형질(정체성), 민족의 본질을 탐색하기 위해서는 세속적인(일상적인) 산문의 형식보다는, 보다 웅혼한 세계를 제시하는 시적 형식 또는 신화적 형식이 보다 적합하다는 작가 의식의 발현 때문이다. 다시 말하면 민족의 바람직한 미래상과 이상적 꿈의 실현을 선취하는 의식을, 유기적 전체성 세계에 대한 암시와 환상적 신비감(신비성)을 부여하여 보여주려 했

극을 통해 보여주고 있는 역사는 기록된 역사가 아니라 생명을 가진 역사
이다. 두 인물이 초반에는 각자의 욕망에 따라 대사가 전개되지만 점차 역
사에 대한 인식으로 그 사유가 변화함에 따라 개인의 욕망에 갇힌 의지가
아니라 시대에 의해 결여된 '전경인'에 대한 사유로 확장되어 변모해가는
과정을 살필 수 있다.[5] 그리고 두 인물이 처한 시대적 배경인 통일에 대한
인식까지 나아가게 된다. 이러한 역사성을 촉발하는 계기는 하나의 작은
탄환이다.

> 여: 전 도대체, 이 쇠붙이들의 의지를 모르겠어요. 내 가슴에 무슨
> 적의가 있다고. 기어코, 내 이 흰 가슴을 겨냥해야만 할까. 그
> 눈먼 의지.
> 남: 그렇지만, 인류의 역사를, 좋든 나쁘든 이곳까지 이끌어온 것
> 도 바로 그 의지의 공로였으니까.(35)

이처럼 "쇠붙이"는 작품 뒤에서 이어지는 "껍데기"와 "그늘" 등의 메타
포와 연결되어 차수성의 세계를 대신하는 상징으로 나타난다. 신동엽이
비판하고자 했던 역사, 기술, 문학, 예술 등의 한계점은 바로 "눈먼 의지"

던 것이다. 거기에 가장 적합한 형식이 '시극'이었다." (김동현, 『한국 현대 시극의
세계』, 국학자료원, 2013, 179쪽.) 신동엽이 꿈꾸었던 귀수성의 세계는 현실 너머의
공간을 그리고 있기 때문에 신화의 형식적 접근으로 볼 수도 있을 것이다.
5) "작가의 이데올로기는 외세와의 갈등 극복의 길이 험난하겠지만 그 갈등을 극복한,
일체의 이념으로부터 우리 민족의 자주와 주체성 및 고유의 아이덴티티를 회복한
유토피아의 지평을 지향하고 있다. 이 지점(비극적 카타스트로프)에서 텍스트의 이
데올로기는 지배적 이데올로기에 편입되어 버리는 양상을 보이지만, 작가의 이데올
로기는 텍스트의 이데올로기와 분열된다. 미학적 이데올로기는 작가의 이데올로기
에 개입함으로써 카타스트로프를 비극적으로 처리하여, 작가의 이데올로기를 미적
인 형상화 과정에서 변형, 굴절시키고 있는 것이다. 곧 '부재'개념의 미학적 변형 메
커니즘의 작동이 이루어진 것이다." (김동현, 위의 책, 237쪽.)

의 소산인 차수성의 세계를 나타낸다. 하지만 신동엽의 논지에 따르면, 차수성의 세계는 단순히 거부해야 할 공간이 아니다. 차수성의 세계를 탈피하려는 노력을 통해 현재의 시간을 미래에 위치시킬 수 있기 때문이다. 따라서 신동엽이 강조하는 귀수성의 세계는 일종의 '어머니—대지'와 같은 성격을 갖고 있으며 이러한 도래할 귀수성의 발판을 마련하는 것은 극의 후반부에 나오는 "호미"이다.

> 남: 호미, 뙤약볕 아래, 어머니의 야윈 괴춤에 꽂혀오던 호미, 그
>   호미의 갸우뚱한 고개.
> 여: 총으로 호미를. 사상 최대, 아니, 인류 역사의 대전환기가 되
>   겠어요.
> 남: 두 자루의 호미로 농사를 짓겠어.(39)

호미로 밭을 일구려는 인물 간의 대화를 통해 신동엽은 귀수성의 공간을 마련할 수 있을 방법에 대해 암시하고 있는 것이다. 앞서 살핀 바와 같이 황폐하고 타락한 대지를 생명의 대지로 바꿀 수 있는 것은 쇠붙이, 즉 차수성의 세계를 통해 일구어진 농경을 통해서 가능하기 때문이다. 「그 입술에 파인 그늘」에서 호출되는 귀수성의 세계는 작품의 시대상과 맞물려 통일로 표현된다. 하지만 귀수성의 세계는 작품에서와 같은 어떤 하나의 사건으로 마무리될 수 있는 것이 아니다. 그것은 원수성과 차수성의 변증법적인 운동을 통해 이루어지는 비역사적인 시간성이며, 과거와 현재의 공존을 통해 이뤄진 정신의 세계로 지칭할 수 있다. 신동엽은 귀수성의 세계를 시론을 통해 다음과 같이 주장했다.

그리하여 대지 위에 다시 전경인의 모습은 돌아와 있을 것이고

인류 정신의 창문을 우주 밖으로 열어두는 서사시는 인종의 가을철
에 의하여 결실되어 남겨질 것이며 그 정신은 몇만년 다음 겨울의
대지 위에 이리저리 몰려다니는 바람과 같이 우주지(宇宙知)의 정
신, 이(理)의 정신, 물성(物性)의 정신으로서 살아남아 있을 것이다.
　그리하여 그것은 곧 귀수성 세계 속의 씨알이 될 것이다.(104)

따라서 신동엽에게 있어 귀수성의 세계는 언제나 드러나지 않는 미지
의 것과 다름없다. 「그 입술에 파인 그늘」에서 그가 보여주고자 했던 귀수
성의 세계는 작품의 마지막에 제시된 아이러니한 장면으로밖에 그려질
수 없는 것이다. 그것은 "제트기의 폭음"과 "늘어진 두 시체"의 대지를 거
쳐서 공중에서는 "솔바람 소리. 그리고 평화스런 산새들의 노랫소리"가
들리는 것처럼 말이다. 따라서 어떤 것이 도출될지도 알 수 없으며, 원수
성의 세계에도, 차수성의 세계에도 발견할 수 없는 전미래의 사물들, 귀수
성의 세계를 통해 도달할 수 있는 일종의 형이상학적 공간이기 때문이
다.6) 하지만 형이상학적이라고 해서 모종의 관념 속에만 존재하는 것이
아니다. 그것은 변증법적인 역사 과정 중에 드러나게 되는 비역사의 순간

---

6) "그것은 무수한 가능성들이 공존하는 어떤 결정 불가능의 지점, 이를 테면 오늘날의
소급적 관점에서는, 즉 이미 수립된 진화경로의 관점에서는 생각할 수도 없는 부조
리처럼 보이는 지점의 자연을 보존하고 있다. (오늘날에는) 생각할 수 없는 형식들,
예컨대 오늘날의 우리가 설정한 것과는 전혀 다른 방식으로 형성된 고도로 발달한
생물─본래적인 가치의 결핍이나 부적응 때문이 아니라, 전적으로 우연한 환경과의
부적합성 때문에 멸종한 생물─의 과도한 풍부함과 대면케 되는 지점 말이다. 우리
는 버지스 혈암 화석을 자연의 증상이라고까지 말할 수 있다. 그것은 가능한 대체
역사의 윤곽을 재현하기 때문에 그것이 발전해 온 진화선상에 위치할 수 없는 기념
물이며, 오늘날의 우리가 알고 있는 진화가 이뤄지기 위해 희생되고 망실된 것이 무
엇인지 알려주는 유물이다." (슬라보예 지젝, 박정수 옮김, 『그들은 자기가 하는 일
을 알지 못하나이다』, 인간사랑, 2004, 320─321쪽.) 오늘날, 차수성의 세계에서 이
해 불가능한 모순적인 모습들은 바로 귀수성의 세계로 인도하는 '유물'들의 조건을
담지하고 있다.

이기에 추와 미가 공존하는 다양한 모습을 가질 수 있을 것이며, 역사에서 소외된 신동엽의 비역사적 공간에서 나타나는 '균열'은 "제트기"와 "시체", "산새"들이 아닌 새로운 귀수성의 매개물로 등장할 것이다.

강

나는 나를 죽였다.

비 오는 날 새벽 솜바지 저고리를 입힌 채 나는

나의 학대받는 육신을 강가에로 내몰았다.

솜옷이 궂은비에 배어

가랑이 사이로 물이 흐르도록 육신은

비겁하게 항복을 하지 않았다.

물팡개치는 홍수 속으로 물귀신 같은

몸뚱어리를 몰아쳐 넣었다.

한발짝 한발짝 거대한 산맥 같은

휩쓸려 그제사 그대로 물너울처럼 물결에

쓰러져버리더라 둥둥 떠내려가는 시체 물속에

주먹 같은 빗발이 학살처럼

등허리를 까뭉갠다. 이제 통쾌하게

뉘우침은 사람을 죽였다.

그러나 너무 얌전하게 나는 나를 죽였다.

가느다란 모가지를 심줄만 남은 두 손으로

꽉 졸라맸더니 개구리처럼 삐걱! 소리를 내며

혀를 물어 내놓더라.

강물은 통쾌하게 사람을 죽였다.

신동엽 시의 '죽음 의식' 탐색을 위한 단상

—「강」에 나타난 죽음 이미지와 수필「금강 잡기(雜記)」의 풍경

김재홍

1.

신동엽은 등단작「이야기하는 쟁기꾼의 대지」에서부터 장편 서사시「금강」에 이르기까지, 아사달과 아사녀로부터 최제우와 전봉준에 이르기까지 단지 몰가치한 기록으로서의 한국사가 아니라 민족사나 민중사의 맥락에 닿는 치열한 시 정신을 보여줌으로써 흔히 '민족시인'으로 호칭되어 왔다.[1] 신동엽에게 민족은 이민족의 침탈 앞에 가로놓인 나약한 존재였으며, 민중은 폭정 아래 헐벗고 굶주린 존재들이었다. 그런 점에서 '민족시

---

[1] '민족시인'이라는 호칭의 대표적인 사례는 신동엽 타계 30주기 학술논문집을『민족시인 신동엽』이라는 제목으로 출간한 것을 통해 확인할 수 있다. 표제작을 쓴 채광석을 비롯해 백낙청, 신경림, 염무웅, 김종철 등 모두 26명의 원로와 소장 문인들이 일관되게 그와 같은 관점에서 신동엽을 언급하고 있다. 구중서 · 강형철 엮음,『민족시인 신동엽』, 소명출판, 1999.

인 신동엽'이라는 기표는 사회 · 역사적 맥락을 따라 그의 작품 세계를 평가한 것으로 볼 수 있다.

그런데 최근 몇몇 논자들은 2000년대 이후부터 신동엽의 다면적인 시세계를 민족주의로 환원시키는 데 이의를 제기하는 다양한 시각의 연구성과가 제출되고 있다며 호평하고 있다. 김희정은 "탈식민성, 아나키즘, 생태주의, 생명공동체, 동학사상, 에코페미니즘, 죽음의식, 공간과 심상지리, 시간의식, 민족문학의 갱신, 코스모폴리타니즘, 탈근대성, 민주주의, 낭만성, 전통과 혁명, 중립, 65년 체제 등"[2] 신동엽 연구는 이제 본격적인 심화 · 확장 단계에 도달한 것으로 보고 있다. 또한 이 푸 투안과 에드워드 렐프의 장소성 개념을 통해 신동엽 시에 나타난 탈식민지적 장소와 다문화적 사유의 가능성을 탐색한 공현진 역시 "'민족주의' 개념을 벗어나는 지점에서 신동엽 시의 새로운 의의를 발견할 수 있다"는 입장을 견지하면서 근래의 연구 경향을 긍정적으로 언급하고 있다.[3]

이러한 경향들 가운데 신동엽 시의 죽음의식에 주목한 한상철은 그것을 크게 세 가지로 분별했다. 하나는 1968년 이전 발표된 작품에서 중심을 이루는 순환적 역사 인식에 근거한 역사적 죽음 의식이고, 다른 하나는 1968년 이후의 작품에 드러나는 자신의 병 체험과 연관된 죽음의 실감과 부정적 현실 인식, 마지막으로 유고 시편에 나타나는 이 두 가지 죽음의식의 병존이나 교직 현상 등이다.[4] 한상철은 "일제강점기와 해방 전후의 혼란, 한국전쟁의 비극을 몸소 겪었던 개별자"인 신동엽에게 죽음 의식이 빈

---

2) 김희정, 「신동엽 시에 나타난 정치적 진리 절차 연구─알랭 바디우의 메타정치론을 중심으로」, 이화여자대학교 박사학위논문, 2018, 3─5쪽.

3) 공현진, 「신동엽 시에 나타난 탈식민지적 장소와 다문화적 사유의 가능성」, 『어문론집』76, 중앙어문학회, 2018, 169쪽.

4) 한상철, 「신동엽 시에 나타난 죽음의식의 이중성」, 『한국문학이론과 비평』71집 20권 2호, 한국문학이론과 비평학회, 2016, 24쪽.

번히 등장하는 현상은 당연한 귀결이라면서 그것이 "죽음에 대한 역사적 재현에서 개별적 실감으로의 이행"한 것은 "『금강』 탈고 이후 급격하게 악화된 시인의 몸 상태와 이로 인한 죽음관의 변화"가 영향을 준 것이라 보았다.5)

　그러나 창작 시점과 발표 시점의 불일치는 흔히 있는 일이며 그 시차가 상당한 경우도 종종 있다는 점에서 신동엽의 지병 악화 시기와 맞물리는 1968년을 기준으로 그의 죽음 의식을 대별한 것은 한 시인의 의식 변전을 다소 경직되게 분석한 것이라는 우려를 가능케 한다. 가령 첫 시집 『아사녀』가 간행된 1963년에 발표한 수필 「금강 잡기(雜記)」에는 세 명의 젊은 여승이 자살한 에피소드가 등장하는데, 이들의 죽음에서 신동엽은 "위대한 예술에서와 같은 법열(法悅)을 느끼고 있었"다고 함으로써 일종의 예술지상주의나 유미주의적인 시각을 보여주고 있다. 또 그가 작고한 이후 1970년에 발표된 시 「강」6)의 첫 행은 "나는 나를 죽였다."로 시작되는데, 중후반 13행과 14행은 "이제 통쾌하게 / **뉘우침**은 사람을 죽였다."(강조 ― 인용자)라고 함으로써 윤리적인 죽음 의식을 시사하고 있다.

　그렇다면 신동엽의 죽음 의식은 특정 시기를 기준으로 절대적으로 변모했다기보다 비록 선후 관계를 상정할 수 있을지언정 서로 구별되는 몇 가지 성향이 사실상 병존했던 것으로 추론해 볼 수 있다. 본고는 신동엽의 죽음 의식과 그의 작품이 보여주는 죽음 의식이 완전히 일치되지 않을 수 있음을 유념하되 작고한 시인의 경우 그것은 작품을 통해 유추할 수밖에

---

5) 한상철, 앞의 글, 7―9쪽.
6) 김응교가 공개한 신동엽의 시작 노트에는 「강」의 창작 시점이 1953년 7월 3일로 명확하게 표기돼 있다. 그렇다면 발표 시점과의 시간적 거리는 무려 17년에 이른다. 김응교, 「신동엽의 죽음의식과 금강 자살사건―신동엽 시 「강」과 산문 「금강잡기」」, 『국제어문』 88, 국제어문학회, 2021, 228쪽.

없다는 점도 고려하고자 한다. 먼저 시적 화자의 '자살'을 소재로 한 보기 드문 작품인 「강」에 나타난 죽음의 이미지를 살피고, 세 여승의 자살 사건을 다룬 수필 「금강 잡기(雜記)」의 풍경을 분석해 본다. 이를 통해 신동엽과 그의 작품이 보여주는 죽음 의식의 양상과 변화의 맥락을 짐작해 볼 수 있을 터이다.

2.

「강」은 신동엽의 시세계에서 '강'이라는 물리적 조건과 속성만을 소재와 제재로 삼은 보기 드문 단편 서정시로 보인다. 대작 『금강』의 압도적인 영향을 고려할 때 신동엽을 '강의 시인'으로 이해하는 것은 얼마든지 가능한 일이겠지만, 사실 그가 '강'을 직접 제목으로 삼은 경우는 「압록강 이남」, 「백마강변」 등 극히 소수에 불과하다. 또한 등단작 「이야기하는 쟁기꾼의 대지」부터 많은 작품 속에서 민족사의 주요 국면들을 치열하게 성찰하는 가운데 강의 이미지가 여기저기 등장하는 게 보이지만, 「강」과 같이 '강가', '물', '물팡개', '홍수', '물너울', '물결', '강물'과 같은 시어들이 전면에 포진한 경우는 많지 않다.

> 나는 나를 죽였다.
> 비 오는 날 새벽 솜바지 저고리를 입힌 채 나는
> 나의 학대받는 육신을 강가에로 내몰았다.
> 솜옷이 궂은비에 배어
> 가랑이 사이로 물이 흐르도록 육신은
> 비겁하게 항복을 하지 않았다.

물팡개치는 홍수 속으로 물귀신 같은
몸뚱어리를 몰아쳐 넣었다.
한발짝 한발짝 거대한 산맥 같은
휩쓸려 그제사 그대로 물너울처럼 물결에
쓰러져버리더라 둥둥 떠내려가는 시체 물속에
주먹 같은 빗발이 학살처럼
등허리를 까뭉갠다. 이제 통쾌하게
뉘우침은 사람을 죽였다.
그러나 너무 얌전하게 나는 나를 죽였다.
가느다란 모가지를 심줄만 남은 두 손으로
꽉 졸라맸더니 개구리처럼 삐걱! 소리를 내며
혀를 물어 내놓더라.
강물은 통쾌하게 사람을 죽였다.

—「강」 전문7)

「강」은 "나는 나를 죽였다."라는 과격한 시행으로 시작되는 작품이다.8)
강과 삶의 유비를 따라 인생의 축도로 작품을 구축하지 않은 점에서 신동엽
의 시적 혁신성을 볼 수 있는 것이기도 하지만, '자신의 죽음'을 응시하는 주
체의 분열9)을 통해 죽음 자체의 의미를 성찰한 노작이라고 할 수 있다.

---

7) 신동엽, 강형철 외 편, 『신동엽 시전집』, 창비, 2013, 417쪽.
8) '강'과 '죽음'의 연결에 대해 김응교는 "『동아일보』, 『경향신문』에서 1920년대부터
   1960년대까지 '금강', '자살'로 검색하면 130여 가지의 금강 투신자살 사건이 보도
   됐다."면서 "신동엽에게 강은 미래에 희망을 주는 그런 강이 아니었다. 그에게 강은
   비극을 가르쳐준 역사의 텍스트였다."고 언급했다. (김응교, 앞의 글, 230쪽.) 그러나
   신동엽 개인에게 더욱 직접적이고 부정적인 '강'의 경험은 1951년 국민방위군에 갔
   다 돌아오는 길에 배고픔을 참지 못해 낙동강 가에서 민물 게인 갈게를 날로 먹고
   생긴 간디스토마와 폐디스토마였다. (김응교, 『시인 신동엽』, 현암사, 2005, 174쪽;
   김응교, 『좋은 언어로』, 소명출판, 2019, 54쪽.)
9) 이에 대해 김응교는 "죽은 내가 죽은 나를 호명하는 곧 사후주체(死後主體)가 화자로
   등장한" 것이라면서 그것은 "과거 상실했던 순간을 위로하고 다시 평가하고 싶은 심
   리가 창작욕망 속에서 발동할 때" 나타난다고 언급했다. (김응교, 앞의 글, 227쪽.)

'시적 화자'의 죽음이든 '시인'의 죽음이든 「강」의 죽음은 '자살'이다. 우발적인 죽임이 아니라 의도된 죽음이기 때문에 작품 전반에 나타나는 죽음의 이미지는 매우 선명하고 강렬하다. '나'는 '나의 학대받는 육신'에게 비 오는 날 솜바지를 입혔다. 솜옷은 가랑이 사이로 물이 흐르도록 빗물을 가득 품었다. 강가에 내몰린 '육신'은 그러나 쉽게 죽지 않았고("비겁하게 항복을 하지 않았다.") '물팡개치는' 물귀신 같은 홍수 속에 휩쓸려서야 "물너울처럼 물결에 / 쓰러져 버"렸다. 그리고 그 위로 "주먹 같은 빗발이 학살처럼" 그 "등허리를 까뭉갠다." 통쾌하게.

그런데 여기서 죽음은 '뉘우침'에 의한 것이다("뉘우침은 사람을 죽였다."). 뉘우침의 강도만큼 죽음은 '통쾌'할 수 있지만, 동시에 뉘우침이 절박할수록 더욱 가혹한 죽음을 요구할 수도 있다. 그렇다면 "너무 얌전하게 나는 나를 죽였다."는 시행은 솜바지에 물이 가득 차서 급류에 휩쓸려 떠내려가는 시체와 그 위로 '학살처럼' 쏟아지는 '주먹 같은' 빗발로도 충분치 않은 '뉘우침'을 상정한다. 강물에게는 통쾌할지 몰라도 '나'에게는 여전히 '너무 얌전'한 죽음일 뿐이다. 확실히 「강」의 죽음은 추상화된 '역사적 죽음'이라기보다 반성적이며 윤리적인 죽음으로 보인다.

이처럼 「강」에 나타난 죽음의 이미지는 외면적으로도 처절한 양상이지만, 내면적으로도 치열한 '뉘우침'을 보여준다. 뉘우침의 원인이나 배경이 분명하게 제시되지 않았다고 하여 '자살'을 묘사한 이 작품의 날카로운 윤리의식이 반감되는 것은 아니다. 오히려 그 때문에 개인의 실존적 죽음과 뉘우침이 보편적인 시적 긴장으로 확산되는 것으로 볼 수도 있다.

3.

뉘우침 속에서 얻은 '통쾌한' 죽음의 이미지는 수필 「금강 잡기(雜記)」10)
에 등장하는 세 여승의 '자살 사건11)과 연결된다. 비록 두 작품의 창작 시
점과 발표 시점이 상이하고 표현 양식 또한 시와 수필로 구별되지만, 무엇
보다 자살이 소재가 된 것은 완전히 일치되는 점이며 시공간적 배경 또한
매우 유사하기 때문이다. 두 작품은 시간적으로는 새벽과 장마철이라는
점에서 닮았고, 공간적으로는 강(금강), 홍수(뇌성벽력), 물귀신(귀신), 빗
발(소나기) 등에서 비슷하다.

> 다음 날 **새벽** 그들은 조약돌들이 가득 담긴 무거운 그 바랑 주머
> 니들을 어깨에 걸머져 허리에 꽉 졸라매고 **귀신**도 모르게 조용히 일
> 렬로 늘어서서 강의 중심을 향하여 서쪽으로, 서쪽으로 걸어 들어갔
> 던 것이다. …… 그러자 그와 때를 같이하여 주먹 같은 소나기 **빗발**
> 이 온 천지를 덮으면서 난데없는 그 무서운 **뇌성**이 하늘과 땅을 뒤
> 엎어놓았던 것이다. …… 두어시간 만에 시체 하나가 낚시에 걸려
> 물 위에 올라왔다. 사진사의 말에 의하면 가장 나이가 어린 여승이
> 라 했다. 자기 말로 열여덟. 그러나 스물두살과 스물네살이라던 두
> 여승은 끝끝내 나타나주지 않았다. (강조―인용자)12)

---

10)「금강 잡기(雜記)」는 1963년 10월『財務』지에 게재되었다. 신동엽,『신동엽 산문
　　전집』, 창비, 2019, 175―179쪽.
11) 김응교는 「금강 잡기(雜記)」에 나오는 세 여승 자살 사건의 "배경이 되는 실제 사
　　건이 있었다"고 하면서 「낙화암서 두 여승 투신자살―백화정엔 청년 시체로 억측
　　구구」라는 제목의『대전일보』기사(1956.7.13)를 인용했는데, '세 여승'과 '두 여
　　승'의 차이에 대해 "어떤 상상이 개입되지 않았을까"라며 사실상 동일시하고 있다.
　　(김응교, 앞의 글, 237―241쪽.)
12) 신동엽, 「금강 잡기(雜記)」,『신동엽 산문전집』, 창비, 2019, 176―177쪽.

이처럼 사건의 개요를 요약해서 전제한 뒤 신동엽은 여승들이 자살한 바로 그날 "장화를 신고 강변에 나가보았다."고 적고 있다. "소나기가 후리고 간" 뒤 한길씩이나 되는 호밀밭 사이를 걷자니 "아랫도리는 물에 빠진 사람 모양 흠뻑 젖어버렸다."고도 기록했다. 그렇게 어렵사리 강변에 다다라 "왼쪽 팔뚝에 밤알만큼씩 역력히 흉터져 있는 네개의 우둣자죽"이 있는 '열여덟살짜리라는 여승의 시체'를 직접 목격했다. "이 세상 아무것에도 상관이 없다는 듯한 평화스런 얼굴, 오뚝 선 지적인 콧모습, 흰 목언저리, 그리고 곱고 긴 열 손가락을 똑똑히 보았다." 자살 소식을 접한 순간부터 한 여승의 시체를 직접 확인한 때까지 자신의 외면적 행동을 이처럼 세밀하게 기록하였다.

그리고 그곳을 빠져나와 강기슭을 걸으면서 "내 가슴에 낡은 담장이 자취 없이 무너져 내리고, 그 무너져 내린 담장의 자리 위에서 조그만 꽃씨 하나가 말없이 떡잎을 갈라내고 있는 느낌"을 가졌다고 함으로써 죽음의 의미를 찾고자 하는 자신의 내면에 진입한다. 생과 사, 이승과 저승을 가르고 있던 자신의 '낡은 담장'이 무너져 내리고 그 자리에 '조그만 꽃씨' 하나가 발아하고 있음을 느낀 것이다. 이어서 그는 경계를 무너뜨리고 그 자리에서 돋아나는 새싹의 의미를 찾는다. "피안의 세계에 무엇을 보았길래 그들은 세 사람이 동시에 서쪽 하늘을 향해 …… 미련 없이 점점 깊어지는 물속으로 걸어 들어갈 수 있었을까." 하지만 그것은 "알 것 같으면서도 모를 일"이었다.

그러나 마침내 신동엽은 젊은 세 여승의 자살이 던진 의미를 찾아낸다. "유품 하나 남기지 않고 깨끗이 일렬로 승천했다고 하는, 그 극적인 죽음 앞에 위대한 예술에서와 같은 법열(法悅)을" 느꼈던 것이다. '서쪽'을 향해 이승의 삶을 스스로 내던진 여승들의 죽음에서 탈속과 초월의 종교적 경지를 확인하고 그것에서 죽음도 초극하는 예술성의 높이를 발견했던 것이다. 신동엽은 또 "종교·예술이 지니는 어떤 지상의 자세 같은 것을 그들의 마지막 행렬에서 느끼게" 되었다. 이처럼 예술의 탐미적 죽음 의식과 종교의 초월적 죽음 의식에 대한 긍정은 비록 양적으로는 희소한 수준이지만, 질적으로는 한 시인의 내면세계를 다채롭고 풍성하게 만들기에 충분한 것이라 할 수 있다.

한상철의 분석대로 신동엽과 그의 작품이 보여주는 대표적인 죽음 의식은 '순환적 역사 인식에 근거한' 역사적 죽음 의식이다. "지금은 싸우는 시대"라며 "백성의 시인이 정치 브로커, 경제 농간자, 부패문화 배설자들에 대신하여 조국 심성(心性)의 본질적 전열(前列)에 나서서 차근차근한 발언을 할 시기가 이미 오래전에 우리 앞에 있었던 것"[13]이라던 신동엽에게 죽음은 사회적이고 정치적인 것이었으며 역사적이고 민족적인 것이었다. 여기에 더해 「강」의 윤리적 죽음 의식과 「금강 잡기(雜記)」의 탐미적 죽음 의식, 초월적 죽음 의식 등 신동엽에게는 크게 네 가지 죽음 의식이 병존하면서 때에 따라 교직되기도 했다고 추론해 볼 수 있다.

신동엽의 시세계에 나타나는 죽음 의식을 분석한 한상철의 연구는 주목에 값하지만, 지병 악화 시기인 1968년을 기준으로 죽음 의식의 변모를 너무 경직되게 적용한 것은 지나친 태도로 보인다. 또 「강」과 「금강 잡기(雜記)」를 통해 신동엽의 죽음 의식과 금강 자살 사건을 연결해 검토한 김응교의 논문은 그러나 '죽음 의식' 자체에 대한 분석보다는 (1)실제 사건을 다룬 점, (2)현장 답사의 결과물이라는 점, (3)문장 구성 등에 대한 외적 분석만을 수행하고 있다.[14] 따라서 신동엽 연구의 심화·확장이 이루어지

---

13) 신동엽, 강형철 외 편, 「신저항시운동의 가능성」, 『신동엽 산문전집』, 창비, 2019, 138−139쪽.
14) 김응교, 앞의 글, 223−245쪽.

고 있는 근래의 경향을 지속하기 위해서도, 시인의 내면세계의 다양한 측면을 파악하기 위해서도 그의 죽음 의식에 대한 연구는 작품 전반으로 확대되어야 할 것으로 생각되며, 이는 앞으로의 과제로 남는다.

좋은 언어

외치지 마세요
바람만 재티처럼 날아가버려요.

조용히
될수록 당신의 자리를
아래로 낮추세요.

그리고 기다려보세요.
모여들 와도

하거든 바닥에서부터
가슴으로 머리로
속속들이 굽이돌아 적셔보세요.

하잘것없는 일로 지난날
언어들을 고되게
부려만 먹었군요.

때는 와요.

우리들이 조용히 눈으로만
이야기할 때

허지만
그때까진
좋은 언어로 이 세상을
채워야 해요.

신동엽, '좋은 언어' 그리고 눈동자

문혜연

혁명의 삶을 살고자 했던 신동엽은 현실에 대한 비판적 인식을 토대로 문학의 현실 참여를 몸소 실천한 시인이다. 그러므로 신동엽의 시는 민족과 민중, 역사와 현실을 저변에 놓은 채 읽혀왔고 읽혀갈 것이다. 시인이면서 사상가인 신동엽에게 언어는 예술의 재료이자 사상을 실천할 수단이다. 따라서 그의 시에는 언어의 진실성이 무엇보다 중요한 요소이다. 본고는 신동엽의 시 「좋은 언어」와 산문을 토대로 좋은 언어에 대한 시인의 인식을 살펴보고자 한다.

외치지 마세요
바람만 재티처럼 날아가버려요.

조용히
될수록 당신의 자리를

아래로 낮추세요.

그리고 기다려보세요.
모여들 와도

하거든 바닥에서부터
가슴으로 머리로
속속들이 굽이돌아 적셔보세요.

하잘것없는 일로 지난날
언어들을 고되게
부려만 먹었군요.

때는 와요.
우리들이 조용히 눈으로만
이야기할 때

허지만
그때까진
좋은 언어로 이 세상을
채워야 해요.

—「좋은 언어」전문[1]

    말은 소리를 갖고 금세 사라지기에 기억에 기대어 살아남는다. 말은 화
자와 청자가 직접 대면하고 나누기 때문에 의도를 보다 명확히 표현하기
에 좋을 수도 있지만, 사고와 발화가 동시적으로 이루어지는 만큼 어려울
수도 있다. 글은 그에 비해 더 쉽게, 더 오래 살아남을 수 있으며 글쓰기를

---

1) 신동엽, 강형철 외 편, 『신동엽 시전집』, 창비, 2013, 411–412쪽.

완료하기 전까지 몇 번이고 다듬어낼 수 있다. 수필 「나의 이중성」에서 신동엽은 상대가 자신의 농담을 불쾌하게 받아들였던 일화를 제시하며 말을 통한 의사소통의 어려움을 밝힌 적 있다. 편지나 글을 통한 소통에서는 어색함 없이 자연스럽게 자신의 뜻을 전할 수 있다던 신동엽에게 시와 사상의 언어는 말보다는 글이었으리라 생각된다. '외치지 마세요'라는 시의 첫 행 역시 말의 한계에 대한 인식을 보여준다. 말은 '재티처럼 날아가버'리는 '바람'과 같은 것이어서 우리의 곁에 남지 않는다. 다른 사람들에게 전해지기 어렵고, 그 전해지는 과정에서도 재가 바람에 흩날려 달라붙는 것처럼 조각만 남기 마련인 말은 신동엽에게 '좋은 언어'가 아니다. 그렇다면 말이 아닌 글이 좋은 언어일까? 시에서 두 번이나 사용되는 '조용히'라는 부사와 '하잘것없는 일'들로 '언어들을 고되게/부려만 먹'은 지난날에 대한 반성을 통해 답을 유추해볼 수 있다. '하잘것없는 일'이란 신동엽이 비판적으로 인식하고 있는 시대 및 사회의 문제 상황들을 가리킬 것이다. 그 일들을 전달하는 언어에 신동엽은 '좋은'이라는 수식어를 붙이지 않았다. 이런 언어는 시의 언어가 아니라 우리 주변을 감싸고 있는 현실 그 자체를 전달하는 말과 글일 것이다.

사람이 사람을 죽인 이야기, 누가 누구를 사기하고 달아난 이야기, 그 못된 부끄러운 이야기들을 전투상황 중계하듯 기계적인 음성으로 쏘아붙여댄다. 그러고는 또 시끄러운 그 금속성 광고 소리. (…) 신문을 본다. 대문짝 같은 활자들이 용틀임하면서 우리의 피로한 신경 앞으로 육박해온다. 극한적인 언어들. 그건 우리의 귀를 통해서가 아니라 눈을 통해서 신경을 시끄럽게 만들어준다. 너무 모질고 맵고 아픈 기사들뿐이다. (…) 그래서 요새 나는 흔히 두 귀를 솜으로 막고 다니기가 일쑤고 색안경은 거의 날마다 쓰고 다니게 됐다. (…) 세상 사람들의 소리와 표현이 좀더 부드러워지고, 좀

더 저음으로 낮아지고, 좀더 정감 있는 폭신폭신한 살 소리로 녹아
스밀 수 있게 된다면 이 세상은 얼마나 다정스러워지고 평화스러
워질까.

— 산문 「시끄러움 노이로제」 부분2)

여기서 시끄러운 것은 주변에서 들려오는 소리뿐만이 아니라 넘쳐나는
활자들이기도 하다. 소리는 단순히 음성이나 소음만을 얘기하는 것만이
아니라, 부정적인 현실에 대한 이야기이기도 하다. 신동엽은 그를 '못된
부끄러운 이야기'라고 말하며 귀를 막고 다니며, '활자들의 용틀임' 역시
피로하기에 색안경을 쓰고 다닌다. 그렇다면 말보다 글로 생각을 나타내
는 일이 시인에게 보다 수월해서 그렇지, 반드시 글 자체가 말보다 좋은
언어라는 것은 아니다. 그러므로 다시 질문을 던질 수밖에 없다. 어떤 언
어가 좋은 언어인가? 일상을 파고드는 언어의 소란 속에서 지친 시인은 좀
더 부드럽고, 낮고, 폭신한 언어를 꿈꾼다. '살 소리로 녹아 스밀 수 있'는
언어란 말과 글만이 오가는 게 아니라 사람과 사람이 주고받는 체온과 시
선 같은 것들이 포함된 언어일 것이다. 언어는 본질적으로 의미와 의도를
모두 담을 수 없다. 때로는 길고 장황한 말보다 한 번의 눈빛이 더 의미가
있듯, 신동엽도 언어보다 눈을 맞대는 것을 중요하게 생각했다.

사람과 사람 사이의 표현 중에 가장 진실된 것은 눈감고 이루어
지는 육신의 교접이다.
그다음으로 진실된 표현은 눈동자끼리의 열기이다.
여기까지는 진국끼리의 왕래다. 그러나 다음 단계로부터는 조락
이다. 그다음 단계란 것이 바로 언어다.
그것도 피부를 마주 보며 눈앞에서 이루어지는 언어의 왕래는 비

---

2) 신동엽, 강형철 외 편, 『신동엽 산문전집』, 창비, 2019, 217쪽.

교적 진국이다. 수화기로 통한 전화의 대화. 이건 현대인이 만들어
낸 가장 비겁한 가면이다. 거짓과 거짓, 사무적인 타산으로 이루어
지는 기계적인 표현.

―산문「단상 모음」부분3)

신동엽은 '육신의 교접'과 '눈동자끼리의 열기'가 진실된 표현이고, 언
어를 그 다음 단계라고 말했다. 마찬가지로 「좋은 언어」에서도 '조용히 눈
으로만/이야기할 때'를 기다려야 한다고 말하며, '그때까진/좋은 언어'를
사용해야 한다고 말하고 있는 것으로 보아 언어는, 그것도 '좋은 언어'는
눈을 통한 대화가 가능할 때까지의 대안이다. 그러므로 신동엽에게 가장
좋은 언어는 '눈'의 언어, 즉 눈동자이다. 이런 인식은 너의 눈을 잊을 수
없다는 고백으로 시작하는 시 「빛나는 눈동자」에서도 찾아볼 수 있다.
"조용한,/아무것도 말하지 않는,/다만 사랑하는/생각하는, 그 눈은/그 밤의
주검 거리를/걸어가고 있었다.//너의 빛나는/그 눈이 말하는 것은/자시(子
時)다, 새벽이다, 승천(昇天)이다."(「빛나는 눈동자」) 여기서도 눈은 아무
것도 말하지 않지만 죽음 속을 걸으면서도 사랑을 생각한다. 조강석은 신
동엽 시들에 나타나는 눈의 이미지에 주목해 시인이 기다리는 민주주의
가 올 때까지 무한 부정과 삶의 재발명을 가능하게 하는 것이 연대의 눈빛
이며, 그것이야말로 시의 언어4)라고 말했다. 그의 말대로라면 시에서 "자
리를/아래로 낮추'고, '바닥에서부터/가슴으로 머리로" 올라가는 '적셔보'

---

3) 신동엽, 위의 책, 227쪽.
4) 조강석은 자크 랑시에르가 제시한 민주주의의 핵심이란 말할 자격이 없는 것으로
   간주된 이들이 오히려 말을 하고 몫을 갖게 되는 것이며, 「종로오가」를 비롯한 시를
   통해 신동엽이 말할 자격이 없는 자들의 눈동자를 들여다본다고 말했다. (조강석, 「신
   동엽 시의 민주주의 미학 연구―무엇을 희망해도 좋은가?」, 『한국시학연구』 35, 한
   국시학회, 2012, 417―441쪽 참고.)

는 것은 신동엽이 생각하는 따스한 연대가 아닐까. 죽음과 가까운 곳까지 내려가더라도 천천히 시선을 들어 올려 눈을 맞추는 것이야말로 적확한 사랑의 표현이다. 낮은 자리에 있는 사람들과 마주칠 수 있는 '빛나는 눈'을 가진 너는 "눈물겨운 역사마다 삼켜 견디고/언젠가 또다시/물결 속 잠기게 될 것을/빤히, 자각하고 있는 사람"(「빛나는 눈동자」)이다. '주검의 거리'도, '물결 속'도, 가장 낮은 자리도 결국 '빛나는 눈동자'와 '좋은 언어'를 위해서 반드시 거쳐야 한다. 자정을 넘어가야 다음 날이 오는 것처럼, 오늘에서 내일로 넘어가는 시간인 '자시(子時)'를 지나 희부옇게 밝아오는 '새벽'이야말로 '승천(昇天)'이 가능한 시간이다. 「좋은 언어」의 시선의 상승(아래─가슴─머리)은 눈의 대화를 위한 여정이다.

그렇다면 같은 맥락으로, 언어(말과 글)는 '거짓과 거짓'처럼 본질적으로 진실한 대화를 불가능하게 한다는 점에서 진실한 표현인 눈의 대화의 장애물이지만, 실은 이런 언어로 인해 겪게 되는 실패들이야말로 눈의 대화를 위한 발판이 되지 않을까? 신동엽이 말할 수 없는 자들의 눈동자를 들여다보게 만든다는 조강석의 말 역시 언어가 불가능하다는 좌절이 진정한 좋은 언어인 눈의 대화를 가능하게 함을 보여주지 않는가? 신동엽은 「좋은 언어」에서 눈의 대화가 가능할 때까지 기다리며, '그때까진/좋은 언어로 이 세상/채워야'한다고 말했다. 계속 실패할 수밖에 없는 언어들 중에서도 고르고 고른, 부드럽고 낮고 폭신한 살의 소리와 같은 언어들이야말로 세상을 채우는 좋은 언어이며, 신동엽의 시의 언어이다. 눈의 대화가, 그리고 더 나아가 눈을 감더라도 서로를 온전히 느낄 수 있는 '육신의 교접'과 같은 대화가 가능해질 때까지, 신동엽은 부단히 언어들을 골라낸다. '땅속'에서 '산정(山頂)'까지 깊고 높게 시선을 돌리며 체화한 좋은 언어들을.

새로 열리는 땅

하루 해
너의 손목 싸쥐면
고드름은 운하 못 미쳐
녹아버리고.

풀밭
부러진 허리 껴 건지다보면
밑둥 긴 폭포처럼
역사는 철철 흘러가버린다.

피 다순 쭉지 잡고
너의 눈동자 영(嶺) 넘으면
정전지구(停戰地區)는
바심하기 좋은 이슬 젖은 안마당

고동치는 젖가슴 뿌리 세우고
치솟은 삼림 거니노라면
초연(硝煙) 걷힌 밭두덕 가
새벽 열려라

희망하는 귀수성과 생명의 시학

―신동엽의 전후시를 중심으로

이중원

1. 도입

신동엽은 1959년 장시 「이야기하는 쟁기꾼의 대지」가 조선일보 신춘문예에 가작 입선됨으로써 시단에 등장했다. 그는 연이어 「진달래 산천」, 「새로 열리는 땅」 등 명징한 언어와 선명한 주제의식을 담아 작품 세계를 펼쳐 나갔으며, 1960년 4·19 혁명이 일어나자 이후 그의 시집의 표제시로 쓴 「아사녀」를 실어 『학생혁명시집』을 출간하기도 하였다. 그의 서사적 상상력은 첫 시집 『아사녀』를 거쳐 1967년 장편서사시 『금강』을 짓기에 이르렀고, 그는 또한 장편서사시인 『임진강』을 구상하였다가 완성하지 못하고 1969년 세상을 떠났다.

선명한 주제의식 및 명료한 시어와 치밀한 서사적 구성은 그의 독자로 하여금 가독의 용이성을 담보하였으며 그런 이유로 신동엽의 작품들은 다양한 형태로 독해될 수 있었다. 그를 조명하는 담론 중 가장 우위를 차지했던 것은 민족시인으로서의 신동엽이다. 신동엽의 시 세계를 들어 백낙청이 "민족문학의 중심부에 자리잡은 시인만이 가질 수 있는 통찰력과 표현력"1)으로 1960년대를 관통했다고 표현했을 때부터, 민족의 기표는 그를 이해하는 우선적 참조점이 되어 주었다. 그로부터 신동엽을 독해한다는 것은 민족시인으로서 뻗어나간 좌표 중 하나를 독해하는 것이거나, 혹은 그것을 부정하는 형태로 이해하는 것이 주효한 흐름이 되었다.

먼저 민족주의에 대해서는 전술한 백낙청 이래로 당시 지배 이데올로기에 대하여 저항 담론의 성격을 강하게 담지하고 있다고 본 최두석2)이나, 전지구적 자본주의에 발맞추는 한반도의 현실에 대응하기 위해서 민족문학이 자기 갱신해야 하며, 그에 대한 '생산적 계기'로서 신동엽의 시 세계도 민족문학적 관점에서 참신하게 재구성되어야 한다고 본 고명철 등이 있었다.3) 더 나아가 김석영은 제3세계에 있어 근대화 자체가 문화적 침략의 구조를 가지게 되며, 침략자의 현지 주둔을 수반하지 않기에 더욱 위험한 것임을 신동엽이 지적하고 있다고 분석했다. 그는 신동엽이 서구의 지배적 이데올로기가 가지는 언술을 해체시켜 새로운 대안을 제시하는 작품 세계를 펼쳤다고 본 것이다.4)

민족이란 이념적 기표로부터 시작된 분석은 다른 이념들에게도 인력을 발휘하였으며 아나키즘, 인민주의, 민주사회주의적 관점 등이 동원되었

---

1) 백낙청, 「살아있는 신동엽」, 『민족시인 신동엽』, 소명출판, 1999, 12쪽.
2) 최두석, 「신동엽의 시세계와 민족주의」, 『한국시학연구』4호, 한국시학회, 2001, 3
   23쪽.
3) 고명철, 「역사의 대지를 객토하는 전경인적(全耕人的) 시인」, 『한민족문화연구』17
   호, 한민족문화학회, 2005, 84-85쪽; 박수연, 「신동엽의 문학과 민족 형이상학」, 『
   어문연구』38호, 2002, 394-395쪽.
4) 김석영, 「신동엽 시의 서구 지배담론 거부와 대응」, 『상허학보』14호, 상허학회, 2005,
   157쪽.

다. 아나키즘에 대해서는 신동엽의 시를 자연과 인간, 또는 인간과 인간 사이에 존재하는 모든 지배관계를 거부하고 새로운 질서를 모색한 선구적인 작품으로 분석하는 유승[5]등이, 인민주의에 대해서는 '민족', '도덕' 등의 이념을 기준으로 독해했을 때 발생하는 문제를 다룬 신형기[6]등이, 민주사회주의에 대해서는 신동엽의 작품에서도 등장하는 중립국과 중립 사상의 개념이 민주사회주의를 통해 실현될 수 있었던 것으로 보는 박대현[7] 등이 있었다.

신동엽의 시 세계는 이처럼 다양한 방향으로 호명되어 왔다. 더불어 2019년 시인 작고 50주기와 2020년 탄생 90주년을 차례로 거치며, 그를 독해하는 관점의 지평이 최근 들어 한층 더 풍성하게 확장되어 온 것이 사실이다.[8] 따라서 민족주의적 해석이 그의 시 세계를 총체적으로 파악하기 위한 쉬운 타협점이라는 사실을 지적하는 분석들[9]이나, 코로나19 팬데믹 사태 이후 시대의 인문학이 지향해야 할 좌표를 신동엽의 시론에서 길어온 연구[10], 전후문학에서 전후[포스트-워Post-war]의 지칭은 정상화 내지 재건에의 촉급한 요구로 인한 이데올로기적 미봉책 같은 것이며, 여전히 끝나지 않는 이념의 전쟁에서 전후문학이란 구분 자체가 가지는 허위

---

5) 유승, 「신동엽의 아나키스트적 상상력」, 『한국학연구』 41호, 고려대학교 한국학 연구소, 2012, 217쪽.
6) 신형기, 「신동엽과 도덕화의 문제」, 『당대비평』 16호, 2001.
7) 박대현, 「'민주사회주의'의 유령과 중립통일론의 정치학」, 『로컬리티 인문학』 17 호, 부산대학교 한국민족문화연구소, 2017, 239쪽.
8) 신동엽을 단독 주제로 한 박사 학위 논문이 2015년 이후에는 전혀 없다가 2019년 부터 다시 매 년마다 한 편씩 연구되고 있다는 점을 미루어 볼 때 더욱 그렇다.
9) 조강석, 「신동엽 시의 이미지-사유 연구」, 『한국학연구』 46호, 인하대학교 한국 학연구소, 2017, 202-203쪽; 방승호, 「신동엽 시의 멜랑콜리 표상 연구」, 『우리문 학연구』 63호, 우리문학회, 2019, 376-377쪽.
10) 차성환, 「팬데믹 이후의 인문학과 '전경인(全耕人)'」, 『한국언어문화』 73호, 한국 언어문화학회, 2020, 5쪽.

성을 고발하고 신동엽이 말하는 중간지대란 바로 이런 포스트Post 너머의 세계라고 분석한 연구11) 등이 이루어졌다. 본 단평 또한 전후라는 시기적 구분이 당시의 이데올로기적 요구에 따른 촉급한 동일시로 인한 타협적 성격을 가진다고 보고, 전쟁 체험 혹은 전후로 갈음되는 경험적 요소가 신동엽의 시론 및 시 세계와 길항하는 관계를 추적할 것이다.

2. 귀수성을 예고하는 차수성으로서의 전—후

전쟁과 관련한 시문학은 기본적으로 전쟁시와 전후시로 나뉘며, 전자의 경우 격정적인 외침과 직설적인 상황 묘사를 통해 전쟁 체험을 생생하게 전달한다면, 후자는 공간적 혹은 시간적 거리를 두고서 개인의 불안과 고통스러운 삶, 전쟁의 반휴머니즘을 문제 삼는다.12) 전—후의 지칭은 전쟁이 끝났음을 의미해야 하지만, 그것은 세 가지 요소에서 여전한 과제로 남아 있었다. 첫째, 한반도는 전쟁을 잠시 멈췄을 뿐 그것을 끝내지는 않은 상태였다. 둘째 이념 갈등은 6 · 25 전쟁을 기점으로 자신을 증명했으나, 그것이 해소되기는커녕 냉전체제를 거치며 더욱 강화되었다. 셋째 전쟁을 경험한 주체들에게 그것의 파괴적인 기억은 영원한 상흔으로 남았다. 전쟁을 기억하는 세대들이 점차 사라진다는 점을 제외한다면, 전—후의 지칭은 지금까지도 온전히 달성되지 않은 채 유예되고 있다.

신동엽은 1959년 등단하고 나서 연이어 발표한 「새로 열리는 땅」의 말미에 "초연 걷힌 밭두덕 가"를 가져온다. 초연(硝煙)은 화약 연기를 의미

---

11) 김지윤, 「중립, 그리고 오지 않은 전후」, 『상허학보』 56호, 상허학회, 2019, 269—272쪽; 303쪽.
12) 오세영 외, 『한국현대시사』, 민음사, 2014, 249—255쪽.

하며 그는 화약 연기가 걷히는 것으로 표현하는데, 이는 그가 선 밭둑으로 상징되는 토지에 한 때는 전쟁이 지나갔음을 인식하는 것[13]이자, 더 이상 화약 냄새를 맡을 일도 화약을 쓸 일도 없이 평화로운 농촌의 요소로서의 밭둑가를 상상하고 있는 것이다. 그가 작고하기 1년 전인 1968년 여름에 발표한 「술을 많이 마시고 잔 어젯밤은」에서도 전쟁과 분단의식은 명확하게 드러난다. 반도의 허리 위로는 북쪽 권력이, 아래로는 남쪽 권력이 자리 잡고 있으며, 양쪽에서 서로 "총부리 마주 겨누고 있"는 탱크들이 존재한다. "총칼들"과 "모오든 쇠붙이"는 그들이 여전히 손에 잡고 있는 그것이자 시적 주체의 언어 속에도 달라붙은 무언가이지만, 결국 내던져버리고 씻어내어야 할 대상들인 것이다. 신동엽에게는 작품을 발표할 수 있는 시기가 오래도록 허용되지는 않았다. 다만 그 시기를 통틀어서 통시적으로 나타나는 전쟁의 기표들은 신동엽에게 그것이 가지는 의미가 적지 않았음을 반증한다.

여기서 김성숙이 신동엽의 시 세계에서 나타나는 소재를 원수성, 차수성, 귀수성에 따라 구분한 것을 참고해 볼 만한데, 그는 전쟁으로 피폐해진 삶이나 무기, 현대 문명 등을 차수성의 주요 소재로, 반면 역동적이며 수직상승 및 수평이동의 움직임으로 현실 극복 정신을 낳는 실천력을 귀수성 소재로 보고 있다. 이처럼 전쟁의 비참과 전후의 폐허 그리고 새로이 재건된 질서 속에서도 여전한 부정부패, 사회적 부조리 등은 신동엽이 "오늘 인구의 수효보다도 많은 … 불안, 공포, 전제, 부도덕, 파멸"이라 부른 것과 맞닿아 있다. 그것은 "시도와 기교를 모르"고 잔잔하게 펼쳐진 해변

---

13) 전후 세대 시인들의 전쟁에 대한 기억은 김종삼의 시편들에서도 종종 드러나는 바, 그는 『시인학교』의 가장 첫 장에 다음과 같은 서시를 남긴다.; "헬리콥터가 지나자 / 밭 이랑이랑/ 들꽃들이랑/ 하늬바람을 일으킨다/ 상쾌하다/ 이곳도 전쟁이 스치어 갔으리라."

으로 비유되는 원수성의 세계도 아니며, 최종적인 진리가 드러나는 "석양"이 흐르는 귀수성의 세계도 아니다. "아래로 위로 날뛰면서 번식 번성하며 극성 부리"는 차수성의 세계가 곧 우리의 현실인 것이다.[14)]

　여기서 전쟁이란 요소가 중요한 이유는 시인에게 미치는 정서적 충격과 굴곡을 드러내주는 지표가 될 뿐 아니라, 그가 회구할 수 있는 세계의 최대치를 상정하게 하기 때문이다. 김석영은 이상세계를 희망하는 시적 상상력은 참혹한 전쟁이나 비참한 전후 폐허와 같이 현실의 부정적 인식으로부터 비롯되었을 뿐이며, 역사적 현실의 모순을 제거할 수 있는 직접적 무기는 될 수 없다고 말한다.[15)] 그러나 이것은 불완전한 차수성의 세계에 대한 인식이 선행되고 나서야 역동적이며 실천력 있는 귀수성의 세계를 회구하는 것이 가능해진다는 사실[16)]을 놓친다. 현실에 대한 치열한 인식 자체로부터 비로소 이상 세계는 소급적으로 구성된다. 현대의 시각으로 전쟁과 전후 체험을 바라보면 그것은 단지 비참함일 뿐이지만, 전쟁을 겪은 동시대적 참상 속에 서 있을 때는 불안정한 혼돈이 질서에 대한 상상력을 추동한다는 것으로 이해할 수 있다는 김지윤의 관점[17)]은 이런 면에서 옳다. 시적 주체가 현실에 절망하는 것으로부터 환상이 발생하는 것이 아니라, 한계적이고 절망할 만한 현실에 대한 현상으로서 환상적인 초월적 세계의 구성이 가능해지는 것이다.[18)]

---

14) 신동엽, 강형철 · 김윤태 엮음, 「시인정신론」, 『신동엽 산문전집』, 창비, 2019, 91 −93쪽.
15) 김석영, 앞의 글, 2005, 153쪽.
16) 김성숙, 「신동엽 서정시의 원본 변이 과정 고찰」, 『국어국문학』 160호, 국어국문학회, 2012, 365쪽.
17) 김지윤, 앞의 글, 2019, 275−276쪽.
18) 항상 "본질은 현상의 현상이다." 유한이 있음으로써 무한이 상상되며, 유한하고 한계적인 차수성의 세계를 인지함으로써 비로소 귀수성은 고안될 수 있다. 슬라보예 지젝, 박정수 역, 『그들은 자기가 하는 일을 알지 못하나이다』, 인간사랑, 2007,

희망하는 귀수성

하루 해
너의 손목 싸쥐면
고드름은 운하 못 미쳐
녹아버리고.

풀밭
부러진 허리 껴 건지다보면
밑둥 긴 폭포처럼
역사는 철철 흘러가버린다.

피 다순 쭉지 잡고
너의 눈동자 영(嶺) 넘으면
정전지구(停戰地區)는
바심하기 좋은 이슬 젖은 안마당

고동치는 젖가슴 뿌리 세우고
치솟은 삼림 거니노라면
초연(硝煙) 걷힌 밭두덕 가
새벽 열려라

　　　　　　　　　　　　　—「새로 열리는 땅」 전문19)

　신동엽 시에서 이러한 초월적 공간은 종종 대립 및 분단, 전쟁을 상징하
는 요소와 나란히 등장한다. 앞서 언급한 대로 시인은 「새로 열리는 땅」에

　　364쪽.
19) 1959년 11월에 발표될 당시에는 「새로 열리는 땅」이었다가 1963년 『아사녀』에
　　재수록될 때는 제목만 「완충지대」로 변경되며 3연의 "정전지구" 또한 "완충지대"
　　로 바뀌게 되었으며 그 외에는 변동사항이 거의 없다. 이하 시편은 모두 『신동엽 시
　　전집』(창비, 2020)에서 인용되었다.

서 3연 3행에 화약 연기를 묘사하면서, 2연 3행에서는 정전지구라는 공간을 배치한다. 정전지구란 쌍방의 합의에 따라서 더 이상 전투를 벌이지 않는 지역을 의미한다. 한국 전쟁으로부터 5년이 흐른 후에도 신동엽의 작품 세계는 여전히 전쟁의 흔적을 중상적으로 증언한다는 사실과 아울러 협소하게는 전후 남북한 사이에 위치한 군사분계선을 지칭하며, 광의적으로는 전쟁이 더 이상 존재하지 않는 평화로운 공간을 상징한다. 그래서 이 공간은 곡식의 이삭을 떨어서 낟알을 거두는 노동 행위인 바심을 하기가 좋도록 이슬이 젖어 있는 곳인데, 시적 주체는 이곳을 안마당으로 지칭한다. 햇살이 따스하게 고드름을 감싸줘어 운하에 닿기도 전에 녹아버리고 지나간 역사는 밑둥이 긴 폭포처럼 철철 흘러가 버리는 곳, 껍질이 따순한 쭉정이들을 잡고 너의 손도 발도 아닌 눈동자만이 넘어갈 수 있는 고개를 넘어서 갈 수 있는 그곳은 사실 누구도 가닿을 수 없는, 그러나 모두의 안마당인 것이다.

> 술을 많이 마시고 잔
> 어젯밤은
> 자다가 재미난 꿈을 꾸었지.
>
> 나비를 타고
> 하늘을 날아가다가
> 발아래 아시아의 반도
> 삼면에 흰 물거품 철썩이는
> 아름다운 반도를 보았지.
>
> 그 반도의 허리, 개성에서
> 금강산 이르는 중심부엔 폭 십리의

완충지대, 이른바 북쪽 권력도
남쪽 권력도 아니 미친다는
평화로운 논밭.

술을 많이 마시고 잔 어젯밤은
자다가 참
재미난 꿈을 꾸었어.

그 중립지대가
요술을 부리데.
너구리 새끼 사람 새끼 곰 새끼 노루 새끼 들
발가벗고 뛰어노는 폭 십리의 중립지대가
점점 팽창되는데,
그 평화지대 양쪽에서
총부리 마주 겨누고 있던
탱크들이 일백팔십도 뒤로 돌데.

하더니, 눈 깜박할 사이
물방개처럼
한 떼는 서귀포 밖
한 떼는 두만강 밖
거기서 제각기 바깥 하늘 향해
총칼들 내던져버리데.

꽃 피는 반도는
남에서 북쪽 끝까지
완충지대,
그 모오든 쇠붙이는 말끔히 씻겨가고
사랑 뜨는 반도,
황금이삭 타작하는 순이네 마을 돌이네 마을마다

높이높이 중립의 분수는
나부끼데.

술을 많이 마시고 잔
어젯밤은 자면서 허망하게 우스운 꿈만 꾸었지.
　　　　　　　　　　—「술을 많이 마시고 잔 어젯밤은」 전문

　　1968년 『창작과비평』 여름호에 수록되었던 시이다. 이 작품에서도 마
찬가지로 3연의 "폭 십리의/ 완충지대"에는 "북쪽 권력도/ 남쪽 권력도"
이어서 등장하며, 5연의 "폭 십리의 중립지대", "평화지대"에는 "총부리
마주 겨누고 있던/ 탱크들"이 연이어 배치되고, 7연의 "완충지대"에는 "모
오든 쇠붙이"가 이어서 표현된다. 시적 주체는 스스로를 만취하여 잠들다
가 꿈을 꾸는 것으로 구성한다. 마치 장자를 연상케 하는 나비의 꿈속에서
그는 나비를 타고 한반도 위를 날아간다. 술에 취하여 잠든 시적 주체의
형상이나 삼면에서 물거품이 이는 아름다운 광경은 잔잔한 원수성의 세
계에 가깝다. 반면 북쪽과 남쪽이 현실 질서에 따라 나눠 가진 형세는 차
수성의 세계이며, 두 권력 모두 닿을 수 없다는 평화로운 논밭이 있는 폭
십리의 완충지대, 개성에서 금강산 이르는 중심부의 공간은 바로 귀수성
의 세계이다.
　　그리고 4연에서 행을 나누는 위치만을 바꾸어 1연을 반복하여 말하길
그것은 재미난 꿈이었다는 사실이다. 그리하여 꿈의 서사가 더욱 진행되
는데, 너구리, 곰, 노루에 사람마저도 발가벗고 뛰어노는 폭 십리에 불과
했던 중립지대가 점점 넓어져서, 서로를 향하여 총부리를 겨누고 있던 탱
크들마저 전부 뒤로 돌아선 것이다. 그리고 남과 북은 각기 서귀포와 두만
강 밖에 총칼들을 내던져 버리고, 이윽고 완충지대는 남쪽 끝에서 북쪽 끝

까지 확장되어, "모오든 쇠붙이는 말끔히 씻겨가고" 이삭을 타작하는 마을 마을마다 중립의 분수가 쏟아져 흐르는 것이다. 시적 주체는 그것이 허망한 꿈이었다고 다시금 고백한다. 그의 완충지대, 중립지대, 평화지대는 항상 그 가능성을 담보하는 현실의 참담 — 한반도를 나눠 가진 남쪽과 북쪽의 권력, 서로를 겨누고 선 총부리, 그 모오든 총칼과 쇠붙이로부터 고안된 것이다.

전쟁이 남긴 비참을 전'—후'라는 글자 하나 이어 붙여 가려두고자 했던 맹목(盲目) 시대의 미봉책 앞에서, 신동엽은 자신이 거주하는 폐허를 마주 보고 그로부터 희구될 수 있는 가장 평화로운 공간을 구성했다. 그는 다시는 다툼이 없을 중립지역, 영원히 전쟁 사이의 간극에 머물 완충지대를 표현했다. 폐허로 남아 있던 대지는 그의 언어를 거쳐 역설적으로 생명을 꿈꾸는 토양이 되었다. 어떤 의욕을 가지고 노력해봐야 "어중뜨기"인 "차수성 세계의 자손"일 뿐이었던 주체는 그럼에도, 새로운 희망이 될 수도 있는 어떤 의미를 부여받는다. 생명의 발현인 시를 통하여 그는 곧 "유구하고 찬란한 내일의 꽃"으로 피어날, "귀수성 세계 속의 씨알이 될 것"[20]이다.

---

20) 신동엽, 「시인정신론」, 『신동엽 산문전집』, 창비, 2019, 92쪽; 104쪽.

고향

하늘에
흰 구름을 보고서
이 세상에 나온 것들의
고향을 생각했다.

즐겁고저
입술을 나누고
아름다웁고저
화장칠해 보이고,

우리,
돌아가야 할 고향은
딴 데 있었기 때문……

그렇지 않고서
이 세상이 이렇게
수선스럴
까닭이 없다.

누가 하늘을 보았다 하는가

누가 하늘을 보았다 하는가
누가 구름 한 송이 없이 맑은
하늘을 보았다 하는가.

네가 본 건, 먹구름
그걸 하늘로 알고
일생을 살아갔다.

네가 본 건, 지붕 덮은
쇠항아리,
그걸 하늘로 알고
일생을 살아갔다.

닦아라, 사람들아
네 마음속 구름
찢어라, 사람들아,
네 머리 덮은 쇠항아리.

아침저녁

네 마음속 구름을 닦고
티 없이 맑은 영원의 하늘
볼 수 있는 사람은
외경(畏敬)을
알리라

아침저녁
네 머리 위 쇠항아릴 찢고
티 없이 맑은 구원(久遠)의 하늘
마실 수 있는 사람은

연민을
알리라
차마 삼가서
발걸음도 조심
마음 아무리며.

서럽게
아 엄숙한 세상을

서럽게
눈물 흘려

살아가리라
누가 하늘을 보았다 하는가,
누가 구름 한 자락 없이 맑은
하늘을 보았다 하는가.

신동엽의 시에서 나타나는 구도(求道)의 의미

―「고향」과 「누가 하늘을 보았다 하는가」를 중심으로

임지훈

세계의 대다수의 존재들은 현재의 존재 양태를 제 자리라 의심하지 못한 채 살아간다. 한낱 미물에 불과한 개미에서부터 수많은 물고기들, 동물들, 심지어 인간까지도. 대다수의 존재들은 자신이 속한 세계의 모습과 그속에 놓인 자신의 양태에 대해 의심하지 않으며 그것이 자신이 택할 수 있는 유일한 삶의 방식이라 생각하며 스스로의 세계를 좁아지게 만든다. 현실 세계에 대한 지식을 습득할수록 우리의 시야는 좁아지며, 아는 것이 늘어날수록 동시에 해선 안 되는 것 혹은 상상해선 안 되는 것 또한 늘어난다. 예컨대, 이곳이 아닌 다른 세계를 상상하는 것처럼. 혹은 지금과 같은 구조가 아닌 다른 구조로 이루어진 세상에 대해 상상하는 것처럼.

신동엽의 시 「고향」은 이와 같은 현실과 금지된 이상적 공간의 대립적 구도 속에서, 현실이 갖는 모순과 불완전성을 직시하고자 시도하는 시편

가운데 하나이다. 4연의 짧은 구절들로 이루어진 이 시에서, 화자는 현실의 모순을 "수선스"럽다 표현한다. 인간의 본원적 욕망을 성취하기 위해 행해지는 수많은 행위들은 인간 존재의 본질적 행동이라기보다는 "화장"이라는 시어가 말해주듯 가장(假裝)의 태도에 가깝게 느껴진다. 그리고 그마저도 본원적 욕망의 성취라는 목적을 향해 올곧게 뻗어지는 것이 아니라, 종래에는 현실에서의 가장의 완전함 그 자체가 목적이 되는 주객전도 또한 벌어진다. 꾸미기 위해 꾸미고, 꾸미기 위해 본질로부터 점차 멀어져 가는 이러한 인간 세계의 모순이 바로 신동엽이 말하는 '수선스러움'의 정체일 것이다. 그리고 이와 같은 세상의 수선스러움에는 단지 소시민적 작태만이 지목되는 것이 아니라, 정치 경제 문화 일반을 포함한 인간 세계의 모든 구조적 모순이 포함될 것이다.

그러한 의미에서 3연의 "우리,/돌아가야 할 고향은/딴 데 있었기 때문……"이라는 구절은 실체적 의미에서의 '고향'을 의미하는 것이 아니라, 인간의 본질과 그것에 대한 망각의 태도라는 관점에서 읽혀져야 할 것이다. 현실 세계에서의 존재론적 양태에 대한 몰입 속에서 잊히고 마는 인간 본연의 '의미'에 대한 성찰, 이것이 바로 「고향」이 환기하고자 하는 바이지 않을까. 이와 같은 현실에 대한 몰입의 폐해와 그로부터 한 걸음 물러나 인간 본연의 의미에 대한 성찰을 요구하는 신동엽의 태도는 그의 시적 생애를 관통하는 주제이기도 하며, 정치적 문제에 대한 발언과 이상향에 대한 구체적 묘사 또한 이러한 관점을 공유하고 있는 것으로 보인다. 그 가운데 「누가 하늘을 보았다 하는가」는 위의 시 「고향」을 보다 구체적인 언어와 이미지를 활용함으로써 그 구도를 보다 첨예하고 섬세하게 만들어낸 시편이라 할 수 있을 것이다.

그렇기에 「누가 하늘을 보았다 하는가」에서 화자의 어투는 마치 자신

의 앎이 세계의 전부라고 믿고 사는 일반적 태도에 대한 성토와 같이 느껴
진다. "누가 하늘을 보았다 하는가/누가 구름 한 송이 없이 맑은/하늘을 보
았다 하는가"라는 구절은 단순히 사실의 확인을 위한 물음이 아니다. '네
가 본 그것이 정녕 그것이 맞는가', '너는 그것이 왜 그것이라고 확신하는
가'라는 성토의 의미이며, 이는 인간 세계에 대한 몰입 속에서 망각된 본
연의 의미에 대한 성찰을 요구하는 것이라 할 수 있다. 이처럼 '네가 아는
것이 전부가 아니다', '네가 안다고 생각하는 것은 그것의 본질이 아닌 가
장에 불과하다'는 태도는 화자로 하여금 구도(求道)의 필요성을 의미하는
것이며, 이는 5연에서 "아침저녁/네 마음속 구름을 닦고/티 없이 맑은 영
원의 하늘/볼 수 있는 사람은/외경(畏敬)을/알리라"라는 전언을 통해 분명
하게 표현되며, 이를 통해 세상을 살아가는 태도와 지향의 변화를 설파하
는 것으로 마무리된다.

이와 같은 태도와 지향의 변화는 곧 세상을 바라보는 관점 또한 변화시
키는 바, 이때 이 세상을 어떻게 바라볼 것이냐는 질문을 촉구시킨다. 이
에 대해 신동엽이 화자를 통해 제시하는 것은 연민으로써, 이는 유아독존
적 태도가 아니라 더불어 사는 조화로운 세계로의 지향을 드러내는 것이
기도 하다. 때문에 화자는 "차마 삼가서/발걸음도 조심/마음 아무리며//서
럽게/아 엄숙한 세상을/서럽게/눈물 흘려//살아가리라"라 말하는 바, 이는
구도의 목적이 개인의 구원이 아닌 세계 전체의 변화를, 아울러 세계 내
존재 전체에 대한 통섭의 태도를 드러내는 것이라 할 수 있다. 이와 같은
화자의 태도는 구도의 과정에서 자칫 빠질 수 있는 자만과 독선에 대한 경
계이자, 이와 같은 구도의 과정이 개인의 입신과 영달을 위한 것이 아님을
분명하게 드러낸다 할 수 있다.

「누가 하늘을 보았다 하는가」에서 나타나는 구도와 연민의 태도는 신

동엽의 대표작이라 할 수 있는 「금강」 연작으로도 이어진다. 이는 신동엽이 궁극적으로 지향하는 세계와 그러한 세계를 위한 존재의 양태가 위의 시에서 구체화된 구도와 연민의 태도임을 의미한다 할 수 있을 것이다. 세계를 단순히 부정하거나, 혹은 그와 같은 세계에 대해 냉소주의적인 환멸을 통해 속세와 거리를 두는 태도가 아니라, 구체적인 이상향의 모습을 상상하고 이를 위한 개인의 변화를 촉구한다는 지점은 신동엽의 시가 지니는 실천적인 문학의 면모를 드러낸다 할 수 있다. 여기에서 드러나는 타자와의 공동체를 지향하는 연민의 태도는 신동엽의 시가 함유하는 공동체주의가 의미하는 바를 들여다 볼 수 있게 해주는 중요한 요소라 할 수 있을 것이다. 어느 때보다 엄혹했던 군사독재의 시절에, 이처럼 구체적인 공동체의 형상을 상상하며 이를 위한 개인의 의식 변화와 연민을 강조하는 신동엽의 태도는 단순히 내면의 평화를 지향하는 것이 아닌 정치적 변화를 촉구한다는 점에서 급진적인 면모를 지니고 있었다 할 수 있을 것이며, 이는 신동엽의 시가 지닌 정치적 함의에 대한 연구의 필요성을 제기하는 부분이라고도 생각해 볼 수 있을 것이다.

서울

초가을, 머리에 손가락빗질하며
남산에 올랐다.
팔각정에서 장안을 굽어보다가
갑자기 보리씨가 뿌리고 싶어졌다.
저 고층건물들을 갈아엎고 그 광활한 땅에
보리를 심으면 그 이랑이랑마다 얼마나 싱싱한
곡식들이 사시사철 물결칠 것이랴.

서울 사람들은
벼락이 무서워
피뢰탑을 높이 올리고 산다.

내일이라도 한강 다리만 끊어놓으면
열흘도 못 가 굶어 죽을
특별시민들은
과연 맹목기능자(盲目技能子)이어선가
도열병약(稻熱病藥) 광고며, 비료 광고를
신문에 내놓고 점잖다.

그날이 오기까지는 끝이 없을 것이다.
숭례문 대신에 김포의 공항
화창한 반도의 가을 하늘
월남으로 떠나는 북소리
아랫도리서 목구멍까지 열어놓고
섬나라에 굽실거리는 은행(銀行) 소리

조국아 그것은 우리가 아니었다.
우리는 여기 천연히 밭 갈고 있지 아니한가.

서울아, 너는 조국이 아니었다.
오백년 전부터도,
떼내버리고 싶었던 맹장(盲腸)

그러나 나는 서울을 사랑한다
지금쯤 어디에선가, 고향을 잃은
누군가의 누나가, 19세기적인 사랑을 생각하면서

그 포도송이 같은 눈동자로, 고무신 공장에

다니고 있을 것이기 때문에.

그리고 관수동 뒷거리
휴지 줍는 똘마니들의 부은 눈길이
빛나오면, 서울을 사랑하고 싶어진다.

그러나, 그날이 오기까지는.

신동엽 시에 나타난 고향의식과 욕망의 윤리

장예영

신동엽의 「고향」과 「서울」을 살펴보면 '고향'이라는 시어가 눈에 띈다. 1969년 작고 이후 '민족 시인' 혹은 '참여 시인'의 큰 맥락에서 이루어지던 신동엽 연구에서 고향에 주목하여 '고향의식'을 추출하고자 시도한 김현정의 연구는 새로운 연구 갈래의 지평을 열었다고 할 수 있다. 그는 신동엽 시의 고향이미지와 민족의식이 어떤 방식으로 연관되는지를 살펴보고 있다.[1] 다음으로 양지혜는 신동엽 시에 드러나는 현실 인식을 살펴보며 고향 이미지와 고향의식을 통해 신동엽 시에 드러나는 유토피아의 모습을 파악하려 한다.[2] 이 둘 연구자는 신동엽 시의 고향의식을 살피면서도 민족의식이라든지 역사의식과 접목시키려 하고 있다.

한편으로 이 지점에서 신동엽 시에 드러나는 고향의식을 앞선 연구와

---

1) 김현정, 「신동엽 시의 고향의식」, 『어문연구』 45, 어문연구학회, 2004.
2) 양지혜, 「신동엽 시의 고향의식 연구」, 공주대학교 대학원 석사학위논문, 2012.

는 달리 욕망의 윤리라는 차원에서 독해할 필요성을 제기하고자 한다. 욕망의 윤리라는 것은 "너머에 유일하게 우리의 삶을 살 가치가 있는 것으로 만들 '어떤 사물someThing'이 있다는 것을 상기시키는 근본적 결여를 보존하는 윤리"를 의미한다.[3] 이때 근본적 결여라고 하는 것은 이후에 살펴볼 신동엽 시에 직접적으로 드러나는 '고향'과 연결해 살펴볼 수 있다. 근본적 결여를 보존하려는 윤리는 도달해야 할 너머의 어딘가를 향해 가는 것이다. 이것은 비어있는 자리를 향해 나아가는 윤리라는 의미에서 신동엽 시에 드러난 시적 주체의 태도와 겹쳐서 생각해볼 수 있다.

> 하늘에
> 흰 구름을 보고서
> 이 세상에 나온 것들의
> 고향을 생각했다.
>
> 즐겁고저
> 입술을 나누고
> 아름다웁고저
> 화장칠해 보이고,
>
> 우리,
> 돌아가야 할 고향은
> 딴 데 있었기 때문……
>
> 그렇지 않고서
> 이 세상이 이렇게
> 수선스럴

---

3) 알렌카 주판치치, 이성민 옮김, 『실재의 윤리』, 도서출판b, 2004, 366쪽.

까닭이 없다.

—「고향」전문4)

시적 주체는 "하늘"을 올려다보고 있다. 그곳에 떠 있고, 이내 어딘가로 흘러가는 "흰 구름을" 바라보며 시적 주체는 "이 세상에" 드러나 있는 모든 "나온 것들의/ 고향을 생각"한다. 근원이자 어딘가로 가야 한다는 의미에서 고향을 맞이할 이들은 "즐겁고저/ 입술을 나누"기도 하고, "아름다웁고저/ 화장칠해 보이"기도 한다. 이들의 행동에는 오롯이 행복과 기대만이 보일 뿐이다. 고향을 맞이할 까닭은 "돌아가야 할 고향"이 지금 여기가 아닌, "딴 데 있었기 때문……"이다. 시적 주체가 인식하는 고향은 너머의 그 어딘가에 자리 잡고 있으며, 고향을 고향으로 인식하지 못하게 막는 것은 바로 세상에 있다. 이는 시적 주체에게 고향이라는 하나의 형상이 존재하는 것처럼 읽힌다. "그렇지 않고서/ 이 세상이 이렇게/ 수선스릴/ 까닭이 없다"라는 시적 주체의 고백은 지금 현실에 대한 부정적 인식이자 원하는 고향이 다른 곳에 있음을 암시한다.

초가을, 머리에 손가락빗질하며
남산에 올랐다.
팔각정에서 장안을 굽어보다가
갑자기 보리씨가 뿌리고 싶어졌다.
저 고층건물들을 갈아엎고 그 광활한 땅에
보리를 심으면 그 이랑이랑마다 얼마나 싱싱한
곡식들이 사시사철 물결칠 것이랴.

서울 사람들은

---

4) 신동엽, 강형철 외 편, 『신동엽 시전집』, 창비, 2013, 396쪽.

벼락이 무서워
피뢰탑을 높이 올리고 산다.

내일이라도 한강 다리만 끊어놓으면
열흘도 못 가 굶어 죽을
특별시민들은
과연 맹목기능자(盲目技能子)이어선가
도열병약(稻熱病藥) 광고며, 비료 광고를
신문에 내놓고 점잖다.

그날이 오기까지는 끝이 없을 것이다.
숭례문 대신에 김포의 공항
화창한 반도의 가을 하늘
월남으로 떠나는 북소리
아랫도리서 목구멍까지 열어놓고
섬나라에 굽실거리는 은행(銀行) 소리

조국아 그것은 우리가 아니었다.
우리는 여기 천연히 밭 갈고 있지 아니한가.

서울아, 너는 조국이 아니었다.
오백년 전부터도,
떼내버리고 싶었던 맹장(盲腸)

그러나 나는 서울을 사랑한다
지금쯤 어디에선가, 고향을 잃은
누군가의 누나가, 19세기적인 사랑을 생각하면서

그 포도송이 같은 눈동자로, 고무신 공장에
다니고 있을 것이기 때문에.

그리고 관수동 뒷거리
휴지 줍는 똘마니들의 부은 눈길이
빛나오면, 서울을 사랑하고 싶어진다.

그러나, 그날이 오기까지는.

— 「서울」 전문5)

시적 주체가 바라보는 서울에는 "고층건물들"이 즐비하다. "남산에" 올
라 "팔각정에서 장안을 굽어보"던 시적 주체는 문득 문명화된 이곳을 "갈
아엎고 그 광활한 땅에/ 보리를 심"는 상상을 한다. 시적 주체에게 "광활한
땅에" 있어야 할 것은 "고층건물들"이 아니라 "싱싱한/ 곡식들"이다. 시대
를 역행하는 것 같은 이와 같은 관점은 시 안에서 계속해서 이어진다. 그
러다 이내 "그날"이라는 시어가 등장하는데, 도래해야만 하는 "그날이 오
기까지는 끝이 없을 것이다"라고 시적 주체는 말한다. 서울 하늘 아래 펼
쳐진 "김포의 공항"이라든지 "월남으로 떠나는 북소리", "섬나라에 굽실
거리는 은행(銀行) 소리" 등에 대하여 시적 주체는 "조국아 그것은 우리가
아니었다"라는 방식으로 인식한다. 시적 주체가 인식하는 "서울"은 "너는
조국이 아니었"고 "오백년 전부터도,/ 떼내버리고 싶었던 맹장(盲腸)"이다.
하지만 "서울"은 지금 여기에 시적 주체가 두 발을 딛고 선 땅이자 당분간
은 벗어날 수 없는 곳이다. "떼내버리고 싶었던 맹장"이라는 반어적인 표
현과는 달리 "그러나 나는 서울을 사랑한다"라는 이질적인 고백은 그럼에
도 불구하고 "서울을 사랑"하는 시적 주체의 심정을 강조하는 효과를 자
아낸다. 서울은 "지금쯤 어디에선가, 고향을 잃은" 사람들이 이전에 있었
을 "19세기적인 사랑을 생각하면서" 살아가는 터전이다. 그들은 "포도송

---

5) 신동엽, 강형철 외 편, 위의 책, 408－410쪽.

이 같은 눈동자로, 고무신 공장에/ 다니고 있을 것이"다. 또한 "관수동 뒷
거리"의 "휴지 줍는 똘마니들의 부은 눈길이/ 빛나오면, 서울을 사랑하고
싶어진다"라는 시적 주체의 고백은 지금의 현실을 인정하고 사랑하고자
하는 의지로 읽히지만, 마지막에 이르러 "그러나, 그날이 오기까지는"이
라는 고백은 "그날"에 대한 시적 주체의 염원을 한층 강화한다.

　이 두 편의 시를 통해 신동엽 시에서 드러나는 고향의식은 비교적 쉽게
파악할 수 있다. 신동엽 시의 시적 주체에게 있어서 고향은 잃어버린 것이
자 돌아가야 할 그 무엇, 혹은 도래해야 할 그날로 표현된다. 이때 고향에
대하여 "결코 소유하지 않은 어떤 것을 잃어버릴 수 있는가"[6]에 대한 의
문을 제기해 봐도 좋을 것이다. 이는 가져본 적이 없던 것을 잃어버렸다는
역설을 통해 고향 상실감 같은 것을 느끼는 것, 또한 없던 것을 다시 잃어
버리는 구조를 의미한다. 가질 수 없던 것을 잃어버리는 구조를 통해 신동
엽 시를 살펴보았을 때, 서두에서 밝혔던 욕망의 윤리라는 관점에서 신동
엽 시를 도래할 어떤 것에 대한 기대감, 가야할 곳에 대한 끊임없는 열망
과 나아감은 고향이라는 비어있는 자리를 향해 나아간다는 윤리라는 의미
에서 신동엽 시에 드러나는 시적 주체의 태도와 겹쳐 읽을 수 있다. 이는
현실인식이나 역사의식과는 다른 차원에서 신동엽의 시를 살펴볼 수 있는
하나의 관점을 제시해볼 수 있는 가능성을 타진하는 것이라 할 수 있다.

---

6) 이러한 구도를 부카레스트에서의 사례를 통해 보다 선명하게 이해해볼 수 있다. "부
카레스트에서의 대중 집회와 같은, '주문이 깨어진' 순간들, 즉 '큰 타자'가 해체된
순간들은 어떻게 우리가 결코 소유하지 않은 어떤 것을 잃어버릴 수 있는가를 예화
해 준다. 동구 유럽의 '현실로 존재하는 사회주의'가 해체되는 데 있어 결정적인 전
환점이 된 것은 억압 장치들의 무시무시한 힘에도 불구하고 공산당은 실제로 무력
하다는 것, 그것은 그들 주체들이 만드는 만큼만 강할 뿐이라는 것, 당의 힘은 당에
대한 그들의 믿음이라는 것을 주체들이 갑작스럽게 깨달았다는 점이 아닐까? 그리
고 이 전환점은 당이 이렇게 해서 그것이 결코 가져 본 적이 없던 것을 잃어버렸다
는 역설에 의해서 가장 잘 표현되지 않는가?" (슬라보예 지젝, 주은우 옮김, 『당신의
징후를 즐겨라』, 한나래, 2013, 91쪽.)

귀수성 세계를 향한 신동엽의 심화적 극복
—「빛나는 눈동자」 단평

정보영

1960년대를 대표하는 시인을 꼽으라 한다면, 신동엽 시인을 빼놓을 수 없을 것이다. 본고에서는 반문명주의와 역사주의적 태도를 견지하고 있는 신동엽의 시 세계를 다시 한 번 조명해보고자 한다. 특히, 시 「빛나는 눈동자」를 통해 그가 60년대라는 시련의 시대를 딛고 어떻게 미래로 나아가고자 했는지 그의 정신을 탐구하고, 「빛나는 눈동자」의 중요성과 의의를 다시금 새겨보고자 한다.

신동엽은 1959년 조선일보 신춘문예에서 「이야기하는 쟁기꾼의 대지」로 시단에 등장한 이래, 누구보다도 첨예한 역사적 인식을 바탕으로 신화적 세계를 보여주었다. 1960년대 우리나라는 해방 이후 자주 국가의 기틀을 다지지 못한 채, 서구의 힘의 대립 속에서 전쟁을 겪으면서, 서구 영향력 아래 이른바 문화제국주의의 자장에 놓이게 된다. 보이지 않는 서구의 지배질서가 견고하게 작동하고 있었던 것인데, 신동엽은 이와 같은 역사적 맥락을 정확히 꿰뚫어 보고 있었다. 일제의 폭압으로부터 벗어나면서, 새로운 시대가 된 것처럼 보이지만 그것은 껍데기일 뿐임을 신동엽은 직시했다. 그는 이와 같은 서구의 힘의 논리에 맞서 저항하기 위하여 '민족'이라는 뼈대를 세우고, '아사달과 아사녀'로 말미암은 우리만의 신화적 세계를 재건했다. 시를 통한 신화적 세계의 형상화는 일면 탈역사주의적인 태도라 볼 수 있지만, 이면을 살펴보면 역설적으로 역사적 모태가 강조되고 있음을 알 수 있다. 즉, 그는 외세와 대립항을 세움과 동시에, 다시 한번 민족의 시원(始原)을 경험하게 함으로써 민족의 존재 역사를 대면하게 하고, 새로운 미래로 나아가고자 한 것이다. 그리고 이때 그가 현존을 드러냄으로써, 신화적 세계를 형상화함으로써, 어떤 세계를 지향하고 또한 어떻게 나아가고자 한 것인지 생각해 볼 수 있다. 이는 「시인정신론」(『자유문학』, 1961)에서 보다 자세히 엿볼 수 있다.

> 잔잔한 해변을 원수성 세계라 부르자 하면, 파도가 일어 공중에 솟구치는 물방울의 세계는 차수성 세계가 된다하고, 다시 물결이 숨자 제자리로 쏟아져 돌아오는 물방울의 운명은 귀수성 세계이고.
> 땅에 누워 있는 씨앗의 마음은 원수성 세계이다. 무성한 가지 끝마다 열린 잎의 세계는 차수성 세계이고 열매 여물어 땅에 쏟아져 돌아오는 씨앗의 마음은 귀수성 세계이다.[1]

신동엽은 인류사를 세 가지로 구분하고 있다. 원수성 세계, 차수성 세계, 귀수성 세계가 그것이다. 계절로 치면 봄인 원수성 세계는 '에덴동산'으로 일컫고, 여름인 차수성 세계는 좌충우돌, 아래로 위로 날뛰면서 번식

---

1) 신동엽, 강형철 외 편, 『신동엽 산문전집』, 창비, 2019, 91쪽.

번성하여 극성부리는 인위적 세계이다. 마지막으로 귀수성 세계는 열매가 결실을 맺는 가을이자, 지성의 세계이다. 신동엽은 당대의 현실을 문명인들이 즐비한 차수성 세계로 보고 있다. 여기서 문명인은 대지를 이탈했으며, 고향을 등진 이들이다. 그리고 신동엽은 차수성 세계에서 다시 대지로 돌아가야 한다 말하며 귀수성 세계로 나아가야 함을 강조하는데, 귀수성 세계로 가는데 있어 중추적인 역할을 하는 자가 시인이라고 말한다. 그는 시인의 언어를 통한 생명의 발현이 곧 귀수성 세계로 나아갈 수 있는 통로임을 언급하고 있다.[2] 차수성 세계에서 귀수성 세계로 가기 위하여 시인이 호명되고 있는데, 그렇다면 이렇게 물을 수 있다. 그럼 어떻게 귀수성 세계로 나아갈 수 있는 것인가.

「시인정신론」에서 신동엽은 다음과 같이 말하고 있다. "차수성 세계가 건축해놓은 기성관념을 철저히 파괴하는 정신 혁명을 수행해놓지 않고서는 그의 이야기와 그의 정신이 대지 위에 깊숙이 기록될 순 없을 것이다." 즉, 그는 차수성 세계 속 세워진 관념의 틀을 깨부수는 혁명을 요하고 있다. 이때 기성관념의 파괴는 정신의 기틀을 다시 바로잡기 위한 것이며, 때문에도 그에게 신화적 세계는 필연적인 것일 수밖에 없게 된다. 다시 말해, 더 나은 미래로의 도약을 위하여 '정신 혁명'이 수반되어야 하는데, 이는 근원적인 사유를 먼저 짚어야 함을 함의하고 있다. "산간과 들녘과 도시와 중세와 고대와 문명과 연구실 속에 흩어져 저대로의 실험을 체득했던 뭇 기능, 정치, 과학, 철학, 예술, 전쟁 등 이 인류의 손과 발들이었던 분과들을 우

---

2) 시란 바로 생명의 발현인 것이다. 시란 우리 인식의 전부이며 세계 인식의 통일적 표현이며 생명의 침투며 생명의 파괴며 생명의 조직인 것이다. 하여 그것은 항시 보다 광범위한 정신의 집단과 호혜적 통로를 가지고 있어야 했다. (중략) 시인은 선지자여야 하며 우주이인이어야 하며 인류 발언의 선창자가 되어야 할 것이다. (신동엽, 강형철 외 편, 위의 책, 102−103쪽.)

리들은 우리 정신 속으로 불러들여 하나의 전경인적인 귀수적인 지성으로서 합일시켜야 한다."[3] 이와 같은 신동엽의 언급을 참고했을 때, 귀수성 세계로 나아가기 위해서는 선대(先代)의 빛나는 선취들을 현재 우리의 정신 속으로 불러들여야만 하는, '정신 혁명'이 먼저 수행되어야 한다. 이를 위해서는 에덴동산으로 일컬어지는 세계를 떠올려야 한다. 원수성 세계를 현존하게 해야만 한다. 정리하자면, 차수성 세계에서 귀수성 세계로 발돋움하기 위해서는 시인이 필요하며, 귀수성 세계를 펼치기 위해서는 원수성 세계라는 기반이 다시금 마련되어야만 하는 것이다. 태초의 빛을 떠올리고 드러낼 수밖에 없게 되는 그 중심에, 시「빛나는 눈동자」가 있다.

> 너의 눈은/밤 깊은 얼굴 앞에/빛나고 있었다.

> 그 빛나는 눈을/나는 아직/잊을 수가 없다.

> 검은 바람은/앞서 간 사람들의/쓸쓸한 혼을/갈가리 찢어/꽃 풀무 치어오고

> 파도는,/너의 얼굴 위에/너의 어깨 위에 그리고 너의 가슴 위에/마냥 쏟아지고 있었다.

> 너는 말이 없고,/귀가 없고, 봄(視)도 없이/다만 억천만 쏟아지는 폭동을 헤치며/고고(孤孤)히/눈을 뜨고/걸어가고 있었다.

> 그 빛나는 눈을/나는 아직/잊을 수가 없다.

> 그 어두운 밤/너의 눈은/세기(世紀)의 대합실 속서/빛나고 있었다.

---

3) 신동엽, 강형철 외 편, 위의 책, 103쪽.

빌딩마다 폭우가/몰아쳐 덜컹거리고/너를 알아보는 사람은/당세
에 하나도 없었다.

그 아름다운,/빛나는 눈을/나는 아직 잊을 수가 없다.

조용한,/아무것도 말하지 않는,/다만 사랑하는/생각하는, 그 눈은/
그 밤의 주검 거리를/걸어가고 있었다.

너의 빛나는/그 눈이 말하는 것은/자시(子時)다, 새벽이다, 승천
(昇天)이다.

어제/발버둥치는/수천수백만의 아우성을 싣고/강물은/슬프게도
흘러갔고야.

세상에 항거함이 없이,/오히려 세상이/너의 위엄 앞에 항거하려
하도록/빛나는 눈동자./너는 세상을 밟아 디디며/포도알 씹듯 세상
을 씹으며/뚜벅뚜벅 혼자서/걸어가고 있었다.

그 아름다운 눈./너의 그 눈을 볼 수 있은 건/세상에 나온 나의, 오
직 하나/지상(至上)의 보람이었다.

그 눈은/나의 생(生)과 함께/내 열매 속에 살아남았다.

그런 빛을 가지기 위하여/인류는 헤매인 것이다.

정신은/빛나고 있었다.

몸은 야위었어도/다만 정신은 빛나고 있었다.

눈물겨울 역사마다 삼켜 견디고/언젠가 또다시/물결 속 잠기게

될 것을/빤히, 자각하고 있는 사람의.

세속된 표정을/개운히 떨어버린,/승화된 높은 의지 가운데/빛나고 있는, 눈

산정(山頂)을 걸어가고 있는 사람의,/정신의/눈/깊게. 높게./땅속서 스며나오는듯 한/말 없는 그 눈빛.

이승을 담아버린/그리고 이승을 뚫어버린/오, 인간정신미(美)의/지고(至高)한 빛.
　　　　　　　　　　　　　　　—『아사녀』, 1963.(『금강』(3장)에 삽입됨.)[4]

　『아사녀』(1963)에 수록되었고, 『금강』(1967) 3장에 삽입된 위 시에서 시적 주체가 '그 빛나는 눈을/나는 아직/잊을 수가 없다'고 말하는 것으로 보아서, 그가 과거의 순간을 떠올리고 있음을 알 수 있다. 빛나는 '너'의 눈을 본 그때의 정황은 '검은 바람'이 불어오고 '파도'가 쏟아지는 때인데, '너는 말없이 '고고(孤孤)히/눈을 뜨고/걸어가고 있'다. 계속해서 시적 주체는 '그 빛나는 눈을' 잊지 못하며 다시 한 번 떠올리는데, 이번에는 '눈'이 '세기(世紀)의 대합실 속서/빛나고 있'다. 앞서 드러났던 정황처럼 일기가 좋지 않은 상황인데('빌딩마다 폭우가/몰아쳐 덜컹거리고'), 역시 '너를 알아보는 사람은/당세에 하나도 없'다. 이때 짚어볼 것은 '세기(世紀)의 대합실'이다. 대합실은 역이나 터미널에 사람들이 기다리며 머물 수 있는 곳을 말한다. 즉, 세기라는 한 시대의 대합실에서 '너'는 다음 시대로 나아가기 위해 무엇을 기다리고 있는 것으로 볼 수 있는데, 기다리던 시대는 아직 오지 않은 듯하다. '너'가 정확히 누구인지 특정할 순 없지만, "전경인

---

4) 신동엽, 강형철 외 편, 『신동엽 시전집』, 창비, 2013, 27—32쪽.

의 출현을 세기는 다만 대기하고 있다. 암흑, 절망, 심연을 외치고 있는 현대의 인류를 전경인의 정신의 체득에 의해서만 비로소 구원받을 수 있을 것이다."(「시인정신론」)라는 신동엽의 언급을 통해 '너'가 기다리는 것이 무엇인지 충분히 짐작해 볼 수 있다. 기다리는 것은 귀수성 세계이다. 그리고 너는 '조용한,/아무것도 말하지 않는,/다만 사랑하는/생각하는, 그 눈은/그 밤의 주검 거리를/걸어'간다. 죽어 있는('주검 거리') 거리는 앞서 언급했던 차수성 세계를 오버랩하게 된다. 이때 '너의 빛나는/그 눈이 말하는 것은/자시(子時)'이고, '새벽'이고, '승천(昇天)'이다. 자시(子時)는 밤11시부터 새벽1시를 말하는데, 앞서 '세기의 대합실'을 떠올려 본다면 '너'라는 존재는 '다음 세기'를, 다시 말해서 귀수성 세계가 오기를 기다리다가 어두운 거리를 걷기 시작한 것으로 보인다. '너'는 묵묵히 걸어간다. '너는 세상을 밟아 디디며/포도알 씹듯 세상을 씹으며/뚜벅뚜벅 혼자서/걸어'간다.

걸어가는 '너'를 보았던 시적 주체는 '너'의 '아름다운 눈'을 잊지 않고 떠올리며, 그것은 '세상에 나온 나의, 오직 하나/지상(至上)의 보람이었다.'고 한다. '그 눈은/나의 생(生)과 함께/내 열매 속에 살아남'아 시적 주체의 내면에 고스란히 간직되어 있다. 이때 빛나는 '너'의 존재를 잊지 않고 언어로 길어올리는 시적 주체는 전경인과 다름이 없다. 이처럼 시적 주체(전경인)를 통한 '너'라는 시원의 보여줌은 원수성 세계를 나타나게 만드는데, 귀수성 세계로 나아가기 위해 원수성 세계를 살펴야만 하는 점을 떠올려본다면, 신동엽은 「빛나는 눈동자」를 통해 귀수성 세계로의 이행을 위한 과정으로써의 역행을 드러내고 있는 것이다. 시적 주체는 '몸은 야위었어도/다만' 빛나고 있던 정신을 계속해 떠올리며, 환원할 수 없는 세계를 경험하게 하며, '땅속서 스며나오는 듯 한/말 없는 그 눈빛.'이라는 것을 통해—범박하게나마 하이데거를 경유해보자면—아우라를 상실한 허망의 세계(차수성 세계)에서 '빛나는 너의 정신'을 기억, 기념함으로써 역사적 실존을 구성하고, 새로운 의미의 가능성을 가늠할 수 있는 기틀을 마련한다.

여기서 시적 주체가 '너'와 맞닥뜨린 것은 하나의 사건인데, 시적 주체가 '너'라는 존재를 경험하는 것은 시간의 폐허를 가로질러 오는 전달의 수신이자 응답의 경험이다.5) 이와 같은 '너'라는 존재 경험의 기념은 달리 말하자면 '심화적 극복'이라 할 수 있다. 탈근대를 위한 형이상학적 비틀기를 시도하고 있는 바티모의 '심화적 극복' 개념을 경유해본다면, 시적 주체는 문명인들의 차수성 세계를 극복하기 위해 본래 진리의 '터'인 원수성 세계를 보여줌과 동시에 귀수성 세계로의 도약을 시도한다. 심화적 극복(Verwindung)은 '비틀다' 혹은 '병이 나아가는 상태'라는 사전적 의미가 있다.6) 단순히 차수성 세계를 극복하여 귀수성 세계로 넘어서는 선(線)적인 나아감이 아니라, 진정한 역사의 진보를 위하여 거꾸로 원수성의 세계를 짚으면서 전진하는 것이다. 정리하자면, 신동엽이 귀수성 세계로 나아가기 위한 선택은 먼저, 원수성 세계로의 복귀이다. 이는 단순히 돌아가는 것이 아니라, 차수성 세계를 체념하고 이탈하면서 동시에 이 세계를 극복·치유하는 의미를 갖는다. 즉, 「빛나는 눈동자」는 전경인의 출현임과 동시에 귀수성 세계로 나아가기 위한 시작의 의미에서 신동엽의 시편 중에서 빠질 수 없는 중요한 자리에 위치하게 된다. 그리고 이와 같은 발판을 통해 귀수성 세계로 나아가고자 하는 시인의 공고한 의지와 태도를 볼 수 있다. 더불어 신화적 세계를 통과하는 그의 시편은 단선적이지 않고 역동적인 세계를 펼칠 수 있게 된다.

---

5) 쟌니 바티모, 박상진 옮김, 『근대성의 종말』, 경성대학교 출판부, 2003, 41쪽.
6) 바티모는 이 용어를 "수용과 동시에 심화로서의 넘어서기" 혹은 "이탈하면서 치유하기"라는 의미로 사용한다. 이는 발전이나 비판, 극복, 지양과 같은 일면 비슷해 보이는 단어와는 엄격하게 구별된다. 바티모는 이 용어가 탈근대의 철학의 본질을 보여준다고 말한다. (쟌니 바티모, 박상진 옮김, 위의 책, 19쪽.)

꽃대가리

톡톡
두드려보았다.

숲 속에서
자라난 꽃대가리.

맑은 아침
오래도
마셨으리.

비단자락 밑에
살냄새야.

톡톡
두드리면
먼 상고(上高)까장 울린다

춤추던 사람이여
토장국 냄새.

이슬 먹은 세월이여
보리타작 소리.

톡톡
두드려보았다.

삼한(三韓) 적
맑은 대가리.

산 가시내
사랑, 다
보았으리.

신동엽 시에 나타난 상실된 '고향'과 귀수성의 세계(世界)로의 이행

정애진

1.

1930년 8월 18일 충남 부여에서 태어나 1969년 만 39세의 나이로 타계하기까지, 신동엽의 생애는 한국 현대사의 질곡을 관통해왔다. 일제강점기, 6·25전쟁, 나아가 4·19 혁명은 그를 1960년대 대표적 '참여시인'의 자리에 위치시키는 데 결정적인 영향을 미쳤다.

20세기는 "과학기술시대", "이데올로기의 시대"였으며, 또한 "커다란 희망과 환멸이 교차한 시대"였다.[1] 하이데거는 이 같은 시대적 특성을 일컬어 "고향상실(Heimatlosigkeit)의 시대", 즉 "고향을 잃고 방황하는 시대"로 이야기한 바 있다.[2] 하이데거에게 고향은 현대기술문명과 대비되는 공간이다. 자본의 가치가 침투한 현대의 문명세계에서 인간을 포함한

---

1) 박찬국, 『들길의 사상가, 하이데거』, 그린비, 2013, 18-19쪽.
2) 박찬국, 위의 책, 19쪽.

모든 사물은 물질적 가치로 환원된다. 반면 고향은 세계 내 모든 존재자가 각각의 위치에서 고유한 존재 가치를 발현하면서 서로 간의 신뢰와 이해를 바탕으로 조화로운 세계를 꾸려나가는 공간이다. 이 두 세계는 서로 공존할 수 없기에 현대 기술문명 사회에서 현대인들은 필연적으로 고향을 상실할 수밖에 없다. 따라서 기술 개발과 자본의 소비를 통한 물질적 향락의 추구는 고향을 상실한 데서 비롯되는 공허함과 불안감에서 벗어나기 위한 행동으로 이해될 수 있다. 20세기가 인류 역사를 통틀어 '가장 위대한 진보의 시대'라는 데 의심을 표할 사람은 없을 것이다. 그러나 하이데거는 기술 발전이 가져온 물질적 풍요로도 대체할 수 없는 본질적인 궁핍이 존재하며, 이러한 공허를 채우기 위해서는 "하늘과 대지, 인간과 신 그리고 모든 사물이 각자의 고유성을 유지하면서도 하나가 되는 곳"3), 즉 '고향'으로 회귀해야 한다고 보았다. 결국 '고향으로의 회귀'는 자기의 근원을 찾아나가는 여정이며, 이를 통해 인간은 자기 자신을 상실한 상태인 "퇴락존재"에서 벗어날 수 있다.4)

이 같은 하이데거의 사상은 신동엽의 「시인정신론」과도 그 맥을 같이 한다. 신동엽은 세계를 '원수성', '차수성', '귀수성'의 세 가지 세계로 인식하면서 현대 사회의 어두운 이면을 문제 삼음과 동시에 앞으로의 방향성을 지시한다. 문명의 이기와 기술 발전으로 어지러워진 현대 사회를 드러내는 세계는 '차수성'의 세계이다. 반면 태초의 순수함을 간직하고 있는 자연의 세계는 '원수성'의 세계, '차수성'의 세계에서 벗어나 '원수성'의 세계로 되돌아가고자 하는 의지는 '귀수성'의 세계로 설명될 수 있다. 그리하여 시인은 대지를 바탕으로 살아가는 '전경인'의 실천적 삶을 내세우며

---

3) 윤병렬, 「하이데거 존재사유에서 고향상실과 귀향의 의미」, 『현대유럽철학연구』 제16호, 한국하이데거학회, 2007, 29쪽.
4) 윤병렬, 위의 논문, 12쪽.

'귀수성'의 세계로 되돌아가야 함을 역설한다.

'고향'은 신동엽 시세계의 근간을 이루는 '원수성'과 '차수성', '귀수성'의 세계를 모두 포괄할 수 있는 중요 키워드이다. 신동엽에게 '고향'은 현대 문명사회 속에서 결여된 인간애와 공동체 정신을 회복할 수 있는 이상적 공간이며, 동시에 현실 세계의 부조리와 어두운 이면을 깨닫게 하는 성찰의 공간이 되기도 한다. 나아가 시인은 태고의 순수성과 아름다움을 간직한 '고향'을 끊임없이 호명함으로써 차수성의 세계를 벗어나 귀수성의 세계로 나아가고자 하는 의지를 보여준다. 몇 편의 작품을 중심으로 시인이 회복하고자 하는 '고향'이 어떠한 모습으로 나타나며, 또 '고향으로의 회귀'가 갖는 의미가 무엇인지에 대해 구체적으로 살펴보도록 하겠다.

2.

신동엽 시에서 '고향'은 유토피아적 공간으로 이야기될 수 있다. 그것은 곧 원수성의 세계, 즉 "인류의 봄철, 인종의 씨가 갓 뿌려져 움만이 트였을 세월, 기어다니는 짐승들에겐 산과 들과 열매만이 유일한 의지요 고향이었던"(「시인정신론」) 세월로 요약된다. 원수성의 세계는 시인이 태어난 곳인 '부여'에서부터, '삼한', '상고 시대'까지 거슬러 올라간다. 이러한 공간성은 유토피아로의 이행을 가능케 하는 "원시적 생명력"[5]의 발현으로 이해될 수 있다.

---

5) 이명희, 「신동엽 시에 드러난 신화적 상상력 연구」, 『인문논총』 38, 건국대학교 인문과학연구소, 2002, 8쪽.

톡톡/두드려보았다.//숲 속에서 자라난 꽃대가리.//맑은 아침/오
래도/마셨으리.//비단자락 밑에/살냄새야,//톡톡/두드리면/먼 상고
(上古)까지 울린다/춤추던 사람이여/토장국 냄새./이슬 먹은 세월이
여/보리타작 소리.//톡톡 두드려보았다.//삼한(三韓) 적/맑은 대가리.//
산 가시내/사랑, 다/보았으리

—「꽃대가리」전문6)

이 작품에서 "꽃대가리"는 시인이 지향하는 원수성의 세계를 품고 있
다. 태곳적의 신비를 간직하고 있는 "숲 속"은 어머니의 품과 같은 포근함
을 지닌 공간이다. 그곳에서 자라난 "꽃대가리"를 손으로 두드리며, 시적
화자는 맑고 순수한 원시의 세계와 마주한다. 그러나 아득한 "상고(上古)"
시절 "춤추던 사람"은 이제 없다. 농경 생활을 하며 유지되어온 공동체 사
회는 문명시대를 거쳐 오며 급격히 무너지기 시작했다. 자연을 삶의 바탕
으로 여기며 살아온 인류는 점차 빠른 속도와 편리성을 추구하게 되었으
며, 현대인의 생활 터전에는 자연을 대신하여 수많은 문명의 이기와 기계
적인 건축물들이 자리하게 되었다. 결국 과학기술의 발달로 말미암아 대
지 위에 뿌리내려온 인류의 숭고한 역사는 한순간에 무너져 내리고 만 것
이다. 그리하여 시적 화자는 그 옛날 조상들의 순수함을 닮은 "토장국 냄
새"와 "보리타작 소리"를 통해 현실을 넘어 신화적 공간으로 회귀하고자
한다. 즉 시인은 자연과 어우러져 살아가는 삶이야말로 인간의 본래적 삶
이라고 할 수 있으며, 이를 통해 인류 문명이 야기한 고질적 문제들을 추
방할 수 있다고 본 것이다.

---

6) 이 글에 인용된 모든 작품은 『신동엽 시전집』(강형철 외 편, 창비, 2013)에서 발췌한
   것임을 밝힌다.

삼백예순날 날개 돋친 폭탄은 대양 중가운데/쏟아졌지만, 허탕 치고 깃발은 돌아갔다./승리는 아무 데고 없다.//후두둑 대지를 두드리는 여우비./한 무더기의 사람들은 냇가로 몰려갔다./그들 떠난 자리엔 펄 펄 심장이 흘리워 뛰솟고.…(중략)…조상(吊喪)도 없이 옛 마을 터엔 횡횡 오갈 헛바람./쓸쓸하여도 이곳은 점령하라. 바위 그늘 밑, 맨마음 채/여문 코스모스씨 한톨. 억만년 퍼붓는 허공밭에 서./턱 아래 안창엔 심그라./사람은 비어 있다./대지(大地)는/한가한/ 빈집을 지키고 있다.

—「이곳은」 부분

신동엽은 자신이 바라는 이상 세계를 '고향' 이미지로 그려낸다. 그러나 시인이 마주해야 하는 현재의 삶은 어딜 가도 "내 고향은 아니었"(「내 고향은 아니었었네」)다는 절망적 인식을 불러올 뿐이다. "탱크부대"와 "제트 수송편대"(「풍경」), "기름진 굴뚝"(「이야기하는 쟁깃꾼의 대지(大地)」), "고층건물 공사장"(「종로5가」), "콘크리트의 철학"은 차수성의 세계를 담고 있다. 폭력과 인간 소외로 점철된 현대의 역사는 오랜 시간 자리를 지켜 온 대지를 황폐화시켰으며, 삶의 터전을 잃어버린 사람들은 인정(人情)과 선(善)이 부재한 현대에 종속되고 말았다. 인간이 떠난 "대지(大地)"는 주인을 잃은 "빈집"이 되고, "여문 코스모스 한톨"만이 남아 상실된 '고향'의 회복을 기다리고 있다. 그러나 '고향'은 과거의 기억에 머물고 있다는 점에서 한계를 내포한다. 우리의 기억 속 과거는 필연적으로 불완전성과 왜곡을 전제하기 때문이다. 그렇기에 '고향'은 더 이상 없는 것이 되며, 결국 원수성의 세계, '고향'으로의 회귀는 실패하고 만다.

3.

상실된 과거는 완벽히 복구될 수 없다. 되돌릴 수 없는 공간으로서의 '고향'은 과거에 대한 향수를 불러일으키는가 하면, 동시에 도래하지 않은 미래에 대한 불안과 희망을 심어준다. "고향을 부단히 찾고 기다리고 그리워하는 것은 바로 본연의 나의 모습을 찾는 유일한 길"이며, 그렇기에 "고향을 그리는 자는 과거를 보면서 동시에 미래를 보는 자"가 된다.[7] 벗어날 수 없는 차수성의 세계를 탈피하고 불가능한 원수성의 세계로 돌아가고자 하는 끊임없는 욕망과 의지, 이것이 바로 시인이 이야기하는 귀수성의 세계로 나아갈 수 있는 원동력이다.

> 향아 너의 고운 얼굴 조석으로 우물가에 비취이던 오래지 않은 옛날로 가자//수수럭거리는 수수밭 사이 걸쭉스런 웃음들 들려나오며 호미와 바구니를 든 환한 얼굴 그림처럼 나타나던 석양……//구슬처럼 흘러가는 냇물 가 맨발을 담그고 늘어앉아 빨래들을 두드리던 전설 같은 풍속으로 돌아가자/눈동자를 보아라 향아 회올리는 무지갯빛 허울의 눈부심에 넋 빼앗기지 말고/철 따라 푸짐히 두레를 먹던 정자나무 마을로 돌아가자 미끄덩한 기생충의 생리와 허식에 인이 배기기 전으로 눈빛 아침처럼 빛나던 우리들의 고향 병들지 않은 젊음으로 찾아가자꾸나//향아 허물어질까 두렵노라 얼굴 생김새 맞지 않는 발돋움의 흉낼랑 고만 내자/들국화처럼 소박한 목숨을 가꾸기 위하여 맨발을 벗고 콩바심하던 차라리 그 미개지에로 가자 달이 뜨는 명절 밤 비단치마를 나부끼며 떼 지어 춤추던 전설 같은 풍속으로 돌아가자 냇물 굽이치는 싱싱한 마음밭으로 돌아가자.
>
> —「향(香)아」 전문

---

7) 김광기, 「멜랑콜리, 노스탤지어, 그리고 고향」, 『사회와이론』 23, 한국이론사회학회, 2013, 199쪽.

시적 화자는 "향"이에게 "오래지 않은 옛날"로 갈 것을 권유하고 있다. "무지갯빛 허울의 눈부심"과 "미끄덩한 기생충의 생리"가 "향"이의 얼굴과 눈빛을 바꾸어 놓은 까닭이다. 그리하여 시적 화자는 "향"이의 달라진 모습을 안타까워하면서 고왔던 얼굴을 간직하고 있던 옛날로 돌아가고자 한다. 여기서 "돌아가자"의 반복은 귀수성의 세계로 나아가고자 하는 시인의 의지를 극명히 보여주고 있다. 시적 화자가 돌아가고자 하는 곳은 "오래지 않은 옛날"이며, 옛날로의 회귀를 소망하게 하는 것은 "향"이의 모습을 예전과 다른 모습으로 변화시킨 부정적 현실이다. 호미와 바구니를 들고 수수밭에 나가 노동을 하던 사람들과 그들을 감싸는 석양, 냇물에 맨발을 담근 채 다 함께 빨래를 하던 모습은 이제 과거의 것이 되었다. 시적 화자는 때 묻지 않은 자연과 더불어 살았던, 본래적 인간으로서의 삶을 되찾기를 촉구하며 "얼굴 생김새 맞지 않는 발돋움의 흉내"를 경계하는 태도를 보인다. 이는 곧 진정한 자아를 버리고 기술문명의 시대에 적응해 살고자 하는 사람들을 향한 비판의 목소리로 해석될 수 있다. 시적 화자는 "정자나무 마을"과 "싱싱한 마음밭"으로 돌아가는 행위를 통해 "병들지 않은 젊음"을 회복할 수 있다고 믿고 있다. 삶의 변화를 촉구하는 믿음은 문명 세계 속에서 "자신을 도피하지 않고 그것에 직면함으로써 새로운 인간으로 다시 탄생하"고자 하는 욕구에 기반한다.[8]

이렇게 본다면 신동엽이 지향하는 '귀수성의 세계'란 단순히 과거로의 이행만을 뜻하는 것은 아닐 것이다. 고향에 대한 향수와 추억은 과거보다 미래에 더 가깝기 때문이다. 돌아갈 수 없는 과거를 통해 더 나은 미래를 꿈꾸고자 하는 태도는 세계를 향해 열려 있는 참된 자아를 표상한다. 우리

---

8) 박찬국, 「현대에 있어서 고향상실의 극복과 하이데거의 존재물음 —하이데거의 교수 취임강연 「형이상학이란 무엇인가?」를 중심으로—」, 『존재론연구』 1, 한국하이데거학회, 1995, 124쪽.

는 '고향'을 그리워하는 시인의 목소리를 과거에 갇혀 현재와 미래를 보지 못하는 수동적인 태도로 이해해서는 안 된다. 오히려 신동엽은 이상적인 '고향'의 모습을 초석 삼아 "죽도록 오늘처럼 기뻐 살"수 있는, "빛나는 하늘 아래 노래하며 살"(「빛나는 하늘에 봄은 다시 춤추고」) 수 있는 미래로의 도약을 꿈꾼 시인이었다.

저자 약력

유성호

한양대학교 국어국문학과 교수. 문학평론가.
주요 논저로는 『한국 현대시의 형상과 논리』, 『상징의 숲을 가로질러』,
『침묵의 파문』, 『한국시의 과잉과 결핍』, 『현대시 교육론』, 『근대시의
모더니티와 종교적 상상력』, 『움직이는 기억의 풍경들』, 『정격과 역진의
정형 미학』, 『다형 김현승 시 연구』, 『서정의 건축술』, 『근대의 심층과
한국 시의 미학』이 있다.

신동옥

한국항공대학교 인문자연학부 강사. 시인.
주요 논저로는 『김수영과 김춘수 시학에 나타난 미적 이데올로기
연구』, 「해방기 '전위시인'의 시적 주체 형성 전략」이 있다.

양진호

한양대학교 국어국문학과 박사.
주요 논저로는 『이창동 연구―'이야기'와 '빨랑'
개념을 중심으로』가 있다.』

이은실

한양대학교 겸임교수. 시인.
주요 논저로는 『김현승 시에 나타난 시간의식 연구』, 「윤동주 시
<병원>에 나타난 타자성 연구」, 「정지용의 시 <압천>에 나타난 주체
의식 연구」가 있다.

전철희

대진대학교 강사. 문학평론가.

정치훈

한양대학교 강사.

차성환

한양대학교 겸임교수. 시인.
주요 논저로는 『멜랑콜리와 애도의 시학—백석 · 박용철 · 이용악의
시세계』가 있다.

권준형

한양대학교 국어국문학과 박사수료.

김재홍

한양대학교 국어국문학과 박사수료. 시인. 문학평론가.
주요 논저로는 『이시영 시 연구』, 「김종철 초기시의 가톨릭 세계관에
대한 일고찰」이 있다.

문혜연

한양대학교 국어국문학과 박사수료. 시인.

이중원

김포대학교 강사. 시인.

임지훈

한양대학교 강사. 문학평론가.

장예영

한양대학교 강사.

정보영

한양대학교 국어국문학과 박사수료.

정애진

한양대학교 강사.

신동엽 시 읽기

초판 1쇄 인쇄일	2022년 2월 22일
초판 1쇄 발행일	2022년 3월 1일

지은이	유성호 외
펴낸이	한선희
편집/디자인	우정민 우민지 김보선
마케팅	정찬용 정구형
영업관리	한선희
책임편집	김보선
인쇄처	으뜸사
펴낸곳	국학자료원 새미(주)
	등록일 2005 03 15 제25100 · 2005 · 000008호
	경기도 고양시 일산동구 중앙로 1261번길 79 하이베라스 405호
	Tel 442 · 4623 Fax 6499 · 3082
	www.kookhak.co.kr
	kookhak2001@hanmail.net

ISBN	979-11-6797-039-8 *93810
가격	18,000원